JN105504

ゆきのなみだ

山口トオル
YAMAGUCHI Toru

文芸社

目次「ゆきのなみだ」

【主要登場人物】

吉川友紀　一九八三年生まれ。文彦の妹。英語に堪能。A銀行勤務。二〇〇九年高宮と結婚。不育症に悩む。

吉川文彦　一九八一年生まれ。友紀の兄。俊彦と親友。Q大工学部へ。二〇〇八年豊田節子と結婚。

豊田俊彦　一九八一年生まれ。友紀の恋人。O大医学部へ。

豊田節子　一九八四年生まれ。俊彦の妹。友紀を姉と慕う。文彦を追い同じQ大へ。文彦と結婚。

豊田教授　俊彦の父の弟。O大医学部教授。俊彦の死を看取り、友紀の心の病に寄り添う。

高宮春樹　一九七五年生まれ。後に友紀と結婚。W大ラグビー部出。S商事営業部。大西美穂と浮気し妊娠堕胎に苦悩。

川島涼子　友紀の短大時代同期で親友。子供一人。ドラスティックな体験を友紀に語る。

道浦　豊　S商事営業部。一九八一年生まれ。名うての女たらし。涼子と不倫関係。友紀に興味を持ち、高宮を目の敵に。

大西美穂　S商事総務部。春樹の不倫相手。
仲野美加　A銀行勤務、友紀の短大二年先輩。
佐藤　護　S商事営業部長。春樹の上司で良き理解者。春樹と同年。
齋藤　哲　S商事副社長。佐藤と並び「藤・藤コンビ」と社内から信望。
荒木卓也　高宮の心友。大学同期のラガーマン。O府警本部幹部。高宮の結婚披露宴でのスピーチは語り草に。
高田誠司　高宮と高校同期で結婚披露宴の名司会ぶりに満場爆笑。
溝畑　孝　道浦の一年後輩。AV制作会社代表。道浦経由で涼子をスカウト。
安井咲良　十七歳で道浦の陥穽（かんせい）に引っかかる。溝畑・道浦逮捕のきっかけに。
温&翼　春樹の姉の子供。ませた甥っ子。
クリスティー&メアリー　春樹が信頼するS商事マニラ営業所勤務の母娘。友紀と意気投合。

プロローグ

高宮春樹は胸に微かな不安を抱きながら自宅に向かって歩いていた。

右手に持ったキャリーバッグのゴトゴトと鳴るコマの音が、やけに大きく聞こえる。

もうすぐ二十二時半を回る。

大阪地下鉄御堂筋線〈注〉の千里中央駅から自宅までは徒歩十分ほどだが、寒さが厳しい二月のこの時間帯は、人影もまばらだ。

閑静な住宅街の角を左に回った最奥にある自宅に着いた。

木造二階建ての家の中にも門灯にも、「やはり」明かりが点いていない。

こんな時間に門扉のチャイムを押せば近所に目立つと思い、そっと扉を押した。

右横のガレージのパイプシャッターは閉まっていて、愛車がその間から確認できた。

高宮はバッグを玄関先に置いてドアを二度ほど軽くノックした。

応答はない。こんな時間なのに……。

少し大きくなった不安を押し殺して裏手に回った。鍵は「所定の場所」にあった。

急いで戻り、ドアの鍵穴に鍵を差し込んでそっと回した。

「カチャッ!」と、静けさを破る大きな音に一瞬ギクリとした。

高宮はなぜか、恐る恐るドアを押した。

音もなくドアは開いた。

上がり框(かまち)の上部の豆球だけが小さな灯をぼんやりと投げていた。

もどかしげに靴を脱ぎ捨てながら「友紀!」と妻の名を呼んだ。

なぜか小声になっていた。

室内の電気を片っ端から点けた。

リビングルームにもキッチンにも浴室にも、トイレにもいない。

キャリーバッグとスーツケースを放り投げたまま、二階に上がった。寝室も、ゲストルームも、書斎も、クローゼットもすべて探したが、友紀はどこにもいない。

家の中は深閑(しんかん)としている。

二階の電気を消して一階に戻った。

室内の空気がどんよりと冷たい。

このとき、リビングルームにある電話機の留守電ランプが点滅しているのに気づいた。

受話器を取った。

〝メッセージは二件です〟のアナウンス。

一件目を再生した。

図太い男の声で、「あ、もう出たんやな」と誰かに聞かせるように呟いて、すぐに切れた。

〝いったい誰だろう、この男は？〟

表示は今日、二〇一八年二月四日十五時三分だった。

その時間帯は、高宮がマニラのニノイ・アキノ国際空港で、十四時五分発のフィリピン航空に搭乗したころだ。今は二十三時を回っているから、友紀は少なくともすでに八時間以上も我が家を留守にしていることになる。

もう一件は、高宮が関空の公衆電話からかけたものだった。十九時三十二分だった。

マニラの空港では、ぎりぎり搭乗時間に間に合ったのだが、高宮はタクシーの中か、あるいは降りるときか、または空港内のどこかで携帯電話を失くしてしまった。気づいたのは最後に通過する所持品検査所であった。会社の営業所に連絡しようにも、空港内に公衆電話が見当たらないし、フライト時間が切迫していたので諦めた。

関空に着いてから、予定よりも一日早く帰国したことを友紀に知らせようと、公衆電話から自宅にかけたのだが、留守電に繋がった。買い物にでも行っているのかなとも思ったが、十九時半を過ぎているのでそれはどうかなと疑問だった。

友紀の携帯にと思ったものの番号が思い出せない。やむなく留守電にメッセージを入れた。

自宅や会社の電話番号くらいは記憶しているのだが、このときほど携帯に頼り過ぎている危険性を実感したことはない。

高宮は少し考えてから、二件の留守電の記録を「保存」にした。

結婚してからもうすぐ九年になるが、自分が帰宅したときに妻が不在だったというのは、ほとんど記憶にない。もっとも、ほぼ一カ月おきに二週間ほどのマニラ出張があるので、その間の妻の行動をすべて把握しているわけではないが。

それにしても、妻はどこに……。

高宮は不安な気持ちを打ち消すように、多分、友人の涼子さんのところにでも行っているのだろうと思い直し、リビングルームの空調暖房のスイッチをひねった。

「パチッ!」と静寂を破るかのような鋭い音に、高宮は一瞬ピクリと反応していた。

気を取り直し、階段下の衣類棚から下着類を取り出して浴室に向かい、熱いシャワーをゆっくりと浴びた。冷え切った体には心地よかったが、不安な疑念が膨らんでくるのを抑えられない。

浴室を出た高宮は愛用のガウンを羽織った。暖房がほどよく効いていた。

妻はまだ帰ってはいない。

そのまま玄関に向かった。

ドアを少し開けた。

外はチラチラと粉雪が舞っていた。

高宮は「フーッ」とため息をついてから、ドアを閉めた。

鍵はかけたがチェーンは、外しておいた。

時刻は零時過ぎだ。

食事は搭乗してすぐの機内食だけだったが、妙に空腹感はない。

高宮は冷蔵庫を開けた。目ぼしいものはなく中は綺麗に整理されている。ただ自分の好物のレーズンチーズがあったので、それを肴に飲もうと、キッチン脇にある小さなワインセラーからバーボン・ウイスキーを取り出して、リビングルームのソファーに腰を下ろした。

友紀とはよく一緒にここに並んで座りバーボンを飲んだ。彼女はそれほど強くはないが、飲むといつも以上に陽気になり、頬をポッと赤く染めては、少しエロチックになる癖（へき）があって、このソファーや床でたびたび激しく交歓したことがあった。

一杯目のバーボンを空けたとき、高宮は思い出したようにテレビを点けた。

周囲が一挙に明るくなった。

そのときだった。テレビのサイドテーブルの上に、茶色の小さな包みがあるのに気づいた。

ソファーから立ち上がって手に取ってみた。十五センチ四方ほどの軽いメール便だった。宛て先は自分宛てになっている。左下にボールペンで「二・三」受とあった。昨日の日曜日だ。友紀の筆跡だった。

裏を見た。差出人は東京都内の住所で、「玉井陽一」とあったが、名前にも住所にもまったく心当たりがない。

妙な胸騒ぎを覚えながらも、その包みを慎重に開けた。

透明のケースに入った一枚のＤＶＤが出てきた。

それには何の表記もなく、メモらしきものも入っていない。

〝何だろう？〟と首をかしげながら、それをデッキに差し入れ再生ボタンを押した。

映像はいきなり、どこかの駅周辺らしき画面の中から、一人の女性がこちらに向かって歩いて来るところから始まった。

ベージュ色のコートを羽織り、黒のハイヒールで優雅にゆっくりと近づいて来る。歩き方がしなやかでスマートだ。中肉中背に見えるが、顔にモザイクが入っているので、全体像はよくわからない。撮影者か誰かと言葉を交わしているようだが、音声は消されているので聞き取れない。

高宮はなぜだか奇妙な感覚に襲われていた。

すると場面は急に、車の助手席に乗った女性の横顔を映し出していた。顔には相変わらずモザイクが入ったままで、男であろう誰かと何やらにこやかに会話をしているように見える。

高宮は、〝似ている、似ている〟と独り言を呟きながら、画面を凝視(ぎょうし)していた。無意識にグラスに何度も口をつけていた。

突然、その画面に「本物の絶世の美人人妻がAVに初挑戦！」というタイトルが現れた。

そして急に、女性と撮影者？　との会話音声が流れてきた。


「奥さん、もう決心はつきましたよね？」

「……ええ……はい……」

「さおりさんからの紹介ですので、我々も最高のスタッフを揃えてスタンバイしています。安心してください。AVの撮影はまったく初めての経験ですよね？」

「……ええ……はい……」

「相手をするのは当社のエースです。中年の男でプロ中のプロです。この世界ではかなり名の売れたAV男優で、そのテクは多くの奥様たちから支持されているモテ男です。決して後悔はさせないと思いますよ」

「……はい……あの……さおりさんから、顔出しはないって聞いているのですが、間違いないでしょうか？」

「あっ、顔出しですね。さおりさんから、そう聞いているのですか。ないですよ、ないですハイ。ちゃんとモザイクをかけますよ」

「あ、そうですか、安心しました。それと、あの……」

「ハイ、何でしょう？」

「……あの、ちゃんと……ゴムは……」

「あ、あ、ハ、ハ、ハ、わかりましたゴムですね。安心してください。我々は奥様たちのリクエストにきちんとお応えしますよ。ご心配はいりません。では、今から撮影場所に向かいますね。一流ホテルですよ。そこでもう一度簡単なインタビューをします。奥様の緊張を和らげるためでもあります。

現場では、監督とカメラ兼務の自分と男優、そしてメーク担当の若い女の子が一人で、三人となります。少ない人数のほうが緊張しなくて良いでしょ？

それから簡単な契約書にサインしてもらいます。いや、いや、契約書といっても納得ずくでの出演であり、こちらからはちゃんとギャラをお支払いし、お互い守秘義務がありますよ、という程度の内容です」

「そうですか……あの、時間的には……どのくらいかかるのでしょうか？」

「そうですね、約三時間でしょうか。ホテルのチェックインが四時ごろとして、ま、遅くとも夜の七時には終わるでしょう。ご主人は今週いっぱいはご出張だと、さおりさんから聞いていますが……」

「エッ！　さおりさんは、そんなことまで……。そうですか……わかりました。では、よろしくお願いします」


ここで画面はフェードアウトしていった。高宮は、この一連の会話を聞いて、相手をしている軽薄な男は、間違いなく留守電の声の男だと確信した。

そして、顔にモザイクがかかっているけれども、その輪郭と声からしてその女性は……！

それにしても、さおりという女性はいったい何者なのだろう？　なぜ、さおりなる女性は、この人妻の夫の出張のことをこれほど詳しく知っているのか？

高宮の疑念はますます深まり、知らず知らずのうちにバーボンの杯を重ねていた。心臓が早鐘を打っていた。目をカッと開き、顔面は鬼の形相で画面を凝視していたであろう。


そして、やがて、ついに〝そのとき〟がきた!!

またも画面が急転した。

ホテルらしき室内のソファーに、カメラのこちら正面を向いて座っている一人の女性……。

何と、顔のモザイクが取れている‼

ベージュのコートをソファーの端っこにきちんと畳んで、白のブラウスに黒のチュールスカートを纏い、エレガントに両膝を斜めに揃えて座っている。

黒のハイヒールがその脚線美を、ことさらに強調している。

そして膝に重ねた両手で淡いピンクのハンカチーフを握り締めている。

その両手にカメラがゆっくりとズームアップしていく。

何と左手の薬指には、見覚えのある指輪が‼

カメラはまたもゆっくりと女性の襟元から、唇、鼻、目を舐めるようにせり上がっていく。

そこには、ふわりとボブカットした黒髪に包まれたキリッとした小さな顔‼

憂いを帯びた切れ長の目と、ふっくらとした唇に細い顎。

気品に満ちた姿勢で座っているその女性は、紛れもなく、友紀だった！！！


「ウッ、ウッ、やっぱり友紀だ友紀だ‼」

高宮は頭を抱えた。涙が滲んできた。

吐きそうだった。

体が震えてきた。

発狂しそうだった。

夢を見ているのか。そうだ、夢であってくれ！　頼む！

高宮には途中から、ある程度の予感めいたものがあったのだが、眼前に妻の友紀が実際に映し出されると、後頭部を激しく殴られたようで頭が真っ白になっていた。頭を掻きむしってい
た。脳が混乱していた。

「何で、何でや！　友紀!!　お前は騙されているぞ!!」

と独り言を発しながらも、高宮は画面を凝視していた。どうしても視線を外せないのだ。

このときになって初めて気づいたのだが、画面の中央下に何やら小さな数字が薄っすらと表示されている。

【2017.12.6:16:33】

最後の方では秒針であろう数字が動いている。西暦は昨年だ！

「それでは奥さま、お名前と年齢をお願いします」

と、あの男の声がした。

「はい、しろいしあき、と言います。年齢は三十一歳です」

「しろいしさんは、ご結婚して何年になりますか？」

「はい、六年です……」


〝どこで考えた名前なんや。年は三十四歳で、結婚して九年だぞ！〟

なぜか高宮は、画面に向かってつっかかっていた。

目がつり上がっている。


「専業主婦と聞いていますが、お子さんは？」

「はい、子供はいません」

「ご主人のご職業は？」

「はい、小さな会社を経営しています」

「差し支えなければ、どんな会社ですか？」

〝この馬鹿男はそんなことまで言わせるのか。友紀！　言う必要はないぞ！〟

と、またつっかかっていた。

「はい、輸入雑貨を扱っています」

ここは上手く嘘をついている、と高宮は呟いた。

この辺りまでは、高宮はまだ少しの冷静さを保っていたのだが……。

「ずばりお聞きします。ＡＶに応募した動機はなんですか？」

「はい、お友達に強く誘われて……」

友紀は膝の上に置いた両手でハンカチをいじりながら、時折、俯いては答える。

「さおりさんですね。ところで、しろいしさん。本音を聞かせてくださいよ、本音を。いや質問を変えますね。ご主人との夫婦の営みはどのくらいのペースですか？」

友紀の端正な顔が少し紅潮しているようだ。

「はい、それは……主人は仕事の関係で月の半分以上は出張が続き、ですから……ここ二年はどは、あの、そういうのが……ほとんど……」

「要するにセックスレスの状態が続いているということですね。ご主人に構ってもらいたいけれど、相手にしてくれない。だから欲求不満になり、たまにはその不満をどこかで解消したいと……。恥じることはないですよ。自然な性衝動でしょう。そんな奥さん方が近ごろ増えているんです。ですから浮気に走る人妻がめっちゃ多いんですよ」

軽薄男はますます饒舌になっていく。

そういえば、昨年の十二月に帰国したとき、久しぶりに友紀を誘ってリビングルームで激しい営みをした。だがクリスマスイブの日に再び抱いて以来、二月に入った今日まで、確かに友紀にまったく触れていないことを思い出し、高宮は胸がちくっと痛んだ。

〝ン？　十二月？〟

そういえば、あの日時！　去年二〇一七年の十二月六日だと？

確か高宮は、十二月十日にフィリピンから帰国した。翌十一日は、近畿地方が猛烈な強風で大荒れだったのを覚えている。

友紀は〝帰国が今日で良かったわね〟とたいそう喜んでくれた。風雨が少しずつ強まってきたその夜、久しぶりに友紀に欲情した高宮は、半ば強引に友紀を誘った。いや、正しくは急に色っぽさを増したと感じた友紀の艶姿(あですがた)に、たまらないほどの昂(たかぶ)りを覚えたのだ。

魅惑的なその目はいっそう潤(うる)みを増し、ほっこりとした涙袋と相まって、狂おしいくらいに「イイ女」を、なぜか急に意識した。友紀は顔をほんのりと上気させて、熱に冒(おか)されたように口づけを、何度も何度も迫ってきた。二人はそのままリビングルームのソファーから床の絨毯(じゅうたん)に転げ落ち、重なったまま上になり下になり……。

暖房の加減もあったろうが、汗まみれの痴態(ちたい)であった。

友紀は今までと違って、かなり激しく反応していた。まるで何かを取り戻すかのように。

高宮は、情熱的な抽送を送りながらも、微かな違和感を覚えていた。

〝何かが少し違う、友紀の体が……〟

〝もしかして友紀は浮気を……?〟

しかし、高宮はそんな邪念を払いのけるかのように、「そのこと」に集中した。

それはそれは、素晴らしく官能に満ちた交りであった。高宮は、脳が焼けて沸騰するような快感に全身を包まれ、久しぶりに友紀の中にすべてを放出した。

「すごく素敵だったよ」

と高宮は友紀を強く抱きしめて言った。友紀も同じだったようで、高宮の腕の中で荒い息を吐きながら、涙ぐんでいたのを記憶している。そんな情景をなぜか「今!」、高宮は思い出していた。


「ところで、しろいしさんにはセフレはいないんですか?」

またあの軽薄男だ。

「セフレ……ですか」

「セックスフレンドですよ」

「いえ、とんでもない」

「そうですか。じゃ、これまでの経験人数は？　セックスの」

「……はい、二人です」

「ご主人を含めてですか？」

「はい」

「少ないですねぇ。じゃ、もう一人は浮気相手ですか？」

「いえ、違います。結婚する前の……」

「そうすると初体験は、その男性だった？」

「……はい……そうです」

「奥さま、ずばりお聞きしますが、結婚してから浮気をしたいと思ったことはないですか？」

「……特には……」

「そうですか。奥さま、これまでにAVを観たことはありますよね。どう感じました？」

「いえ、この前、さおりさんのお家で初めて観ました。すごい、と言うか……」

「さおりさん主演のやつですね。あれはすごかったですね。奥さまも刺激を受けたってわけですね。マ、健全な肉体と精神があれば、当然の反応ですよ。ところで、ご主人は浮気をしていませんか？」

「えっ……ええ……はい、多分しているかと……」

「こんな綺麗な奥さまを二年もほったらかしにしているなんて、ご主人の気が知れませんな。ご主人が浮気をしていないなんて、ちょっと考えられませんよ。奥さまも、だから、ご主人への腹いせもあって今回応募して、日ごろのうっぷんを晴らしたい、もう一度、女としての自分を取り戻したい――というのが本音なんでしょう？　いいんですよ、それで。

世の中の多くの奥さまたちは、大なり小なりそんな夫への不平不満や性の欲求不満を抱えているんです。我々はそんな奥さまたちのお助けマンなんです、ハッハッハッ。

今日はぜひ、久しぶりのセックスを思いっきり堪能(たんのう)してください。楽しんで下さい。女性としての悦(よろこ)びを取り戻してくださいね。それでは素敵な男優を紹介します」

〝このクソ野郎め、何をほざいていやがる。調子のいいことばかり言いやがって。いけ好かない下司(げす)野郎め！〟

高宮はここでも毒づいていた。と同時に、

〝友紀よ、何でお前は、こんな最低男の正体が見抜けないのか！　何でこんなものに出るのか！〟

と、腹立たしかった。口惜しかった。情けなかった。気が狂(ふ)れそうだった。だが高宮はこんな状況の中なのに、なぜか「美穂」のことが脳裏(のうり)をよぎっているのが不思議であった。

〝友紀は、美穂とのことに感づいているのか……？〟

やがて画面の左から、ジーンズに長袖のポロシャツを着た男が友紀の右横に座った。

その男が何やら話しかけながら、友紀の肩に手を廻した。

友紀が俯くと、男が右手で友紀の顔を持ち上げて、唇に……。


高宮の体は打ち震えていた。心臓が飛び出しそうであった。激しい嫉妬心に似た激情が全身を駆け巡った。息苦しくて、ハー、ハーと荒い息を吐いていた。

それでも高宮は画面を見続けていた、と思っていた。だが、高宮の記憶はこの辺りから切れ切れであった。バーボンをがぶ飲みしたようで、痛烈な頭痛と眩暈に襲われていた。猛烈な睡魔にも——それでも高宮は、サイドテーブル上の時計の針が午前三時過ぎを指していたのまでは憶えていた。

高宮は夢を見ていた。いや夢かまぼろしかは判然としない。友紀が誰かによって衣服を脱がされ、真っ白い肌が露になっている。友紀が男に唇を吸われている。「やめろっ、友紀〜!!」と叫んだが、声は届いていないようだ。

友紀の小ぶりだが、形の良い両の乳房が揉みしだかれている。

友紀が全身を愛撫され、目を閉じてハッハッと荒い息を吐きながら、身をよじっている。

友紀がソファーの上で男に組み敷かれて、目を閉じたまま切なそうに喘いでいる。

友紀がやがて甲高い声を上げて、男の背中に爪を立てている。

友紀が男の上になって、激しく腰を動かしながら恍惚の表情を……。

そして下になった友紀が、まるで失神したかのように朱色に染まった裸体を晒している。

友紀はハー、ハーと、肩で激しい息遣いを繰り返している。

細く引き締まったウエストから腹部にかけて、さざ波のような起伏が……。

友紀には何のモザイクもない、肢体のすべてがさらけだされている！！！


高宮は頭を掻きむしっていた。空しさと激しい嫉妬の炎がこみ上げてきた。呆けてしまったようだ。むせび泣いていた。映像が終わり、やがてテレビ画面がジリジリと縞模様になっているのに気づかずにいた。

高宮はテーブルに突っ伏した。そして、やがて高宮は「奈落の底」に落ちていった。外はまだ粉雪がちらつく深閑とした闇夜であった。

（注）大阪市営地下鉄が、大阪メトロと名称変更されたのは、２０１８年４月１日からである。

①友紀の秘密

前年の二〇一七年十二月十八日の昼下がりであった。

高宮友紀と川嶋涼子は、大阪梅田のHホテルの瀟洒なティールームにいた。一番奥の角に陣取っていた。三階という低層階にあるものの、ここから見える梅田界隈の街並みと、人と車の行き交う様子を眺めるのが二人の共通した好みであった。

友紀と涼子は、短大時代の同期で親友でもある。クリスマスも近く、街全体が年末に向かって喧騒を増していた。テーブルの上には、ケーキとコーヒーが。

「もうすぐクリスマスね。といっても、私はクリスチャンではないので、どうってことはないわ。でも子供は素直にサンタを信じて、よろこんでいるの」

「涼子は羨ましいな。あんな可愛い良くんがいるんだから」

「良太は来年には小学四年生よ。でも私よりも父や母になついているわ。しょっちゅう芦屋の実家に入り浸りよ。お陰で私は自由に動けるけど。フ、フ、フ」

「あたしには子供ができないから、主人に申し訳ないし、一人で家にいるときなんか、とても寂しいの」

「あ、そうだったわね、ごめん、ごめん。でも率直に聞くけど、変化はないの？　その後」

「結婚後に何度も妊娠したけど、その都度流産を繰り返したことは知っているでしょ？　二人で検査を受けたんだけど、結局、不育症のあたしに原因があるのがわかったの。で、二年ほど前に諦めたの。そのころからよ、主人はあたしにあまり興味を示さなくなったの」

「そうだったの。辛いよね。かける言葉もないわ」

「主人には、〝外で子供をつくってても良くてよ、あたしは引き受けるから〟って、冗談半分、本気半分で言ったことがあるの。春樹さん、寂しそうに笑ってた。それを見たら余計に哀しくなって、泣いてしまったの」

伏し目がちの友紀の顔を眺めながら、〝彼女はやっぱり女から見ても綺麗だな〟と涼子は得心していた。

「でも、ご主人の春樹さんには数えるほどしか会えていないけど、いつも優しい眼差しで、友紀を見る目には愛情がこもっているようで羨ましくてちょっと妬いたわ。その点うちの旦那は、大手ゼネコンとはいえトンネル掘りの技術者で、一年の半分以上は単身赴任。長身で色浅黒く無口で、むっつり屋。多少は男前だけど、実直だけが取り得の堅物なの。帰ってくれば、おいお茶、おい風呂、おい飯、のわがまま亭主。あっちの方もまったく淡白なのよ。まだ三十九歳なのに。ＡＶとか猥談にもまるで興味なし。とにかく仕事の虫なのよ」

「前に聞いたと思うけど、どうしてそんな人と一緒になったの？　あ、ごめんなさい」

「良いのよ。短大時代に私が男と遊び回っていたのは友紀も知っているわね。本当は高校生のころからだったけど、あっ、これも言ったわね。フ、フ、フ。そんな一人娘の私を心配した父が、短大卒業と同時に結婚させようとお見合いを計画したの。家に収まれば男遊びも治まるだろうとね。

父の大学の先輩でサブコン社長の次男坊なの、主人は。ま、顔は悪くはないし、京都の名門大学の工学部卒というのと、そろそろ親を安心させようかとの思いもあって、ＯＫしたの。言ってみれば妥協結婚よ、ハ、ハ、ハ」

そう言って涼子は、カップのコーヒーをスプーンで軽く混ぜた。

「ずばり聞くけど、その後の男遊びはどうなの？」

友紀が、マロンケーキを口に運びながら聞いた。

「いいこと。結婚してすぐのエッチは、私がリードして初めて成功！　お見合い翌年の二〇〇五年に結婚したから、私は二十二歳、旦那が二十六歳。十二年も前のこと。その歳で女の扱い方も知らないなんて、気持ち悪いでしょ？

要するに旦那の〝ほぼ童貞〟は私が頂いたという次第よ。頂いたといっても、感激も何もなし。だって、私へのご奉仕はまったくありゃしないし、それからの営みだって数カ月に一回あるかないか。それも鶏のチョンチョンと、どっこいどっこいなの、フ、フ。

　旦那は、はっきり言ってEDなのよ、初めっから。こっちは女盛りだから、たまったもんじゃないわ。だ、か、ら、結婚してから四年間は独身時代以上に遊びまくったの。セフレはヤングボーイ三人をかけ持ちだったわよ」

「えっ、三人も……すごいな。バレなかったの？　ご主人に」

「わかるはずもなし。私の実家近くの西宮のマンションに私を閉じ込めていれば、安心するタイプなの。もっとも亭主が出張から帰ってくるときは、必ず家にいるようにしたからよ。これって、旦那を安心、ン？　油断させる大事な作戦なのよ」

「偉いわ～。でも子供ができたでしょ、ホントに旦那さんの？」

「ハ、ハ、ハ、言いにくいことを聞くわね。間違いなく旦那の子よ。私が二十五歳のときの正月に、何を思ったか亭主が挑んできたの。びっくり山の狸さんよ。赴任先のどこかで練習でもしてきたのかな、と勘違いするほど私の中にスムーズに入ってきたの。結局、そのときのセックスで生まれたのが、良太ってわけ。望んでもいなかったから、いわば、偶然の産物よ。友紀が高宮さんと結婚した年の十月に生まれたの知ってるでしょ？」

　友紀が高宮と結婚したのは、友紀が二十六歳、高宮が三十三歳のときの二〇〇九年五月であった。このときすでに涼子は〝偶然妊娠〟していた。

涼子の父親は、兵庫県芦屋市に豪邸を構える医療機器メーカーの社長で、涼子夫婦が居住する西宮のマンションは父が買い与えたものだ。両親は涼子の一人息子の良太を溺愛して、今や涼子への監視はほとんどない状態である。

「だから私は、今もセフレが二人いて、一人は、ほらこの前の夏に言った三十代の社会人で、もう一人は大学生なのよ。ということは、セックス相手には何不自由ないってこと。しかも去年からは……」

そう言ってから、涼子は急に声を潜めて、

「この夏に私の家で友紀に白状したけど、私はAVに出演しているでしょ？　さおり、っていう源氏名は憶えてるわよね」

友紀はこの年二〇一七年の夏に、涼子の家に泊まりがけで遊びに行った。

高宮はマニラ出張で、涼子のご主人も息子もいなかった。

ビールのほかワインを飲みながら、二人でつくった料理に舌鼓を打ち、他愛のないおしゃべりに夢中だった。それはすごく楽しいひとときであった。

気づくと夜の十一時をまわっていた。片付けを二人で終えた。友紀は先にシャワーを浴びてから、リビングルームのソファーに腰を下ろした。

アルコールは嫌いではないが、それほど強くはない友紀はホロ酔い気分で気持ちが良い。テレビを点けて騒がしいばかりのバラエティー番組を観るとはなしに観ていた。やがてシャワーを終えた涼子が、奥から何やら手にして戻って来て友紀の隣に座った。アルコールに強い涼子は平然としている。

「友紀、貴女に見せたいものがあるの。驚かないでね。絶対に秘密にして欲しいのだけど、実は私、昨年からAVに出演しているの。三十代のセフレが、〝お前ならきっと良い画面になる。知っている監督がいるから紹介する〟って。ギャラも良さそうなので、小遣い稼ぎになるならと割り切って出たの。ハ、ハ、ハ」

「……AVって……?」

「そう、アダルトビデオよ。どんな内容のものか、知ってるでしょ?」

「えっ?、ええ……聞いたことはあるけど……」

「貴女、これまでAV観たことないの? 嘘でしょ!?」

友紀は首を横に振った。

「春樹さんはどうか知らないけど、少なくともそんな物は家にはないし、これまでそのような話をしたこともないわ」

「ウブなカップルというのかな。ま、いいや。とにかく観てごらんよ。友紀には刺激が強過ぎるかも知れないけど、社会勉強よ。健康な人間なら誰だってセックスするでしょ? それを見て性的刺激を受ける人もいれば、他人に見せることで逆に興奮を覚える人もいる。どちらも生理学的には〝ノーマル〟だって、学者先生が言っていたわ」

「…………」

「最初に言っておくけど、AVには表と裏があるの」

「…………？」

「表というのは肝心なところにモザイクがかかって、場合によってはそれが観る人の想像力を駆り立てて、より興奮するってわけ。女性の顔にモザイクをかける、いわば〝顔出しなし〟のときもあるわ。素人の出演者の場合に多いの。でも本職のAV女優さんの場合は、もちろん顔出しよ。普通のレンタル店などで流通しているのが、この表なの。

逆に、裏というのは表と反対で、すべてがオープンなの。顔も肝心なところも全部が丸見えで、これは普通一般では流通していないの。だから、裏というの」

友紀は頷いたが、次第に顔に朱が差してくるのを自覚していた。

「今から観せるのは私が最初に出たAVよ。それも裏ものなの。私はこんな性格だから、初めての裏ものといっても別に動じなかったわ。でも少しは恥じらいも見せなきゃって、ちょっとは演技も入っているけど、男優さんのすごいテクで、後半では本気で感じていたわ。エクスタシーで初めてよ、本当に失神したのは。

友紀、貴女セックスで失神したことあって？　プロは〝すごい〟の一言よ。とにかく一度観てごらんよ。友紀、もっと飲んで、ほら、素面じゃだめよ」

映像が始まった。

タイトルは「絶世の美人人妻さおりさんのAV初挑戦！」となっている。

友紀は今でも、その作品の内容を克明に覚えている。余りにも鮮烈で、刺激に満ち満ちた男女の交合であった。子供を産んだとは思われないくらいに均整の取れた肢体の涼子が、あられもない痴態で男優と絡んでいる。しかも、すべてをさらけ出して。

涼子と男優が繰り広げている濃蜜な相互愛撫は、何年か前まで友紀も高宮と繰り返していたものだ。だが、友紀が初めて目にするようないくつもの体位を、涼子が自然に受け入れているのを観てから友紀は体に不思議な電流のような痺れを覚えて、思わず両膝を硬く閉じていた。友紀はしかし、涼子が官能に身をよじらせながら男に全身を委ねているその姿を、むしろ美しいとさえ感じていた。そして、女性の恍惚の表情が、あんなにも素敵でエロティックなものであることを生まれて初めて知ったのだ。

友紀は次第に、涼子が羨ましいとさえ思えてきた。自分も、できたらあんなに強烈な絶頂感を味わってみたい。涼子のように、自分ももっと奔放なセックスを堪能してみたい、と。友紀の心理にはそんな淫靡な思いが忍び寄っていた。初めに抱いていたAVに対する少しの嫌悪感は、もうすでに消え去っていた。

涼子は、友紀の表情を横目で盗み見ながら、

〝彼女はいつか絶対に出演をＯＫするに違いない。彼女なら間違いなく売れるわ。彼女には最高の男優をあてがって、必ず絶頂感を味わわせてくれるよう監督さんに頼んでみよう。そうだ「あの人」にも伝えておこう〟

と、そんなことを考えていた。

それ以降、涼子と会うたびに、ぜひ一度出てみないかと盛んに口説かれたのだが、友紀はなにやかやと口を濁(にご)していた。内心では自分でも驚くほどの興味と関心があったのに……。

だが、その年二〇一七年の十月に入って、高宮のワイシャツから自分のものとは違う香水の香りが微(かす)かに匂(にお)ってきたことがあった。結婚してから初めてのことであった。そして数日後にはスーツの襟元(えりもと)に薄い口紅の跡が。

ここ二年ほど高宮とのセックスが疎遠(そえん)になっていたこともあって、友紀は衝動的(しょうどうてき)に、涼子にＡＶに出演したい旨の連絡を入れた。そして初の撮影日は、高宮がマニラに出張する十一月の末ごろから十二月の二週目の間でどうかと打診され、ギリギリになって生理が終わる二日後の十二月六日と決まった。

友紀は、涼子がAVに出たときの源氏名を忘れることができない。

「もちろん、さおりって言う名前は覚えているわよ」

友紀は微笑しながら答えて、テーブルの冷たい水を一口すすった。

「その経験があるから、ほら十二月の六日に友紀にその会社と監督を紹介したじゃない。私は行けなかったけど。でも、もちろんあの日のこと覚えているでしょ？　で、どうだった？　刺激的で強烈なアクメを得たんでしょ？」

涼子はさらに声を潜(ひそ)めて、友紀に囁(ささや)くように唐突(とうとつ)に聞いた。

「エッ？」

友紀の目が一瞬、宙を泳いで顔を赤らめた。

「ええ、まぁ……」

「あのときの友紀の反応ぶりは、女の私から見ても最高に淫靡で、エロティックで、すっごく興奮したの」

「えっ、何で知っているの？　あのとき涼子はいなかったのに」

「あっ、ごめん、ごめん。あの会社でラッシュを見たの」

「ラッシュって？」

「まだ編集していない撮影したままの生(なま)のフィルムのことよ。普通はそれを編集してから完成品になるんだけど、ところが監督は、〝ほとんど編集の必要なし〟ってそのまま九十分ものにしたの。監督も男優も周りにいたスタッフもみんな、貴女のこと、そう、〝じろいしあき〟のことを絶賛していたわ。こんなに淑やかで優雅で、スタイル抜群で、しかもこれほどのエロティックな人妻はいないって」

「いやだ、そんなにたくさんの人に観られたの？　ちょっと恥ずかしいわ。でも、仕方ないのね。ただ、気になることが……本当に約束は守られていた？」

「約束って？」

「監督が約束してくれたけど、ほら、顔出しはしないこと、モザイクを入れることよ。涼子も言ってたじゃない」

「えっ？　あ、あぁ〜、〝顔出しなし〟ってことね。モザイクはね、ラッシュの後の編集の段階で処理するの。私はその場にいなかったけど大丈夫よ、きっと。監督は何ごとにもちょっといい加減なところがあるけど、約束は守る人だから」

「そう、それなら安心だけど……」

「ね、友紀。貴女自分の出たＡＶ観たくない？　監督に言って、顔出しなしのモザイク入りを手に入れるけど、どう？」

「……やっぱりやめておくわ。涼子のは素敵だと思ったけど」

友紀は、このときの涼子が喋った言葉に、いくつかの矛盾があることにまったく気づいていなかった。そしてこのことが後日、友紀を苦境に追い込むこととなる。

「そう、わかったわ。それはそうと、AVのことは旦那にはバレていないんでしょ？」

「ええ、そうだと思うけど」

「大丈夫よ。貴女の旦那の守備範囲はフィリピンを中心とした東南アジアでしょ？　溝畑さんが言ってたけど、アレの販路は欧米中心で、東南アジアに出回ることはないそうよ。しかも〝顔出しなし〟のモザイク入りだから、絶対に大丈夫だって」

涼子は友紀を安心させるように力説した。

「溝畑さんって、あのときの監督？」

「そう、あのときの渋い声の監督よ」

友紀は思い出していた。いや、それは違う。〝あの日〟以来、一日たりとも脳裏から消えたことのない〝あの日〟の記憶だ。そうだ〝あの日〟、十二月六日に友紀の体に刻まれた衝撃的な体験は、友紀にとって恥ずかしいくらいに甘美で官能的で刺激に満ち満ちた時間であった。とうてい忘れることなどできそうもない。

夫の高宮は、〝あの日〟から四日後の十日の夜に予定通りに帰国した。翌日の近畿地方が強風で大荒れだったので、高宮が良かったなとホッとしていたのを記憶している。

友紀は、高宮が帰国したその日から絶対に、〝そのこと〟を悟られないように、すべてに気を遣いながら言動に注意した。

ところが高宮は帰国したその日の夜に、珍しく友紀を求めてきた。

正直に言えばあの日以来、体があらたに開発されたような鋭敏な感覚に、毎日のように悶々としていた友紀は、内心、嬉々として高宮の求めに応じた。嬉しくて、嬉しくて、高宮にしがみついていた自分がいた。

しかし実際のところは、「変だな」と思われないために、反応し過ぎてはいけない、感じ過ぎないようにと、歯を食いしばって自制していたのだ。

でも体は正直だった。内奥が自然にひくひくと敏感に反応するのがわかる。友紀は高宮と全裸で抱き合ったまま、リビングルームの絨毯の上を転げ回っては、とろけるような歓喜の渦に思わず甘い声を上げていた。久しぶりに身も心も一つになって愛し合ったのだ。

ことが終わってから高宮は、「友紀、すごく良かったよ」と言ってくれた。

嬉しくて思わず涙ぐんで、夫の分厚い胸に抱きついてしまったが、〝夫は自分の体の変化に気づいてはいないだろうか〟と少し不安だった。

「ねっ！　友紀、何を考え込んでいるの？」

「あ、ごめん、ごめん。あれからのことを色々と思い出していたの」

「友紀。あれから、もしかして体の感度が鋭敏になってない？　あんまり旦那に求め過ぎたり、反応が強過ぎたら、感づかれるわよ。だから今まで通りにしておきなさいよ」

「ええ、確かにあれから私の体に大きな変化というか、いつも体の芯から突き上げてくるような疼きがあるので困っているの。一度のあの体験で、こんなにも自分の体が敏感になるなんて思いもしなかったわ。ちょっと怖い感じよ。だから、あたしからは求めてはいないの。でも、春樹さんが帰国したその夜に、久しぶりに誘われて……。あれからはその一度だけよ……したのは」

友紀は理由もなく、羞恥に染まっていた。

「でも、涼子はどうなの？」

「信じられないでしょうけど、結婚してから十二年で、旦那とのまともなセックスは数えるほどよ。でも平気。いつでもセフレとはできるし、もっととろけるような強烈な快感を得たいときはAVに出れば良いわ。プロの男優なら間違いなく最高の性技で、必ず逝かせてくれる。貴女も絶頂に達したでしょ？　あの男優で。私も二度、彼に逝かされて失神したくらいよ。あ、ごめん、言ってなかったっけ」

「まぁ、酷い人ね、涼子は。これで私たちは〝何とか姉妹〟ってことになるのね」

二人は声を殺して笑い合った。

そして二杯目のコーヒーをオーダーした。

「ね、友紀もあの日の経験で何か吹っ切れたでしょ？　もう一度出演してみない？　来年二〇一八年の二月に新しい企画ものがあるらしいわ。詳しいことは来月にわかるけど、ね、今度は私と一緒に出てみない？」

「えっ？　それって何人かと、するの？」

「ハ、ハ、ハ。それはまだわからないけど。私も友紀が一緒なら安心だし、ちょっと刺激的だわ」

「う〜ん……ちょっと考えさせて。教室のバイトの日程もあるし」

友紀は三年前から、千里中央駅近くの小中生向けキッズ英会話ルームで、非常勤講師をしている。週四、五回のコマ数だが、福岡のミッション系中・高一貫校で培った会話力を、短大に進んでさらに磨きをかけたので、流暢な発音と表現力は子供たちや親だけではなく、講師たちにも評判である。

「そうね、うまく日程が合うように、溝畑さんには伝えておくわ」

「それと涼子。溝畑さんって、貴女の三十代セフレが以前、貴女に紹介したっていう人なの？

春樹さんの出張のことを、この前その溝畑さんに言ったの？　あの人はどこか、ねちっこくて少し気持ちが悪いの。もうこちらのプライベートなことは知らせないで、お願い」

「ごめん、ごめん。ちょっと口が滑ったみたい。気をつけるわね。これからは、友紀の名前は〝しろいしあき〟で子供なし。私は、〝さおり〟で子供一人、年齢は共に三歳のサバを読んで三十一歳。結婚暦は、あきが五年、さおりが九年と、これも三年短縮ね。それ以外はすべて彼らには秘密にするわね。ただ私の連絡先は溝畑さんには伝えているから、私を通して、お互いの連絡を取れば良いわ。友紀の自宅住所や電話番号、メアドは当然のこと、もちろん友紀の本名や経歴など含めて、これらはすべて知られてはいけないし、友紀も絶対に喋っちゃだめよ。あっ、電話は二度とかけないように溝畑さんに言っておくね」

　涼子は真顔（まがお）でそう言った。

「それと念のために言っておくけど、溝畑さんはね、私たちのような大人の人妻には興味が涌（わ）かないそうよ。他のスタッフから聞いたんだけど、十八歳未満の若い女にしか興味がないそうなの。いってみれば幼児性向に近いのかな。ちょっと危険な感じだけど、私たちにとっては安全パイよ」

「そうなの。何だか変わってるな、という感じを受けたの」

「でも、そんなに悪い人ではないわ。監督だけどカメラも回すし、ときには車の運転だってするし、スタッフの受けも良いの。私には彼とのパイプがあるから何かあったら私に言ってね」

「ウン、わかった、そうするね。あっ、もうこんな時間だわ。夕食の支度をしないと。と、いっても今夜は春樹さんのリクエストで、すき焼きだから簡単だけど。涼子は？」

「フ、フ、フ、今夜はセフレとデート！　年末には、ＥＤ旦那が帰ってくるの。正月明けまでどうせ実家でゆっくり過ごすことになるけど、その間は私の自由時間がなくなるの。だから今のうちにヤ、リ、ダ、メ、にするの！」

「えっ？　ヤ、リ……ちょっと、お下劣（げれつ）よ、フ、フ。ところで、どっちのセフレ？」

「うん、今日は花金でしょ？　メいっぱい遊ぶから三十代のテク男の方よ」

「そうなんだ、羽目を外（はず）さないようにね。で、今度はいつ会う？」

「そうね、来年一月の下旬ごろかな。事前に連絡入れるね。そうだ、次の高宮さんの出張は決まった？」

「確か一月の下旬って言ってたかな。今度は早めに行って、華僑との商談をまとめるって」

「じゃ、ちょうど良いじゃない。ところで友紀、来年二月のアレが終わるのはいつの予定？」

また涼子は声を潜めた。

「アレって、生理の？　え～、終わりかぁ、二月は、えっとね」

　と指折り数えだした。

「多分、二日か三日かな。私はわりと正確なの。どうして?」

「私もその頃かな。ううん、ほら、さっき言った次回の……今度会うときまでに、詳しい企画内容を聞いておくね」

「うん、了解」と、友紀は明るく返答した。

涼子はその様子から判断して、友紀の二度目の出演を確信した。

②春樹の秘密

二〇一七年十二月十日（日）の夜、フィリピンから無事に帰国した高宮は、翌日の月曜日が思いがけない強風で大荒れになったので、友紀の運転する車で地下鉄御堂筋線の千里中央駅まで送ってもらった。

前夜の狂おしいばかりの友紀との交合で、体の芯に少しの澱（おり）のようなものを感じるものの、心は軽く晴れ晴れとしていた。それは友紀も同じようで、キッチンに立って朝食の用意をしているときも、車を運転しているときも、浮き浮きとしてどこか楽しそうであった。

高宮の勤務する会社は、中堅のS商事という総合商社で、地下鉄心斎橋駅を降りてすぐのところにあり、十三階建ての自社ビルに本社を構えており、駅舎と地下道で繋（つな）がっているのでとても便利だ。一階から三階までは大手都市銀行のA銀行大阪支店が入り、四階から上がS商事の本社機構で、高宮の所属する営業本部は八階だ。

高宮はすでに仕事を始めていた佐藤護（四十三歳）第一部長代理のところへ向かった。

「佐藤さん、おはようございます。昨夜、予定通り帰国しました」

「やぁ、おはよう。昨日で良かったたな。今日みたいな日だったら、また向こうで足止めを食らうところだったな」と、笑顔を返してくれた。

佐藤部長代理は常々、自分のことは役職名ではなく「さん付け」で呼ぶように、と言っている気さくな人物である。二人は奇しくも同年生まれだが、佐藤が部長代理で高宮が副部長というのには理由がある。

佐藤は、京都の国立K大学教養学部を卒業して、二十二歳で年次採用者として入社した。大学時代は、弱小軍団の硬式野球部に所属しキャプテンを務めた。彼の温厚にして思いやり溢れる人柄は大学時代そのままに、社内でも多くの信望を集め、エリートコースといわれる総務、人事部門を順調に歩いていた。ところが二十八歳のときに、営業部門を経験してみたいと自発的に申し出て、営業本部第一部に転属してきた。

一方高宮は、東京の私立の名門W大を一九九七年に卒業。堺市内で父親の直敏（当時六十二歳）が経営するアパレル製造・卸会社に入社した。大学時代はラグビー部に所属し、SOという司令塔を務めたラガーマンであったので企業からの引きもかなりあったのだが、数年前に父がフィリピンのマニラにアパレルの生地縫製とヤシの繊維や光触媒塗料などを利用した環境ビジネスの別会社を設立していて、余りにも忙しくなった父から、どうしても手伝いをして欲しいと懇請されてこちらの道を選んだ。二年間を主に堺の会社で経験を積むことに専念し、同時に将来に備えて英会話の習得にも力を注いだ。そして三年目から、父に代わってマニラの会社にほぼ常駐するようになった。

ところが高宮が二十七歳のとき、S商事からマニラの会社を買収したいとの話が持ち上がった。S商事にしてみれば、東南アジアへの足場になり得る企業を探していたこともあり、また当時、営業本部の第一部長であった齋藤 哲（当時五十歳）の長兄が、高宮の父と知己という関係もあって、S商事のマニラ営業所として稼動させたいという強い要請があったのだ。

父は買収の条件として、高宮と現地スタッフの三人をS商事の社員として受け入れること、高宮を当面は営業所兼務とし、ゆくゆくは営業所長に任用することの三点を呑ませて合意にいたった。こうして高宮は、二十八歳だった二〇〇三年三月末日付で、中途採用者としてS商事に入社。予定通り本社営業本部第一部に配属された。

翌四月一日には、男女合わせて七十七名の年次採用者が入社した。そのうち第一部には三名が配属され、これで第一部は高宮と合わせて四名の増員となった。

その夜に、営業本部第一部の「新入社員歓迎会」がミナミの料理屋で開かれた。座敷席で、男女二十数名の参加であった。高宮たち四人は部長席横の上座を指定されたが、高宮は年長者ながら、年次組三人に遠慮して末席に座ろうとした。この様子を見ていた部長の齋藤が、

「高宮君、遠慮はいらんよ。ここに座りなさい。君は年も上だし、この三人よりも一日ほどだけだが先輩じゃよハッ、ハッ、ハッ」

そう言って、部長の隣席に座らせた。

このとき、率先してその席に腰を下ろそうとした年次組の一人が、あからさまに不満な表情を浮かべて、プイと末席へと移動した。この人物こそ後々、高宮のみならず妻の友紀にも関わりを持つことになる道浦豊（当時二十二歳）であった。

宴会は終始、和やかな雰囲気で進行した。

高宮は、部長だけでなく先輩諸兄に酒の酌をして回った。社会人として必要な心構えとか常識などは、父からしっかりと教え込まれていた。他の新人二名も高宮に倣って「礼儀作法」を守ったが、道浦だけは自席に座ったままふて腐れていた。齋藤部長はそんな道浦を視界に入れながらも、完全に無視するかのように次々にやって来る部員たちと楽しそうに歓談していた。

高宮が会社年齢六年先輩の佐藤と親しく言葉を交わしたのは、この宴席で酌をしたときが初めてであった。佐藤は最初から高宮に好意的に接してくれた。どうも最初の齋藤部長とのやり取りを見ていて、高宮に好感を持ってくれたようだった。

佐藤と酒を酌み交わすうち、同年齢で同じスポーツマンであること、二人とも性格も円満で明朗であることなどで、一気に気が合ったというかウマが合った。その日以来、佐藤と高宮はよく誘い合っては、ナンバや新地を飲み歩く仲となったが、高宮が肝に銘じていることは、佐藤をあくまで会社の先輩として尊敬しつつ接することであった。

一方の佐藤は、社内の事情というか、さまざまな情報を機会あるごとに教えてくれた。

道浦は兵庫県内の私立の坊ちゃん大学を卒業したとのことだが、その長身で少々甘いマスクを武器に、在学中から派手な女遊びをしていたらしい。彼の傲慢で鼻持ちならない言動は、S商事に入社してからますます磨きがかかったようで、社内の女子社員たちに次々とナンパの声がけをしては、彼女たちの不興を買っているのだが、そんなことすらまったく意に介さないという図々しさである。

また道浦の傲慢無「恥」さは、あの歓迎会の折に高宮に向かって、

「俺はあんたが年上でも入社が同じだから、君付けで呼ぶからな」

と、宣言するように言った言葉からも窺える。以来、彼は何かにつけて高宮への対抗心と敵意を露にするようになった。そんな道浦は入社早々から組合活動に邁進し、早々と本部執行委員と本部代議員になって意気揚々としていた。

高宮は入社してから三カ月間の社内実習を終えた七月、予定通りに営業本部第一営業部部員並びにマニラ営業所長代理を命ずる、との辞令を受け取った。所長のいない所長代理というイレギュラーな辞令だが、いずれは所長に任命される。

予定されていたこととはいえ、高宮を敵視する道浦は内心面白くない。

あの歓迎会のとき高宮を「君付け」で呼ぶぞと宣戦布告して以来、道浦は何とか高宮を組合

活動に引き込んで、いずれは彼を自分の支配下にできればと目論んでいたが、高宮はのらりくらりとそれをかわし、組合活動には加わらなかった。

「高宮君、わかったよ。何せ君はマニラ営業所長代理で、ご多忙だもんな。向こうに良い女でもいるんやろなって、勘ぐりたくもなるよ。ま、せいぜい頑張ってや」

などと、皮肉たっぷりに言ってくる。ほんと嫌みなやつだな、と内心思ったものの、

「どうもありがとう。良い女でも見つかればいつでも君に紹介するよ」

と、高宮は軽くいなしておいた。

高宮は早速、七月の中旬からマニラ営業所に出張した。

三カ月の間は必要なときは父が出向き、残りは現地のスタッフ三人が実務を遂行していた。中でもクリスティーという三十三歳のスペイン系の女性は、二年間、東京の日本語学校に留学して習得した流暢な日本語だけではなく、英語もスペイン語も駆使して活躍していた。

シングルマザーの彼女には、十歳になるメアリーという女の子がいる。日本ならさしずめ映画かテレビの子役かと思うほどの美貌を誇り、なおかつ知能指数が抜きん出ていて、飛び級で進学しているというマニラ市内でもかなり名の通った娘さんだ。

父も高宮も、そんなメアリーをとても可愛がっていた。父は孫娘として、高宮は自分の娘として、それぞれが接していた。高宮には十歳上の姉がいるが、子供が二人とも男の子なので、

父は孫娘が欲しくてならない。だからなおさらの気持ちなのだろう。

高宮は高宮で、二人の甥っ子をすごく可愛がっている。大の子供好きなのだ。しかし高宮は、当時まだ独身だから、父は彼の将来に期待したのだろうが、自身の年齢を考えると高宮には早く嫁をと考えていた。

父が三十歳のときに長女が生まれたのだが、なかなか二人目に恵まれずに諦めかけた矢先、母の妊娠がわかった。父が四十歳のときだった。

待望の男の子が生まれた。

父は小躍りして、「春が来た、春が来た」と大喜びした。

「それで、お前の名前を『春樹』にしたんだよ」

と、いつか母二三子がそう教えてくれた。

本当は秋の十月三十日生まれであったのだが……。

高宮は、そんな父が子供のころから大好きである。大学を出て父の会社を手伝ったのは、高齢の父を助けたい、少しでも長く父の側にいたい、という思いが強かったからだ。

国内外での仕事の幅を広げていった高宮は、少しずつではあったが営業実績を積み上げていった。そして高宮三十歳の春には、正式にマニラ営業所長を拝命した。

この年七十歳を迎えていた父が体力の限界だと言って、堺のアパレル会社の社長を引退し、長女の夫に継がせた。こうして高宮は結婚するまでの暫くの間、今まで通りに堺の実家から大阪心斎橋への通勤と、マニラへの出張という二足のわらじを履くこととなった。そして、運命ともいえる「出会い」を迎えることになる。

時計の針を二〇一七年十二月十一日の朝に戻す。

「高宮くん、やっこさんのご出勤でっせ」と、佐藤が小声で言った。

部長の矢木強が、眉間に険しい皺を寄せて席についた。時刻は九時半を過ぎている。

「電車が大幅に遅れて……」と、誰にともなしに言い訳じみた呟きをしたが、周りは誰も反応してはいない。高宮は自席から部長席へと進んで、

「お早うございます。高宮は昨日予定通り帰国しました。早速ですが、向こうの状況報告をさせてください」と言った。

「ちょっと待ってくれ。俺は忙しいんでな。夕方にしてくれんか」

「そうですか、わかりました」と、高宮は踵を返した。

隣席の佐藤がニヤリとしてウインクを寄越してきた。

高宮がここ営業本部第一部に配属されてから今年で十四年になるが、その間順調に昇進して今年四十二歳で「副部長」となり、佐藤は部長代理になっていた。佐藤・高宮のコンビは周囲

から好意的な目で見られており、道浦に足元をすくわれるようなことは、何一つ起こさないように互いに注意していた。

その日の夕刻になっても、外出した部長の矢木は帰社しなかった。

佐藤に「直帰する」との電話が入ったのは定時を過ぎたころだった。

「相変わらず勝手気ままな、おっさんやな」

と佐藤が苦笑いし、こう続けた。

「高宮君。帰国報告は来週の月曜日にしょうよ。今から俺にしても二度手間になるよな」

「はい、そうします」

高宮はそう言って、席を外し休憩室に向かった。

自動販売機から温かい缶コーヒーを取り出して、奥の窓際のテーブルに腰を下ろした。

部屋には誰も居なかったので、携帯電話を手に取った。今でもガラケーである。

メールのアドレス帳を開いて、大西美穂（二十二歳）の番号をプッシュした。

〔今、どこ？　これから会えるかな、春〕と送信した。

もう六時前だが、まだ九階の総務部にいるだろうか。

もっと早くに連絡しておくべきだったかなと少し後悔したが、返信はすぐにあった。

〔今、心斎橋筋商店街を歩いています。私もお会いしたいです。いつものところでお待ちして

います。美〕

高宮はコーヒーを飲み干すと、すぐに席に戻って友紀宛てにメールした。

〔今晩は佐藤さんと飲みに行く。遅くなるから先にやすんでください。戸締りをしっかり〕

そして、昨夜の熱がまだ少し残っているのに俺は何というヤツか——と自虐（じぎゃく）の思いを呑み込んだ。

③お前の裸ば見たい、よかや？

友紀は福岡市内のミッション系高校を卒業と同時に、大阪の同じ系列の短大に入学した。福岡からなぜ大阪に向かったかについては、幼いころからの「純なストーリー」があった。

吉川友紀の実家は、福岡市中央区の閑静な住宅街にある。父親の紀生は北九州市に本社を置く大手衛生陶器メーカーＴ社に、新幹線通勤する実直なエンジニアのサラリーマン役員だ。母親の友子は元ＣＡで、十数年前から近くの公民館に赴いては、得意の英会話を小・中学生相手に教えている。ずっとこうやってボランティア活動を欠かしたことがない。

友紀も二つ上の兄文彦も、中学卒業まで一緒に母親から英会話を学んで育った。こうした生徒の中に、兄と同い年の豊田俊彦がいた。

豊田家は吉川家のすぐ近くにあり、父親の俊一郎は厳格な県警察本部の幹部であり、母親の典子は底抜けに明るい社交家で俳句に長じている。

この両家の母親同士が昵懇だったこともあり、両家は家族ぐるみの付き合いをしていた。俊彦には三歳下の妹節子がいた。そして、吉川文彦と友紀、豊田俊彦と節子の四人は、小学生のころからいつも一緒になって遊んでいた。

隣の広大なO公園の中はもとより、周辺には城跡をはじめ数々の名所旧跡があり、海水浴場も近く遊び場所に困ることはなかった。文彦と俊彦は本当の兄弟みたいに、友紀と節子もまた本当の姉妹のように、近所でも評判の「仲良し四人組」であった。幼い者同士ではあっても、遊びも勉強もいつも一緒であった文彦と節子、俊彦と友紀の二組のカップルに、いつの間にか淡い恋愛感情が生まれたのも自然の成り行きであったろう。

やがて文彦と俊彦は揃って有名な進学校のS高校に入学した。二人はそこでもトップ争いをするほどの成績優秀者であったが、互いの友情にはまったく変わりはなかった。そして節子と友紀の、文彦と俊彦それぞれに対する尊敬と思慕の念もまた、ときを経るにつれてますます大きくなっていった。

文彦と俊彦が高校三年生になると、友紀はミッション系の高校に進学した。高校の偏差値が抜きん出ていた文彦と俊彦は、進路担当教師から東京の国立T大への受験を勧められたが、文彦は長男としての立場と節子への熱い想いから、地元の国立Q大を志望した。そのころ節子はまだ中三であったが、彼女もまた文彦への切ないほどの恋心を募らせて、文彦と同じように地元の高校から、同じQ大への進学を決意した。

一方、俊彦は散々悩み抜いた末に、父の弟で大阪の国立O大医学部教授をしている叔父の誘いもあって、思い切って同大学の医学部を志望した。

俊彦の両親は、叔父のもとで医者の道を進むことができるのならと賛同してくれたが、幼いころからの友紀の俊彦に対する穢れのない想いに、いつも寄り添っていた俊彦の母の典子は、友紀の心情を思いやって心を痛めていた。しかし俊彦の決意を知った友紀は、高校を卒業したら絶対に自分も俊彦のいる大阪へ行こうと、固く心に誓っていた。

こうして四人の友情と恋愛感情は、四人が成長するにつれて、ますます確固たるものへと昇華していった。

そして文彦と俊彦は、それぞれが当然のように志望大学へ悠々と合格した。

大学へ自宅通学する文彦は、それまでにも増して毎日のように節子の家に出かけては、彼女の高校入試の勉強をつきっきりでみるようになった。自分の後を必死で追いかけようとする節子が、愛おしくて仕方がないのだ。

他方、俊彦は、大阪行きが迫ってくるにつれ、友紀との暫しの別離が不安で、後ろ髪を引かれるような気持ちに悩んでいたが、いよいよ明日博多を出発するという一九九九年三月の末、春休み中の友紀を二階の自室に呼び入れた。それまで何度も二人は話し合って、互いの気持ちを確かめ合っていたのだが、絶対的な「愛の確認行動」は当然といえば当然だが、二人が高三と高一ということもあって、意識的に避けていた。

その日、父は出勤、妹の節子は文彦のところに行っていた。

母典子は嬉々として紅茶とケーキを運ぶと、

「友紀ちゃん、暫く会えんとやけん、ゆっくりしんしゃい」

そう言い残すと、いそいそと句会に出かけて行った。

俊彦は、母がわざと二人だけの時間を作ってくれたことに素直に感謝しつつも、どこか戸惑いに似た感情を抱いていた。

二人は、好物のマロンケーキをレモンティーで食べ終えると、とたんに寡黙になった。

友紀は何かを予感しているように、どこか熱を帯びた目でじっと俊彦を見つめていた。

俊彦はその視線を受け止めながら、溢れんばかりの恋情を抱いていた。

〝俺はおまえを死ぬほど好いとうよ〟と。

次第に、二人だけの沈黙の空間にいることが、なぜか息苦しくなってきた。

突然、俊彦は、テーブルを挟んで正座している友紀に向かって、意を決したように言葉を発した。

「友紀ちゃん、あのくさ……願い事のあるばってん、聞いちゃらんね」

「……はい」

「友紀ちゃん……」声が微かに震えている。

「友紀ちゃん、服ば脱いでくれんね。お前の裸ば見たいったい。よかや?」

「！　………」

友紀は驚いた顔で、問うた。

「俊彦さん、どげんしたと？」

「友紀ちゃんの全部を、すべてば、この目に焼き付けて大阪に行きたいとよ。よかろうもん？頼むっちゃ！」

友紀は潤んだ両目を大きく開けて、俊彦を真っ直ぐに見つめた。顔は上気し、膝の上で握りしめている両の手指が少し震えている。

やがてかすれた声で言った。

「脱ぐとですか？　……どうしても見たかとですか？……」

一瞬、沈黙が……俊彦が、ごくりと唾を呑み込んで頷いた。

友紀は、俯いて少しためらっていたが、やおら顔を上げて言った。

「うん、わかったけん。じゃ、後ろば向いてくれんね」

友紀は今にも泣きそうな顔をしている。

「なんば言うとうや。俺は、初めっから友紀ちゃんの全部ば見たいとよ。友紀ちゃんのすべてば、今、見たいとよ」

俊彦は真っ直ぐに友紀を見つめて言った。

「……わかったけん。ばってん、恥ずかしかろうもん。やっぱ後ろば向いてくれんですか」

「俺は友紀を死ぬほど好いとうと。俺の気持ちは誰にも負けんばい。こげん好いとう友紀の裸ば見たいやけん、よかろうもん！　今、友紀のことで頭がいっぱいちゃん」

「友紀も俊彦さんを、ずっと好いとうとよ！　いっつも好きっち言いよろうもん。ちかっぱ愛しとうよ。友紀は苦しかよ！　友紀の気持ちば、俊彦さんは知っとうとやろ？　友紀は絶対、絶対、俊彦さんのお嫁さんになりたいっちゃん！　俊彦さん！　友紀ば絶対、お嫁さんにしてくれると？」

「当たり前ったい！　俺は男ばい！　そげなこと言われんでもわかっとる！　絶対に嫁にしちゃあ。黙って俺についてきんしゃい！　俺が友紀ちゃんを幸せにしちゃあ！」

俊彦はそう言いながら、友紀を必ず幸せにしてやらねば、と心中に固く誓っていた。

友紀は意を決したように立ち上がった。

すらりと伸びた脚に白のソックス。

きゅっと締まったウエストに紺色のプリーツスカートが眩(まぶ)しい。

そして、二つのふくらみを少しだけ強調している白のブラウス。

いつの間にか友紀は、幾分成熟した「女」を醸(かも)し出している。

友紀が上気した顔で言った。

「俊彦さん、あたしも脱ぐけん、俊彦さんも脱いでくれんね、一緒に！　あたしも俊彦さんのを、見たかと！」

「よし、わかった、よかっ！　俺も脱ぐったい！」

俊彦も立ち上がった。俊彦の股間はずっと前から痛いくらいに膨んでいた。

かまわずにそのままの状態で、Tシャツと肌着を脱ぎ捨て、ジーンズをベルトごと脱いで足元に落とした。靴下も取り払った。

パンツ一枚になったが、中央がピラミット型に盛り上がっている。

友紀は、ブラウスとスカート、キャミソールをゆっくりと足元に脱ぎ捨てた。

白のブラとショーツだけになった。

友紀は後ろに手を廻してブラを取ろうとしたとき、初めて俊彦の方に目をやった。

俊彦の下半身に、大きく開かれた両の目が釘付けになった。

「ひっ！」

という声にならない声を出して、そのまま固まった。

「友紀ちゃん。さあよかね。一緒に全部脱ぎ捨てるばい！　どこも隠したらいけんっちゃ」

そう言って、俊彦はパンツを脱ぎ払った。

友紀は漸（ようや）く我に返り、ブラを外し、ショーツを押し下げて足元から抜いた。

二人とも素っ裸で両手を下げた。

俊彦は、夢にまで見た友紀の真っ白な肌と、ほど良く膨らんだ乳房とピンク色の蕾、そして下腹部の淡い若草を凝視していた。

目はらんらんと輝き、口は半開きで今にもよだれが出そうだ。

〝あの娘は生まれたときから、雪のような白い肌だったの。それで主人はそのまま「雪」と名づけようって言ったの。でも結局、私の友子と主人の紀生という名前から一字ずつ取って、友紀にしたのよ〟

以前、友紀の母親から聞いていたことを思い出していた。

俊彦は感極まっていた。

〝どげん言うとやろか。何と綺麗で美しか体やろ。何と穢れのない可憐な乙女やろか〟

ぐっ、ぐっ、と、友紀への狂おしいほどの愛しさがこみ上げていた。

友紀を抱きたい、友紀を抱きたい、と心底感じていた。

頭がくらくらして、眩暈がしそうだった。

そして自分の分身が、さっきからはち切れんばかりに怒張して痛みすら感じていた。

「友紀ちゃん、俺のも見てくれんね。これが俺の全部ったい！」

そう言って俊彦は背筋を伸ばした。

友紀は、俊彦の「屹立」を凝視していた。

目が離せなくなった。

切れ長の大きな目が、さらに大きくなっている。友紀は思った。

〝これが「男」ったい！　どげんしたらよかと？　小学生のときちょこっと見たばってん、あげなこまかもんが、こげな太かもんに……。でも俊彦さんの体、男らしかよ。こげん体であたしを抱いて欲しか。友紀はやっぱ俊彦さんをバリ好いとうとよ。どうもこうもなかろうもん、愛しとうとよ。しょんなかろうもん〟と。

二人は見つめ合ったまま、互いに求め合うように自然に近づいていく。

部屋の窓から入る昼間の陽光が、友紀の裸体を柔らかく包み込み、まるでビーナスのように光り輝かせている。

〝純真無垢の裸体とは、こげんこつか〟

と、感動の極みに浸っていた俊彦は、「この世で最も貴い宝物」の両肩に手をかけて、そっと抱き寄せた。

友紀は潤んだ目で俊彦を見上げ、両手を俊彦の胸に置いた。

俊彦の屹立が友紀の下腹部に押し付けられた。

友紀は下腹部に初めての「熱」を感じ取って、小刻みに震えていた。

俊彦が両手を友紀の背中に廻してぐっと抱きしめた。
友紀も俊彦の分厚い胸に顔を押しつけて抱きついた。
友紀の乳房が、俊彦の胸に押しつぶされるように張り付いた。
その心地よさに、その感触に、俊彦はこの上もなく感動していた。
だが、俊彦も震えている。
二人は密着(みっちゃく)していた体をほんの少し離した。
見つめ合った。
友紀が泣いている。
涙の雫(しずく)がいくつもこぼれている。
俊彦が両の手で、友紀の頬(ほお)をそっと挟(はさ)み込むように持ち上げた。
友紀が濡れそぼった目を閉じて、ゆっくりと顔を上げた。
俊彦は、きりっと引き締まった少し厚めの友紀の唇に、自分の唇を押し当てた。
二人の体に電流が走った。
二人とも初めての「口づけ」だった。
二つの熱のかたまりが一挙に溶(と)け合って、燃え上がっていく。
早鐘を打つような友紀の胸の鼓動(こどう)が伝わってくる。

俊彦は友紀の唇を吸いながら、とめどなく友紀の舌に触れたくなった。

「友紀ちゃん、舌ば、舌ば出して」と、くぐもった声で言った。

友紀が恐る恐る舌を少しだけ出した。

俊彦はその舌を捉えると、自分のを絡ませて、いっそう強く吸った。

ませた学校仲間の一人から「それ」を聞いていたのだ。

俊彦は夢中で吸った。

まるで友紀の唾液を全部吸い取るかのように吸っては飲んだ。

「ングッ、ングッ。痛い痛かと、俊彦さん」

「あっ、ごめん、ごめんやけん」

そして今度は、俊彦は優しくゆっくりとした。

やがて友紀も同じように少しずつ吸ってきた。

とろけるような甘い舌だ。

二人はさらに激しく抱き合って、口元から唾液を垂らしながら、音を立てて吸い合った。

二人は目を閉じて、その「作業」に没頭した。

狂おしいほどに好きだ、愛しい、恋しい、愛してる、と感じながら。

「口づけ」が、こんなにも甘美なものとは。

「唾液を吸い合うこと」が、こんなにも官能的なものとは。

二人は、初めての快感に酔いしれていた。

いつまでもこの状態が続けばいいのに、とさえ思った。

しかし、二人の下腹部に挟まれた俊彦の「屹立」が、かなり前から悲鳴を上げていた。

俊彦はすでに痛みを通り越して、痺れさえ感じていた。

このままだと、行き着くところまで行ってしまうだろう。

そうだ、このまま友紀と「愛の確認行動」に移ってしまいたい。

いや、それはまだ我慢すべきだ。

二人はまだ高校生ではないか。

もし今〝禁断の垣根〟を越えてしまったら、警察幹部の父に大変な迷惑をかけてしまう。友紀のご両親や文彦君にも……。

俊彦は激しく葛藤していた。やり場のない苦しさに我を忘れそうになっていた。

しかしそれでも、官能に負けてしまいそうな自分を、どうやら理性が抑え込んでくれた。

俊彦は欲望を懸命に自制した。

そして冷静さを取り戻した俊彦は、友紀から唇をそっと離した。

顔を上に向けたままの友紀の唇がめくれて、口が少し開いている。

白い歯が覗いている。

目は閉じたままだ。涙がまだ滲んでいる。

その顔を形容しがたいほど可憐で美しいと感じた俊彦は、またもや口づけをしたくなった。

だが必死に思いとどまった。

「友紀ちゃん、今日はここまでったい。ほんなごつ、友紀ちゃんの全部ば欲しかばってん、これ以上はいけん。俺がこらえんといけんちゃ。禁欲ったい。友紀ちゃんが高校を卒業したらくさ、いっぱいしよ？　ね、どげんね？」

「うん、しょんなかろうもん。友紀はずっと、ずっと待っとうよ」

「ばってん、友紀ちゃん、俺の気持ちば、ずっと変わらんけんね」

「友紀もったい。いっちょん変わらんと。ずっと、ずっと、好いとうよ。バリ好いとうよ」

俊彦は、友紀のおでこにそっと唇を押し当てた。

二人の体に挟まれていた俊彦の「屹立」が、一瞬ピクンとはねてから少し離れたとき、初めてすーすーと寒さを感じた俊彦が言った。

「友紀ちゃん、早よ服ば着れ。寒かろうもん、ちょこっと、すーすーするやろ？」

「ううん。俊彦さんの体の温かばってん、すーすーはせんとよ。それよか……俊彦さんのそれ……ちょこっと触ってもよか？」

そう言って、恥ずかしそうな表情で友紀は、俊彦の「屹立」を指さした。

「ン？　こ、これか？　よ、よかよ、よかばってん、どげんすっと？」

友紀が恐る恐る両手を伸ばして、「屹立」にそっと触れた。

それがまたピクンとはねた。

「ヒッ！」と二人が同時に声を上げた。

「友紀ちゃん……な、なんしよっと？　そ、そんなにいじりよったらくさ、あ、危ないけん、あ、あ、」

「うわぁ、面白かぁ。ピックン、ピックンしよるね。いっつもこげん太かと？　なんが危なかと？」

「ち、違うったい。こ、これは、友紀ちゃんば欲しがっとうけん、こげん太かなるとよ」

「小学生のころの俊彦さんのば、ちょこっと見たことあるばってん、もっとこまいとじゃなかったと？　友紀を欲しがったら、こげんこつ太くなると？　なして、なして危なかと？　ね、ね、いっちょんわからんったい」

「ゆ、友紀ちゃん、こ、これが、男の体ったい。男の生理ちゅうもんったい」

「あれっ？　先っぽから何か出とる、おしっこ？」

「ち、違うと！　おしっこじゃなか！　それが出ちゃったら、うあぁ、危ない、危なかぁ、うぁ！」

俊彦が友紀の手を払いのけて後ろを向いた。

「どげんしたと？　なんしようと？　ね、ね、見せて、見せんしゃい」

と、友紀が俊彦の前に廻り込んで見ようとする。

二人とも「裸」であることを、すっかり忘れている。

「うぁ、あっ、あっ、あ～っ！」

俊彦がとうとうしゃがみこんでしまった。

友紀は、俊彦がティッシュをこそこそと使っているのを覗き込んだ。

「友紀ちゃん、見ちゃいけんばい、恥ずかしかよ」

「やっぱぁ、おしっこ、したと？」

「ちっ、違うっちゃ。友紀ちゃんが、ようけいじりまくったけん、我慢できんかったとよ。これが友紀ちゃんの中に入ったらくさ、赤ちゃんができるけん、大ごとになるっちゃ。これが男の生理ばい」

男の「それ」への興味が尽きない友紀は、〝いっちょんわからん〟と思いながらも、なぜか嬉しい気持ちになっていた。不思議なことに俊彦の前で裸でいることに、友紀はどこか誇らしい気持ちでいっぱいだった。

こうして二人は、素っ裸での鮮烈な「口づけ」の初体験を終えてから、夕日に映えるO公園へ散歩に出かけた。俊彦の母はまだ帰って来ていなかった。

ここO公園はランニングする人や、恋人たちや夫婦連れが散策したり、子供連れの家族が遊んでいたりと、いつも、のどかな風景が溢れている。すぐ前を、高校生らしき男女が手をつないでゆっくりと歩いている。ごく自然に周囲に溶け込んでいて、俊彦はほほ笑ましく思った。

「友紀ちゃん、手ばつなご」

「うん、あたしも、つなぎたかったと」

二人は手をつないだまま、陽が沈むまで広大なO公園を散策した。

友紀は、俊彦の手をぎゅっ、ぎゅっと握り締めながら幸せいっぱいだった。

体の奥から何かジヮ、ジヮ、と湧き出てくる鋭い感覚が続いている。

〝これって、女の生理なの?〟と、友紀はずっと戸惑っていた。

一方俊彦は、さっきの「男のおしっこ疑惑」を思い出して、噴き出しそうになりながらも、純真無垢で瑞々しく、友紀が醸し出す恐らく天性のものであろう品位と清楚さに、限りない恋情を抱き胸がしめつけられていた。

友紀は明日の俊彦の見送りには行かないことを告げた。

見送りは永遠の別れと思われるから、今の幸せを壊したくないから、と。

俊彦は、

「わかった。夏休みには必ず帰るけん、待ってて欲しか」と告げた。

そしてこれからは、メールか携帯で連絡を取り合うことを約束した。

こうして一九九九年の高校生二人の春休みは、素っ裸での口づけの初体験と次への期待とを包み込んで幕を閉じた。

思春期の、切ないほど甘酸っぱい思い出であった。

④俊彦を追って、ドラスティックな体験談

友紀は、俊彦を追って是が非でも大阪の大学に進学しようと勉学に励んだ。英語の習得に邁進していたこともあって、同じミッション系短大を目指した。短大を選んだのは、俊彦が医学部を卒業するまでは、自分が働いて支えようと覚悟したからであった。高校を卒業するまでの二年間は、俊彦が帰郷のたびに家庭教師を務めてくれた。

そして二人は逢瀬を重ねるたびに、人目を忍んでは貪るように「口づけ」を求め合った。俊彦は、友紀のますます女らしくなった胸や腰に触れる悦びに酔いしれたが、決して一線を越えようとはしなかった。友紀が高校を卒業するまでは、という俊彦の固い信念であった。

一方、二〇〇二年四月に高校の三年生になる節子は、文彦のあとを追って同じQ大の文学部を目指して猛勉強をしていた。大学三回生になる文彦は、専門課程に入るころであったが、俊彦と同様に節子の勉強の手助けを怠らなかった。

また、俊彦が帰郷するたびに四人はこれまでと同じように集まっては、食事や遊びに興じて絆をさらに深めていった。同時に俊彦は、友紀と妹の節子がどんどん女らしさを増していく姿

に、まぶゆいばかりの憧憬の念を禁じえなかった。多分、文彦とて同じ心情であったろう。

そして友紀は、この年二月の大阪の短大入試に臨み、何かと心配した母友子が同行した。筆記試験は昼食を挟んで一日で終わり、友紀は絶対的な合格を確信していた。

夕刻、母と梅田のホテルロビーで待ち合わせて、俊彦が来るのを、首を長くして待った。

六時半過ぎに姿を現した俊彦は、叔父を伴っていた。母も友紀も初対面であった。俊彦よりも長身で顔立ちもきりっとした、いかにも学者然とした人物だ。

「初めまして、俊彦の叔父です。友紀さんやご家族のことは、俊彦からさんざん聞かされています。ま、そのほとんどがのろけ話で、少々、胸焼けがするほどですがね、ハ、ハ、ハ。いやいやこれは冗談ですよ、ハ、ハ、ハ。ところで友紀さん、試験の手ごたえはどうでしたか？」

「叔父さん！　それは僕が聞きたいことやないですか。あかんですやん」

と、俊彦が笑いながら言った。

「おっと、これは失敬しました、ハ、ハ、ハ。それでは俊彦君からどうぞ」

「それでは、あらためまして友紀ちゃん、試験はどないやった？　君のことだから大丈夫やろうけど、君のことを思うとったら、講義もところどころ上の空やった」

と、少し訛りの入った大阪弁で聞いた。

友紀は、二人の軽妙で親密ぶりが窺えるやり取りを聞きながら苦笑しつつも、

「はい、まず大丈夫と思うばってん……」と答えた。

「そっか、友紀ちゃんがそう言うなら間違いなかね」

「豊田先生、俊彦さん、お忙しいところをわざわざお出で頂き、ありがとうございます」

と、母の友子。

「どういたしまして。私は今から別の場所で会合がありますので、これで失礼いたしますが、あとのことは俊彦がちゃんとエスコートしてくれるはずです。ま、小船に乗ったつもりでご安心ください、ハ、ハ、ハ」

「小船かぁ、酷いな叔父さん。でも大丈夫です。アドバイス頂いた通りにしますので、どうぞお引取り頂いて結構です。エヘヘ」

「それじゃ、これで。どうぞ大阪の味を存分にお楽しみください」

そう言って、豊田教授は去っていった。

俊彦が二人を案内したのは、新地本通りにある有名な「スッポンとうなぎ」の名店だった。すでに店内は満員の盛況で、三人は奥の座敷個室に通された。

「いや、こんな高級な店は叔父さんの行きつけで、ここを予約してくれたんですわ。叔父さん

はお供できないかわりに、支払いは自分持ちだから勘弁してな、って付け加えてはりました。

そやよって、今日はドンと盛大に旨いもん食いまひょ」

そう言って俊彦が〝スッポンのフルコースと、まむしを三人前〟と、オーダーした。

友紀が目をむいた。

「エッ！　まむしって、ヘビの？」

さすがに友子は知っていたようで、口を押さえて笑いをこらえている。

俊彦も笑いながら友紀を優しく見やった。

「なして、なして、二人してうちば、からかっとうと？」

「アハハ、ごめん、ごめん。実はね、うなぎのことを関西では、まむしと言うねん。これ叔父からの受け売りなんよ。びっくりした？」

「ん、もう！　びっくりしたとよ。なして、まむしって言うと？」

「これも受け売りなんやけど、関東地方では、うなぎは背開きして蒸し焼きにする調理法で、ふっくらと柔らかいのが特長なんや。これに対して関西では、うなぎの腹を割いて地焼きするという調理法が主流なんや。腹を開くというのは、お互い腹を割って話をしよう、という商人の町の名残らしいねん。真偽は『？』やけど。

でも、関東地方の柔らかいうなぎと違うて、関西のは歯ごたえがあるのが特長なんや。まむしと言うのは熱々のご飯とご飯の間にうなぎを挟んで、それで蒸した状態にするから、そう呼ばれたらしいんやわ。あっ、これも真偽は『?』なんや。

でもね、東西の調理法は違うても、〃串うち三年、割き八年、焼き一生〃と言われるのは東西一緒らしいねん」

「ふーん、俊彦さんはやっぱ物知りったい。でも……」

突然、友紀が笑い出した。

「俊彦さんの大阪弁? 何んかおかしかと」

横から友子が言った。

「友紀はまだ聞き慣れていないからでしょ? 俊彦さんは、大阪に来てもう丸三年だから、大阪弁を喋(しゃべ)るのって自然じゃない?」

「いやぁ、まだ慣れていないんで、こっちの友人なんかから、お前の大阪弁は何や博多訛りが入ってんのとちゃうかって、笑われてますねん。いや、笑われちょるっとですよ」

三人が笑い合ったところに、スッポン料理が運ばれてきた。

俊彦と友子はビールで、友紀はウーロン茶で乾杯した。

俊彦の医学部での講義内容とか、大学の学生寮の生活模様や、家庭教師のアルバイトでのエピソードなどを面白おかしく話題にしながら、三人は豪勢(ごうせい)なスッポンとまむし料理に舌鼓(したつづみ)を打った。

俊彦は友紀を見るにつけ、いよいよ天性の美貌に加え、処女独特の清澄（せいちょう）なまでの肌の張りが一段と輝いているので、ときどきじっと見惚れていたのだが、その視線に早くに気づいていた友子は、そんな俊彦をほほ笑ましく見やり、思っていた。

〝友紀はこの人となら、きっと幸せになれるわ〟と。

その夜、俊彦は後日短大の合格発表を確認したら携帯かメールで知らせることを約束してから、大学の寮に帰って行った。友紀母娘は梅田のホテルに泊まった。

翌日、二人は俊彦が探してくれていた友紀の住まいを見に、地下鉄御堂筋線緑地公園駅に向かった。友紀は合格することを前提に、早々と俊彦に依頼していたのだ。

駅から数分のワンルームマンションで、周辺の環境も申し分がなく、必要な家具類の大半が備えつけであったので即断（そくだん）で賃貸契約した。母も気に入ったようで、父のカードで契約金を支払ってくれた。両親に感謝しつつ、

〝ここなら俊彦さんとはすぐにでも会えるし、大学へも一時間以内で便利だわ〟

と、友紀はすでに短大生活に思いを馳（は）せながら、浮き浮きとしていた。

その後、いったん博多に帰っていた友紀に、俊彦から短大合格の連絡が携帯に入ったのは二月の末であった。友紀は自室にいた。

「友紀ちゃん、当然ちゃ当然ったい、見事合格ばい！　友紀ちゃんの番号がトップになっとうよ。友紀ちゃん十三番じゃなかかね？　一番から十二番までが全部落ちとうとよ。すごかね。友紀ちゃんおめでとう！」

友紀は合格の確信はあったが、やはりこうやって実際に知らせを受け、しかもそれが俊彦からの直接の知らせなだけに、思わず泣き出してしまった。

「俊彦さん、ありがとう、早よそっちに行きたかと……そして、友紀を……友紀は……」

「わかっとうよ友紀ちゃん。俺もほんと嬉しか。早く友紀ちゃんば俺のもんにしたかとよ！好きで好きでたまらんっちゃ。俺はこん年まで、きちっと童貞ば守っとるばい。友紀ちゃんを抱くまでったい。約束通りっちゃ。でも辛かよ。周りはみんな……」

「俊彦さん、ありがと。うちも約束通り誰にもやっとらんと。友紀の全部ば、俊彦さんのもんったい。早く友紀を抱いて欲しか！」

そのとき自室に一人でいた友紀は、思いのたけを俊彦に告げていた。

俊彦からの連絡を受けてから、吉川家では両親と友紀、文彦に節子、さらに節子の母を加えた六人で、お祝いパーティーが開かれた。文彦と節子の二人のほほ笑ましい存在はごく自然に受け入れられ、同時に友紀と俊彦のこれからを温かく見守ろうという、暗黙の了解が支配していた。

その後、三月の下旬には、友紀母娘はまた大阪の緑地公園のマンションにいた。寝具や台所用品などの購入に走り回ったが、友紀はまるで新婚生活の準備をしているようで、華やいだ高揚感に包まれて幸せいっぱいだった。

二〇〇二年四月、友紀の短大入学式が行われた。母友子も参列した。

進行を見守っていた友子は、なぜか文彦のときよりも感涙にむせんでいた。娘の俊彦に対する一途な想いが、手に取るようにわかる。

〝幼いころからひたむきに俊彦さんを慕っていた娘が、もうこんな大人の「女」に成長している。まるで自分が若いときに、夫の紀生をめがけて、その胸に飛び込んだように、友紀も自分と同じ道を歩んでいる〟と。

入学式の後のオリエンテーションは、明日からの一泊二日の合宿を含めて四月八日までの長期行事となるので、友子は明日には博多に帰る予定だ。新入生たちの合宿の班分けは、自宅通学生と自宅外通学生の混成の約二十人で構成されていて、全部で四班であった。

友紀は第一班になった。大きな会議室で各班の自己紹介が始まった。半数近くが出身地方のお国言葉で話しては、和やかな笑いを誘っていた。友紀も臆することなく博多弁を披露して、やんやの喝采を受けた。

次に立ったのは、午前中の入学式からずっと気になっていた隣席の、スタイル抜群で女優然とした佇まいの美貌の女子学生であった。柔らかな関西弁で自己紹介した。兵庫県の芦屋からの自宅通学生で、福山涼子と名乗った。涼子は、

「吉川さん、貴女の博多弁ってすごく可愛くって素敵よ。良かったらいつか教えてくださらない？」

と、気さくに話しかけてきた。

友紀は、美人らしからぬさばさばとした涼子の人柄にすぐに好意を抱き、一日目のオリエンテーションが終わるころには、すっかり二人は意気投合していた。

初日のスケジュールが終わって母との帰り道、友紀はもうすでに数人の友人ができた、と嬉しそうに話していた。母友子は、

「そう、良かったわね。でも友情は、焦らずゆっくりと育ててね。女性同士の場合は、特に微妙なバランスが必要なのよ」

と、比較的、純粋培養で育ってきた友紀に対して、一抹の不安を口にした。

俊彦は四月中旬まで、実験や地域診療所での講習などを含めたカリキュラムが詰まっていて、当分身動きができないらしく暫くは会えない。

「中旬ごろには会いに行くよ」

と言っていた俊彦のことが脳裏から離れないのだが、そんな気配を母に悟られないように気丈に振舞った。

友紀は早速、明日からの合宿に備えて、母に手伝ってもらいながら準備を終えた。合宿先は淡路島で、もちろん友紀には初めての場所になる。

翌朝、友紀は母と一緒にマンションを出た。

母は、途中の新大阪駅から博多へ帰って行った。

友紀のこれからの一人暮らしに、幾ばくかの不安を滲ませながら友子は涙を浮かべていた。

「大丈夫ばってん、心配いらんと」

と言ったものの、遠ざかる母の姿を見やりながら、友紀はやはり涙していた。

大学のキャンパスに着くとすぐに福山涼子が、まるで旧知のように満面の笑みを浮かべて駆け寄ってきた。今日から初めての大阪暮らしを迎える友紀にとっては、涼子は何とも心強い存在であった。

貸し切りバスの中では、当然のように二人は並んで座った。友紀を窓側にしたのは涼子である。明石海峡大橋から通り過ぎる山並みや海岸線、大阪湾から微(かす)かに望む関空などをガイドしてくれるためだった。友紀は涼子の細やかな気配りに感激していた。

阪神高速道路を走行しているとき、涼子が右側の六甲山の方を指して、

「あそこ辺りが芦屋で、あたしの実家があるの」

と小声で言ったが、友紀には、はっきりとはわからなかった。ただ〝あそこ辺り〟が、いっそう濃い緑が連(つら)なる一帯には見えていて、全国でも名だたる高級住宅地があるところなんだと漠然(ばくぜん)と眺めやっていた。

淡路島での一泊二日の合宿は、カリキュラム重点というよりも、ディスカッションやマスゲームなどを通じて、学生同士の親睦を深めるのが主な目的なだけに、和気あいあいとした雰囲気の楽しい時間であった。友紀のエスコート役は当然のように涼子が引き受けてくれ、ホテル周辺の桜の見所を案内してくれたり、神戸から大阪、和歌山に至る大阪湾の夜景の隠(かく)れスポットを教えてくれたり、知り合ってからまだ二日ばかりなのに、二人はまるで姉妹のように打

ち解けていた。

夜の「寝室」は、大広間に敷き詰められた二組の布団を仲良く占拠(せんきょ)した。二人ともスタイル抜群で目鼻立ちが整った美人であるだけに、同期や同行した先輩たちからは、大学を代表する〝異色の美人カップル〟の誕生だと評判になっていた。

きりっとした顔立ちで派手な姿形の涼子が洋風で、言うなれば〝向日葵(ひまわり)〟。それに対して、控え目でしっとりした印象を与える色白の友紀が和風で、言うなれば〝ゆりの花〟に例えられる存在だと見られていた。二人は布団に入ってからもお互いの身の上話をしながら、いつしか眠りに入っていた。

翌日は早朝ランニング、シャワー、朝食の後、先輩の講話に続いて、週明けのスケジュールの説明があり合宿は終了した。

帰りの車中で友紀は涼子に、許婚(いいなずけ)とも言うべき恋人があり、彼が大阪のO大学の医学生になったので、彼を追っかけて大阪に来たことや、近い将来、彼と結婚したいこと、親も兄も理解してくれていることなどを打ち明けた。

涼子は友紀の話に真剣に耳を傾けてくれ、

「貴女が羨(うらや)ましい。家族も応援してくれていて、友紀さんは幸せね。ところで、ひょっとして貴女は処女なの？」

と、いきなり友紀の耳元で聞いてきた。

「えっ？……どうして？」

「フ、フ、フ、女の勘よ、違ったらごめんね。でも当たりでしょ？」

「ええ、まだ……ないです」と、友紀は顔を赤らめていた。

「ハ、ハ、ハ、そんなにかしこまらなくても良いのよ。友紀さんのお話を聞いていたら、その彼とは純なプラトニック・ラブの関係なんだな、と感じたからよ。友紀さんは、彼との約束どおりに処女を守っているんでしょうけど、でも彼は医学生でしょ？　医学部の大学生は最も性的に開放されてるって聞いたことがあるわ。だから彼はひょっとして、すでに童貞を卒業しているんじゃないかって……あっ、気分を悪くしないでね」

「良いのそれでも。あっ、博多弁では〝よかよ〟って言うのよ。としひ……あっ、俊彦さんって言うの。彼は以前、周囲の学生はみんな経験済みで何だか気後れがするというようなことを言っていたけど、それでも彼は、〝お前と結ばれるまでは俺は誰ともせん〟って言ってくれたの。だから、私も彼にすべてを捧げたいの」

「わ〜、クラシックな純潔物語みたいで少し羨ましいかな。でも大阪で再会でしょ？　今はもう十八歳。ということは、初体験は秒読みの段階なんだ、でしょ？」

涼子が冷やかすように友紀を横から覗き込んで言った。

「いやだ、冷やかさないで。俊彦さんはずっと忙しいみたいで、暫くは会えないの。あたしね、今月の十六日に十九歳になるので、彼に連絡しようかどうか迷っているのよ」

「貴女の誕生日は、もちろん彼は知ってるんでしょ？」

「ええ、毎年、お互いにお祝いはしてきたから」

「なら、きっと大丈夫よ。ここまで来たんだから、彼を信じて待ってなさい。忙しくても、恋しい貴女のためなら必ず時間を作って、馳せ参じるわよ」

「うん、ありがとう！　あたし、我慢してきっと待つわ」

「ハ、ハ、ハ、もう泣いてるの、友紀ちゃんは」

「ごめんなさい……ところで涼子さんの方はどうなの？　聞かせて」

もうこのころには、二人はお互いの名前を呼び合うように親しくなっていた。

「えっ、何の話？」

「ずるいわ、とぼけるなんて。涼子さんの恋のハ、ナ、シ、よ。ずばり聞くけど、涼子さんはもう経験済みでしょ？　当たりでしょ？　あたしの女の勘なん、だ、け、ど」

「ハ、ハ、ハ、見事に仕返しされたわね。その通りよ。私はキスだけじゃないわ。悪いけど、ン？　そんな言い方はないか。女としての経験も済んじゃってるわ」

「ね、ね、詳しく聞かせて、お願い」

「ハ、ハ、ハ、しょうがない女性ね。良いわよ。でもね、私のはドラスティックな経験だから、あまり参考にはならないわよ。キスは中学三年のときで、相手は同級生だった。地元の中・高一貫校の、頭も良く、背も高くて、モテていた彼は上手だったわ。ディープキスも教えてもらった」

友紀は二年前の春、俊彦との素っ裸のキス初体験を思い出して体が少し火照ってきた。

涼子は続けた。

「それからは、放課後に近くの神社裏に隠れて、よくキスの練習をしたわ。胸も触られた。まだ発育途中だったけど、すぐに気持ちが良くなった。でもそれ以上は、彼は求めて来なかったの。もうすでに彼には、何人かのセフレがいたので、足りていたのかな。なにせ彼はイケメンで女の子の憧れだったから」

「えっ、中学生で、もうセフレがいたの？」

「そう。特に女の子は競ってＳＥＸを早く経験してしまおうという意識が高かったみたい。だからモテる彼は悠々としていたわ。結局、中学を卒業するまでの一年間は、彼の家でキスのほか、オーラルセックスの練習をする期間ってとこだったかな？」

「えっ？　オーラルセックスって？」

「一言で言えば、相互愛撫ということかな。友紀さん、詳しくは彼に教えてもらいなさい、ねっ！」

「………」

「で、ね。高校に進学した年の夏休みに、とうとうというか、やっとというか、初体験を済ませたの、彼の家で。私の実家からそう遠くない同じ芦屋でも、六麓荘（ろくろくそう）というとてつもなく広大な敷地にある大豪邸なんだけど、彼の部屋に入るときは、いつも四十歳前後の綺麗なお手伝いさんが案内してくれたの。だからご両親とか家族の人には会ったことはなかったわ。

夏の昼下がりだった。二階の東南に面した部屋の窓は開放されていて、心地よい風が吹き抜けていくの。静寂（せいじゃく）だけど、セミの鳴き声だけが今でも耳に残っているわ」

バスは阪神高速の神戸御影辺（あた）りを走っていた。

「すぐにベッドに押し倒されたわ。珍しく彼は目をぎらつかせて迫ってきた。〝ずっと前からお前としたかった。今日はお前の処女を俺がもらう、良いな〞って、ずいぶん気障（きざ）なセリフを吐（は）いたわ、フ、フ。それから私の服を手荒く剥（は）ぎ取った。夏の装（よそお）いだから、そんなに乱暴しなくても簡単に裸にできるのに。そのとき彼には、ちょっとSっ気があるんじゃないかと思ったの」

「Sっ気って？」

「サディストのSよ。反対はマゾヒストのMよ。よくS&Mの世界っていうでしょ？　あっ、知らないの？　じゃ、それも彼に教えてもらいなさい。で、彼に〝乱暴にしないで、優しくして〟ってお願いしたら、いつものようにオーラルセックスが始まったの。いよいよ私も、って思うと、もう体が反応してすでに心身の準備が整ったところで、彼がすぐに入ってこようとしたの。で、私は〝こんどうさんを！〟って要求したの」

「エッ、誰？　こんどうさんって」

「ハ、ハ、ハ、困った女性ね、何にも知らないんだから」

「ごめんなさい、知らないことばかりで。でもあまりバカにしないで、お願い」

「冗談よ、気にしないで。こんどうさん、というのは、コンドームの隠語なの。避妊具のゴムのこと。高校一年生で妊娠なんかしたくないでしょ？　ところが、彼は〝そんなのは駄目だ。俺は何にもなしで、そのままやる。でも必ず外に出すから〟と言うの。押し問答したけど、結局押し切られたわ」

「何にもなしで、そのままで……外に出す？　すごい高校一年生なのね」

「そう、彼のテクは半端じゃなかった。私はすぐに気持ち良くなり、痛みもほとんどなかった。出血も少しだけ。声もちょっとは出してたかな。

　多分、キスやオーラルなんかの前戯で受入れ態勢ができてたのかな。約束通り中には出さなかったわ。自制心が強かったみたい。彼は〝お前とはセックスの相性が抜群だから、俺のセフレになれ〟って言ったの。まんざらでもない私は、軽く頷いてた。

彼は夕方までに、結局四回も挑んできた。ものすごく絶倫だったの。途中、お手伝いさんが冷たい飲み物とスイカを部屋の外に差し入れてくれたときだけよ、中断したのは」

友紀がフー、とため息を漏らした。

「結局、彼の家を出たのは夕方の五時過ぎ。実家まで歩いて帰ったわ。初体験でかなりの快感を覚えた体は、とても軽かったけど、なんだか腰から下が不安定で歩きにくかったわ」

「すごい体験なのね。初めてのセックスでそんなに気持ちが良くなるの？　やっぱりその彼のテクニックが抜群なのね。彼はどこかで習ったのかな？」

「実はそうなの。彼はどこかの人妻にテクを仕込まれたって、彼が急死してから耳にしたの」

「えっ、急死！」

「さっき、ドラスティックな体験って言ったでしょ？　初体験をした翌日に、学校からクラスの全員が集められて、そこで彼が昨日の夕刻に若年性心筋梗塞で突然死したって報告があったの。昨日の夕刻って私が彼の家を出た直後じゃない。ものすごいショックを受けたわ。クラスの女の子たちの何人かは、泣きじゃくってた。多分、彼と関係があったんでしょうね。

でも私と彼の関係に気づいている子はいなかったみたい。そのとき他の子たちの、〝彼はある人妻にセックステクニックを仕込まれている、と自慢していた〟という、ヒソヒソ話が耳に入ったの。なるほどね、って、それはそれで妙に納得したけど、やはり身近な人の死って、簡単には受け入れられないでしょ？　茫然自失の状態だった」

「本当に衝撃的な話なのね。まるで小説みたい」

「事実は小説よりも奇なり、って言うでしょ。でもね、これにはまだ続きがあるのよ」

「えっ？　まだあるの？　涼子さん、聞かせて、聞かせて！」

「フ、フ、フ。この続きは、友紀さんにはちょっと刺激が強過ぎるかもよ。でも良いわ、全部話してあげる。その夜に通夜があって、クラスのほぼ全員が参列したわ。彼の家は大地主なので、近隣から多くの人たちが参列していたの。そのとき初めて、ご両親と長身の兄という人の顔を見たのだけど、その兄という人とご両親とは、ほとんど似たところがないの。彼は生前、〝俺には三歳上の兄がいるが、性格が全然合わないし、奴は親父の妾の子だ〟って、言っていたのを思い出していたわ。あっ、余談になってごめん」

バスは阪神高速の大阪市内に入っていた。

「通夜を終えて玄関を出たら、少し離れたところから手招きする女性がいたの。あの綺麗なお手伝いさんだった。彼女は、こう言ったの。

〝貴女は福山さんのお嬢さんで涼子さんでしょ？　亡くなった啓悦さんから聞いています。とても言いにくいことなんだけど、昨日、貴女がこの館を出てすぐに私は彼の部屋に入ったの。

そのとき彼はベッドにうつ伏せだった。でも様子がおかしいので、体を揺すぶったら、息をしていないようだったの。慌てて主治医に電話をして来てもらったけれど……その後、主治医が警察に連絡したの。主治医からも警察からも、直前に何か激しい運動とか行動とかしなかったか、って聞かれたわ。何せ彼は素っ裸だったの。でもね、貴女と二人でシャワーを浴びて洗いっこしてたから、彼の体には、それらしい付着物は何もなかった。だから、主治医も警察も事件性はないってことに。貴女、私が何を言いたいかわかる？〃って。

私は意味がもう一つ呑み込めなかったから、首を横に振ったの。それよりもこの女性は何でも知っている。どこかで覗き見していたのか、って少し気味が悪かったわ。彼女は続けたの。

〝涼子さんね。貴女が部屋を出るのがあと四、五十分遅かったら、彼は腹上死の状態で発見されていたのよ。もしそうなったら、高校生の貴女の将来は絶望的でしょ？　だから、警察にも医者にも貴女のことは何にも話していないわ、安心して。でもね、これからは貴女も気をつけて。パートナーとはし過ぎないようにね。あんな立派なお坊ちゃまが急に亡くなるなんて……私は……ウ、ウ、ウ〃

そう言って彼女は泣き出したので、そこで初めて、彼に性教育をしたのはこの女性じゃないかって気づいたの」

友紀はまた、フーと深いため息をついた。

「本当にすさまじい話ね。ただ……腹上死って?」

「いいこと? セックスにはラーゲっていういくつかの体位があるの。普通一般に多いのが正常位といって、男性が上になる体位。男性がこのままの状態で、突然死するのが腹上死っていうの。女性にとっては、たまったもんじゃないわ。マスコミではあまり報道されないけど、腹上死とか、逆の腹下死という事故は結構あるみたいよ。友紀さん、もうすぐね、初体験は。彼にあまり無理をさせては駄目よ、ご用心、ご用心よ、ねっ! ハ、ハ、ハ」

バスはようやく阪神高速の環状線に乗った。短大に帰着したのは六時過ぎであった。

二人の性体験談は、お互いに興味深く聞き合ったものの、涼子の方が遥かに「先」を進んでいるわと、友紀は少しのやっかみを感じていた。こうして合宿行事は六時半に解散した。

途端(とたん)に、友紀は途方もない不安に襲われていた。

今晩から他に誰もいない部屋で、たった一人で過ごさねばならない。泣きそうになった。どうしよう……。すると、涼子がすぐに寄ってきた。

「友紀さん、もう子供じゃないんだから、早く慣れなきゃ駄目よ。明日の日曜日は、余計なお世話かも知れないけど、お掃除とか片付けなどがあるんじゃない? 彼からの連絡を信じて待つことよ」

「うん、わかった、ありがとう。でも来週からはどうしたら良いのか……」

「大丈夫よ。できるだけ私がお付き合いして、あ、げ、る、ねっ！」

「うん、ありがとう涼子さん」

「ハ、ハ、ハ、また泣いてるよ、友紀さん！　さっ、今日はこれから梅田で夕食を一緒しましょ。ただし、友紀さんの奢（おご）りですぞ、よかねっ！」

「うん、よか、よかよ」

友紀は涼子の優しさと友情に、心から感謝すると同時に、彼女との出会いに、運命すら感じていた。

⑤桜の通り抜け、官能の檻（おり）

二〇〇二年に医学部三回生になった俊彦は、連日の生化学実習のほか、地域医療機関での実習や臨床講義などに忙殺（ぼうさつ）されていた。また夜や土曜・日曜には複数の家庭教師のアルバイトに精を出すなど、八面六臂（はちめんろっぴ）の活動を続けていた。

博多で現役の警察幹部として頑張ってくれている父親の負担を、少しでも軽減しようと自分なりに考えた結果であるが、目的はもう一つあった。今月の四月十六日が愛しい友紀の十九歳の誕生日なので、短大入学のお祝いを兼ねて彼女にサプライズの贈り物をしようと計画していて、その資金作りに奮闘（ふんとう）していたのだ。

友紀には中旬までは会えないので我慢するようにと伝えていたが、彼女がたった一人で不安なマンション生活を送っているかと思うと、何とも不憫（ふびん）でならない。毎日、毎日、友紀はどうしているだろうかと心配になってしまう。

一方、妹の節子は、この一年間で偏差値が大幅に上昇し、文彦のいるQ大合格は間違いないと進学指導から太鼓判を押された、という嬉しいメールが母典子から届いていた。来年の入試まであと一年だ。だからなおさら自分が早く社会に出て、負担が増える父親を少しでも助けたい、との思いを強くしていた。

　そんなとき、四月十一日の木曜日の深夜に友紀からメールが入った。

〔俊彦さん、お忙しい毎日ですのにメールをしてしまってごめんなさい。連絡があるまで待つように言われていたのに、本当にごめんなさい。でも、あたし、寂しいんです、一人が怖いんです、俊彦さんに会いたいです、会いたいです、会いたいです、どうしたら……〕

　友紀はその前日の夜に母の友子に、泣きながら電話をしていた。

「お母さん、あたし寂しか。俊彦さんには今も会えんと。一人でいるのが怖かよ。どうしたらよかと？」

「友紀、もう大人なんだから慣れなきゃ駄目よ。いつまでも子供みたいことを言ってちゃ、独り立ちできないわ。俊彦さんは、中旬ごろには会えるって言ってたんでしょ？　だから俊彦さんを信じて待つことよ。良いこと？　信じるということも愛情の一つなのよ。それとも私がもう一度そっちに行って、友紀の面倒をみてあげようか？　そうしたら、いつまで経っても母離れができなくてよ」

　と、叱られていた。しかしそれでも翌日になると友紀は我慢ができなくなって、俊彦にメールをしてしまったのだ。

俊彦はメールを受け取ったとき、家庭教師のアルバイトを終えて遅い食事を済ませ、ちょうどベッドに入ったばかりであった。やはり友紀が不憫でならない。このままでは不安のあまり倒れでもしたら大変だと、意を決して携帯の番号を打った。

「もしもし、友紀ちゃん、僕だよ。大丈夫だからね、あと数日で会えるから。気持ちをしっかり持ってね」

「ウ、ウ、ウ……うわーん！」

大声で友紀は泣き出してしまった。

「友紀ちゃん、僕を信じて。僕も早く会いたかよ。でもそうするために今、頑張っとると。泣かないで友紀ちゃん、好いとうよ」

「あた、あたしも、ヒック、俊彦さんのこと、バリ好いとうと。ヒック、ごめんなさい」

俊彦は、そんな友紀への愛しさがますます込み上げてきて、胸が苦しくなっていた。

友紀は、四月八日までのオリエンテーション行事をすべて無事に終えた。その期間中も、夜にはたいてい涼子が食事やショッピングにと付き合ってくれたが、週末や土・日は用事があるからと、いそいそと別行動をする。そんなとき友紀は、置いてきぼりを食らったような惨(みじ)めな孤独感を味わってしまう。でも必死に耐えていた。俊彦への信頼を裏切らないようにと、自分自身に言い聞かせながら……。

そして四月十五日、月曜日の早朝、俊彦から待ちに待ったメールが入った。

〔明日は友紀ちゃんの誕生日だね。おめでとう！　でね、計画があるんだ。明日の午後五時に淀屋橋の大阪市役所玄関前、御堂筋に面した階段の所で待ってるね。二人だけでお祝い会をしよう。良いね、明日の五時だよ。僕を信じて！〕

友紀は小躍りした。通学の電車内でも頬が緩んで、一人笑いをしているのを自覚しては、周囲に変に思われていないかと、赤面していた。

大学での講義も半ば上の空だった。この〝異変？〟に気づいた涼子が言った。

「友紀さん、朝からニヤニヤしてるけど、とうとう彼から連絡が来たんでしょう？」

「ウフフ、実は、そうなの。明日はあたしの誕生日で、何か計画があって、二人だけでお祝い会をしよう、って。明日の夕方に淀屋橋で待ち合わせよ」

「そう、良かったわね！　お誕生日、おめでとう！　待った甲斐があったわね。そっか、淀屋橋でね。なるほど、素敵な夜を過ごせそうね」

「えっ、淀屋橋って何かあるの？　涼子さんは何か知ってるの？」

「そんなんじゃないけど……ねっ、友紀さん、良いこと、彼に思いっきり甘えなさい。そしてどんな状況になっても、体の力を抜いて彼にすべてを任せるのよ、良くって？」

と、まるで母親のような言い方をした。

そして翌十六日、淀屋橋までは友紀が不案内だろうからと、涼子が付き添ってくれた。御堂筋に面した市役所の玄関階段付近は、何やら多くの人たちがたむろしていた。約束の五時までにはまだ二十分ほどの間があった。

友紀はキョロキョロと周囲を見回したが、この人だかりでは俊彦の姿は確認できない。

「心配いらないわよ、友紀さん。ちゃんと彼が見つけてくれるわ。じっとしていなさい。今日から桜見物で賑わっているの。私もこれからデートよ、じゃ～ね」

そう言って彼女は梅田の方へ歩いて行った。

しばらくして、後ろからポンポンと肩を叩かれた。「ヒッ」と言って振り返った。

そこに笑いながら俊彦が立っていた！

友紀は思わず「俊彦さん！」と叫んで、いきなり彼に抱きついていた。

周りのことはまったく目に入らなかった。今、見えるのは俊彦だけだった。

友紀は我慢できなくなって、俊彦の胸でもう泣きじゃくっていた。

「待たせたね、ごめんね」

俊彦は友紀の背をさすりながら優しく抱きしめていた。

周囲の何人かが、ほほ笑ましい表情で二人を見やっていた。

俊彦は友紀を促して地下の京阪電車淀屋橋駅に連れて行った。電車内は超満員だった。友紀は、片時も離れまいと俊彦の手を握り締めていた。すぐの天満駅で一挙に乗客が降りた。二人もその流れに乗っていた。

俊彦と一緒なら行き先はどこでも良かった。地上に出て天満橋を歩いて渡っているときに、初めて俊彦が言った。

「友紀ちゃん、これから有名な〝造幣局(ぞうへいきょく)桜の通り抜け〟に案内するね。自分なりに下調べをしたことだけど、今年の通り抜けは十二日から十八日までなんだ。この桜の通り抜けは明治十六年に始まったので、今年で百十九年目になるのかな。造幣局というのは全国に三カ所あって、ここ大阪が本局で、東京と広島が支局らしい。もうすぐだよ、入り口は」

天満橋北詰の表示があったが、どうやらここから東の方角へ向かうらしく、大変な人の流れが続いている。でも今日は平日の火曜日なので、土、日と比べたらまだマシな方らしい。

友紀は周囲を見回す余裕などない。ただ俊彦の手を握り締めてついていくだけである。

やがて南門から造幣局に入った。

「友紀ちゃん、こっちが北行きのルートで、右手が南行きルートなんだ。どちらからも反対ルートには行けないルールになっているんだ。左右や頭上を見てごらん。満開の桜のトンネルを歩いているようだろう？」

友紀は息を呑んでいた。これまで見たことのないような桜！　白や赤、ピンク、黄色など色とりどりの無数のさくら、さくら、さくらの別世界！

「俊彦さん、あんましきれいで、すごかよ、眩暈(めまい)がしよる。天国ったい！」

「ほんとだね。ほら、これはソメイヨシノと八重桜、あれがしだれ桜、その向こうが牡丹(ぼたん)、これくらいは知ってるね。でも笹部桜とか、大手鞠(おおてまり)とか、えっと、ギョイコウ(御衣黄)と書いてあるけど、初めて見るのがたくさんあるね。あれだよ「今年の花」と言われる「蘭蘭(らんらん)」は。

にわか勉強だけど、ここには百三十種類余りの桜が、約三百五十本植えられているって。そのほとんどが、山桜に対する里桜なんだって。片側通路の長さが約五百六十ｍだけど、人ごみがすごくて、ほとんどの人たちがカメラを構えているから、ゆっくりとしか進めないだろう？だから通り抜けるのに三十分以上かかるかな」

友紀は、俊彦の詳しい説明に耳を傾けている「つもり」なのだが、実際は、そのほとんどが友紀の耳を「通り抜けて」いた。

市役所前で会ってからずっと片時も、俊彦の右手を離していない。いっときたりとも繋ぎ合った手を離してしまうと、俊彦がどこかへ行ってしまいそうな不安に駆られていた。だから金輪際、俊彦の握った手を離すものかと、そのことに集中していて俊彦の解説には半ば上の空だった。

俊彦はそんな友紀の心理が手に取るようにわかり、いよいよ可愛さが募って自然に顔が綻んでくる。自分の右腕を、友紀は左手でぎゅっと握っているが、時折両手がやってくる。そのたびに友紀の乳房が、俊彦の右腕の肘あたりを圧迫する。友紀は多分、意識はしていないだろうが、俊彦の受ける刺激はかなりのものだ。俊彦は、あの「素っ裸での口づけ」のときの友紀の裸体を思い浮かべて、すぐにでもじかに乳房に触れたい、との妄想がちらついていた。

「あっ、俊彦さん。何か美味しい匂いがする。何んかあると？」

「ああ、屋台が出てるんや。でもな、もうすぐ通り抜けするから、そしたらあるところで、友紀ちゃんの誕生日と大学入学の両方のお祝いをするから、ちょっと我慢してな」

「えっ、そげなこと考えてくれとると？　ホンと！　うわっ、ほんと？　嬉しか！」

「友紀ちゃん、もう泣いてんのか？　アホやなぁ。ハ、ハ、ハ」

造幣局を通り抜けてから、「あるところ」に着いたのは、午後六時半を過ぎたころであった。そこは著名なTホテル大阪であった。ロビーに足を踏み入れたときに、やっと友紀は俊彦の手を離した。気後れがしたのだ。

「さ、ついておいで」

俊彦は友紀の肩を優しく抱いて、フロントに向かった。そしてゲストブックの氏名欄に豊田俊彦、友紀、そして自分の住所と電話番号、年齢も二十一歳、十九歳とそれぞれ正直に記帳した。

友紀はそれを見ながら感激に打ち震えていたが、涙を必死に我慢した。

〝あたしを俊彦さんの妻と書いてくれた〟と理解したのだ。

ルームカードキーを受け取った俊彦は、案内しようとするベルボーイを丁寧(ていねい)に断ってから、友紀の腕を取ってエレベーターホールに向かった。余りにも堂々とした俊彦の振る舞いに、友紀の彼に対する信頼はますます増大していた。

エレベーター内は幸運にも二人だけだった。俊彦が友紀をぐいっと引き寄せた。

友紀はそれを予期していたかのように俊彦の胸に体をぶつけた。

久しぶりの口づけだ。

互いに貪(むさぼ)りあうように吸った。

友紀は我慢できないかのようにもう泣いていた。

エレベーターが、チン、と鳴って止まった。ドアが開いた。そこは客室最上階の二十一階であった。部屋に入った友紀は目を見張った。一目でデラックススルームだとわかったからだ。大きなダブルベッドと豪華絢爛な調度品。窓際のテーブルには、マンゴーやブドウ、赤りんごと黄りんごなどのウエルカムフルーツが。

友紀は窓の重厚なカーテンを引いた。

俊彦が友紀の肩を抱きながら、

「ほら、あそこに見えるのが大阪城で、その手前にあるのが大阪城ホールや。下を流れているのんは、旧淀川の大川と言うて、やがて堂島川と土佐堀川に分かれ、また安治川となって大阪湾に注いでいくんや。

この大川では毎年夏七月に行われる、日本三大祭の一つと言われる天神祭の船渡御というて、百艘もの船がこの辺りから出るんや。菅原道真公の命日に因んだ神事の一つで、だんじり囃子が鳴り響いてな、両岸のかがり火と提灯の灯りと奉納花火とが川面に、そらものすごう幻想的に輝くんや。いわば、火と水の祭典や。僕も去年、初めて目にしたんやけど、感動してしもうたわ」

「えっ、俊彦さん、初めて聞くとばってん、誰と来たと？　ねっ、ねっ」

「俺の彼女と……ハ、ハ、ハ、冗談んちゃ、冗談。寮の仲間ったい」

「ん、もう、俊彦さんたら！」

そう言いながら拗ねて見せる友紀が可愛くて、肩に廻した腕に力が入る。

「京都の祇園祭、東京の神田祭とで三大祭りやと言われているんやけど、ま、博多どんたくもすごかよね。天神祭については何かと偉そうに言ってるけど、すべてにわか勉強なんで申し訳ございませんが、質問は受付けられまっしぇんです、ハイ」

と、おどけた口調で言った。友紀の緊張を、少しでも和らげようとする俊彦の優しさが嬉しくて、友紀は背中を俊彦に強く預けた。

「ほら、こっちはさっき通り抜けした造幣局の桜並木だよ。上から見るのも素敵だね。日が暮れるとぼんぼりが点灯されるから、もっと感激するよ。また後で、ここから一緒に見ようね。さっ、腹へったやろ？　うまかもん食べよか？」


エレベーターで最上階の二十四階まで上がり、有名な日本料理店の暖簾をくぐった。この店は、俊彦は二度目らしい。奥の個室に通された。掘りゴタツなので足が楽だ。すぐに女将がやってきて挨拶した。

ここも俊彦の叔父が贔屓にしているらしく、二人に対して親しみを込めて接してくれた。俊彦が友紀を僕の許嫁です、と女将に紹介した。

「豊田先生からお伺いしていたとおり、とてもお綺麗で素敵なお嬢さまですわ。俊彦さん、お幸せですわね」

と、女将は応じた。

二人はほのぼのとした至福に包まれていた。

女将は、気を利かせてすぐに座を外してくれた。

「では、友紀ちゃんの大学入学と十九歳の誕生日の両方のお祝いを兼ねて」

そう言って、俊彦はビールで、友紀はオレンジジュースで乾杯した。

料理は豪華だった。先付け三種に始まり、前菜五種、一の膳のお造りから二の膳、三の膳、ご飯と続き、デザートが出るころには友紀はお腹がいっぱいになっていた。

食事の最中に、俊彦は友紀を長い間、待たせたことを詫びて話を続けた。

友紀へのお祝いをサプライズで考えたのは、二月の短大合格発表のときであった。それからは、その資金作りのために家庭教師の口を増やしたり、大学病院内でのアルバイトのほか、土、日には友人の肩代わりの家庭教師などにも精を出した。造幣局の桜の通り抜けは、大阪に来たときから毎年、仲間たちに誘われたのだが、絶対に友紀と一緒に行きたいと思って今年まで我慢してきた。

この日本料理店は、今年の正月明けに叔父に連れられて来たときに、ぜひ友紀を案内したいと思い、同時にこのTホテルで友紀との記念すべき夜を過ごしたい、と決意した。ホテルの部屋は、できればスイートルームを考えたけれど、とても手が出ないので、少なくともデラックスルームに、それも必ずリバーサイドルームにしようと、早くにリザーブした。

今回のサプライズ計画はすべて俊彦一人で考えたものであり、誰の世話も受けておらず、費用もぜんぶ自分の貯金で賄(まかな)った。だから、何も気にしないで自分に思いっきり甘えて欲しい。そして今夜は、二人きりの世界に浸(ひた)って、愛の確認をしよう、二人が一つになるんだよ、と。

俊彦の言葉の一つ一つを耳にしながら、友紀は慈愛に満ちた俊彦の眼差しに、限りない愛情を感じ取り、すでに涙を幾筋も流していた。


九時前に二十一階の部屋に戻った。テーブル上のフルーツはカットされて、綺麗に皿に盛られていた。白ワインも一本、ワインクーラーに入っていた。出がけに俊彦がバトラーに依頼していたのだ。

俊彦は、すぐに友紀の肩を抱いて窓際に立った。造幣局の桜並木が、ぼんぼりの灯りに照らされて幽玄の世界を醸(かも)し出していた。まさに、天空からしか目にできない余情の眺めだった。

二人は、どちらからともなく自然に唇を合わせていた。俊彦は友紀の腰を引き寄せた。友紀の舌を求めて吸った。友紀も愛おしそうに俊彦の舌を柔らかく吸った。夢中で吸った。

やがて友紀の腰が崩れ落ちそうになった。

俊彦が、ぐっと抱きとめた。

「友紀ちゃん、一緒にシャワーをしよ。よかや？」

「……はい。よかです、うちも一緒したかと」

そう言って友紀は恥ずかしそうに下を向いた。

ベッド脇に立った二人は〝あのとき〟と同じように向き合いながら、衣類を脱ぎ捨てていった。友紀は、もう恥ずかしさを感じてはいなかった。むしろ、もうすぐ俊彦さんのお嫁さんになれるんだ、という期待と歓（よろこ）びに浸っていた。

二人は自然に手を取り合ってバスルームに向かった。俊彦がシャワーの温度も水量も調整してくれた。二人はまた向き合って交互に頭からシャワーを浴びた。

どちらも顔から雫を滴（したた）らせながら、また唇を合わせた。

やがて俊彦がボディーソープを手に垂らして、友紀を肩から洗いだした。

首、乳房へと手の平が伸びる。硬くて弾力に富んだ両の乳房！

もうこの時には、俊彦のものはすでに〝あのとき〟と同じように「屹立」していたのだが、うっとりとして目を閉じた友紀はまだ気づいていなかった。

俊彦は〝あのとき〟以来、夢にまで見た友紀の乳房を、息を荒らしながら揉（も）みしだいた。

ピンクの蕾にも触れた。

得も言えない手の平の心地よい感触に、俊彦は夢中になっていた。

友紀が我慢しきれなくなったように、あぁ、と声を上げて俊彦に抱きついてきた。

その拍子に俊彦の「屹立」が友紀の下腹部に当たった。〝あのとき〟と同じだ!

友紀が目を開けた。俊彦と目が合った。

二人は含み笑いをしながら、頭を下げてその「屹立」を見やった。

今度は友紀が、その「屹立」にチョンと触れた。途端にそれがピョンと跳ねた。

友紀が今度は撫でた。またピョンと跳ねた。またも友紀の遊びが始まった。

「ちょ、ちょっと待たんね、友紀ちゃん。あとで、あとでよかろうもん。頼むっちゃ」

友紀はもう大胆になっていた。涼子から聞いていた男の生理がどんなものかを、今、試してみたい、この目で見てみたい、と思った。

友紀は両手で触って優しく上下に撫でた。

「屹立」はますます硬く大きくなったように感じた。

真っ赤になって、まるで怒っているように怒張している。

〝こげん、太かもんになって、すごかぁ〟

友紀は夢中になって両手を動かした。

「友紀ちゃん、やめろって！　アカン！　かんにんしてや！　友紀ちゃん！」

俊彦が身を捩った。

友紀は、涼子が言っていたことを思い出してどうしてもやってみたくなり、しゃがみこんでその「屹立」に顔を近づけた。

自然な動作であった。

ところが俊彦が、うわぁ！　と声を上げてのけぞった。体が硬直していた。

その瞬間であった。

友紀の顔と胸を目がけて、白濁した液体のような何かが飛び散ってきた。

何回も何回も……。

友紀は動転した。

これが聞いていた男の体液なのか。これが、あの……。

でも友紀は感動していた。

〝俊彦さんの「これ」が、あたしの中に入ったら赤ちゃんができるんだ〟と。

「友紀ちゃん、ごめんな。びっくりしたやろ？　でもな、あんなに触られたら男は我慢できんのや。これは事故や、事故なんや、ごめんな」

そう言って、友紀の体にシャワーをかけながら、俊彦は自分の分身から飛び出したものを丁寧に洗い流した。

男の生理現象を初めて目にした友紀は、思わず俊彦の首に飛びついていた。

下腹部に当たる「屹立」が、少しおとなしくなったように友紀は感じていた。

それから二人は、体の隅々(すみずみ)までを洗いっこしたり、何度もなんども口づけをしたりして、男と女の見えない垣根(かきね)を取り払っていった。

やがてバスローブを身に纏(まと)った二人は、もつれるようにしてダブルベッドに倒れこんだ。

二人はまた口づけを始めた。今度はゆっくりと優しく、絡(から)み合わせた舌をチロチロと舐めて吸った。俊彦も友紀も互いの唾液を喉に流し込むように、音を立てて飲み込んでいた。

友紀の息が乱れてきた。

俊彦が友紀のバスローブを剥(は)いだ。

真っ白い肌とキュートな乳房が俊彦の眼下に現れた。

可憐なピンクの蕾(つぼみ)を口に含んだ。舌で優しく舐めて転がした。

反対のもそうした。

乳房を揉んだ。反対のもそうした。

搗(つ)き立ての餅をこねているような気色の良い感触に、俊彦はひどく興奮していた。

友紀はいっそう呼吸を乱して苦しそうに喘(あえ)ぎだした。

「俊彦さん、お願い、電気ば消して」

「友紀ちゃんそれはいけんっちゃ。ずっと前にも言うたろうや。友紀ちゃんのすべてが見たいと。体のどこんかしこもったい。友紀ちゃん、美しかよ。綺麗かよ」

俊彦はうわ言のように言いながら、唇を次第にくびれた腰から下腹部の方に下げていく。

友紀の肌は白くて柔らかく滑らかな上に、まるでビロードのような上品な舌触りで、吸い付くような感触だ。

俊彦は夢中になって唇を這わせた。お腹のくぼみも舐めた。

やがて下腹部のこんもりとした丘に到達した。

柔らかく少ししっとりとした若草が舌に絡みついた。

俊彦は、医学書で学んだ女体のあれこれを思い浮かべていた。でも女体の医学的な機能は理解してはいるが、生身の女体はどうすれば反応するのかなど、実戦経験がないだけに、ここからは手探りにならざるを得ない。

経験済みの仲間たちから、童貞の豊田にレクしてやろうと、からかい半分でAVを見せられたが、果たしてその通りにできるのだろうか——不安だ。

でも当たって砕けろだ、本能の赴くままに、だが優しく、心を込めて全力を尽くそう、と心に決めていた。

一方、友紀は、乳房や体のあちこちを吸われたり舐められるたびに、体の内奥に鋭い官能の電流が走りまわり、その心地よさに身を捩りながらも、なすがままに身を委ねていた。

しかし心の中で、きっともっと気持ちよくなるときと、俊彦さんがあたしの中に入ってきたら、きっときっと痛みを感じるときがやって来るわ、と少しの期待と怖れとを抱いていた。

同時にまた涼子が言っていた
〝友紀さん、いいこと。彼に思いっきり甘えなさい。どんな状況になっても体の力を抜いて彼にすべてを任せることよ〟

の言葉を思い浮かべていた。

そうよ、俊彦さんから何をされても良いわ、好きにして良いのよ、と。

友紀はすでに羞恥心をかなぐり捨てていた。

俊彦さん、友紀の全部を見んしゃい！

友紀のすべてが、俊彦さんのもんったい、と声にならない声で叫んでいた。

俊彦は、友紀の両脚を割って体を入れた。

綺麗に生え揃った漆黒の若草に頬ずりした。

ほっこりした丘を下がった。

甘酸っぱい芳香が俊彦の脳髄を直撃した。

すぐに柔らかくて、淫靡で、吸い付くような花弁に到達した。

頭がくらくらした。

まるでミツバチのようにその蜜を吸った。

舐めた。

小さくて可愛らしい若芽も舐めて吸った。

なぜか堪らないほどの愛しさが、込み上げてきた。

友紀の両手が俊彦の頭を押さえた。

友紀の体が細かく震えて、やがてのけぞった。

呼吸が乱れて、は～、は～、と激しい息づかいをしている。

蜜の濃度が濃くなり滴りも多くなった。

俊彦は狂ったように、溢れ落ちる蜜を舌で掬い取っては口に入れた。

何ものにもかえがたい貴い蜜だと思った。

感極まっていた。

ああ、友紀ちゃんの全部を食べてしまいたいよと狂おしいほどの愛しさに包まれていた。

当然のことながら、俊彦の分身はまたもや堂々と屹立して、痛みすら感じていた。

今度は医学書にもあった、仲間からも聞いていた、ＡＶでも見ていた通り、女性が「する」のがオーラルセックスの順番だと思ったが、いきなり友紀に「それ」を望むのは酷（こく）だろうと俊彦は冷静に考えていた。

俊彦は、友紀の花弁から唇を離して体を起こした。

友紀は両の手足を広げたまま、まったく無防備の状態で、まだ荒い息をしている。

乳房が上下に波打ってエロティックだ。

友紀の目は閉じられているが、目尻からは一筋の涙が流れている。

性的に興奮を覚えたからだろうか。

俊彦は、その姿を眺めながら、可愛い、美しい、綺麗だ、愛しい、など、すべての愛情を込めた言葉を、無言で投げかけていた。

「友紀ちゃん、今から僕と一つになると、よかや」

目を開けた友紀が、恥ずかしげにニッと微笑（ほほえ）んだ。

「うん、よかよ。嬉しか。うちはなんすればよかと？」

「そのままでよか。なんもせんでよかよ。少し痛かばってん我慢しんしゃい。どげんしても、こらえきれんやったら、遠慮せんでいいとよ」

「はい、俊彦さんに任せると」

「じゃ、避妊の準備をするね」

いつの間に用意をしたのか、俊彦はこんどうさんを手に「屹立」した分身に、まごまごしながらも装着を終えた。

その様子をベッドに横たわったままの友紀が、もの珍しそうに見入っていた。

〝こんどうさんって、あげなふうに着けるとやね〟

と、真剣な眼差しで……。

友紀は、涼子が同級生の彼との初体験のとき、何もなしでしたけれど、彼は中には出さず外に出した、という話を思い出していた。

やっぱり俊彦さんは大人なんだ、ちゃんと避妊に注意してくれているんだと、自分なりに納得していた。

俊彦は準備を終えると、再び友紀の両脚を開いてから、自分の分身を友紀の花弁に当てがった。だが緊張して「的」がなかなかわからない。

AVで学んだ通りに「すんなり」とはいかない。

焦ってきた。

「その周り」をうろうろした。

だが偶然のように「的を射た」ようだ！

痛いほど怒張している分身が少しだけ進んだ。

友紀がわずかに身を捩った。

俊彦は逸る気持ちを抑えて、ゆっくりと少しずつ分身を押し進めていく。

俊彦も「未知の世界」に入った。

友紀の表情を見た。

友紀が苦悶の表情に変わったので中断した。

医学書には女性が痛がったときは無理をせず、いったん中断することが肝要だとあった。

「友紀ちゃん、痛かと？　僕にもようわからんけど、今、処女膜に当たっとんやろか。我慢ならんかったら、いったんやめよか？」

少し動揺した俊彦は、博多弁と大阪弁のチャンポンで言った。

「ううん、俊彦さん、大丈夫ばってん、続けてよかよ」

友紀はまたもや涼子の言葉を思い出していた。

〝友紀さん、オーラルセックスをするとね、男も女も体の性的な準備ができあがるから、大事な部分が滑らかになって、あとあとスムーズにいくのよ〟と。

「友紀ちゃん、体の力ば抜いてや。大丈夫ばい」

俊彦は、体を友紀の上に倒して覆いかぶさり、両腕の肘で自分の体重を支えた。

そしてもう一度、静かにゆっくりと抽送(ちゅうそう)を開始した。

目の前に目を閉じて眉間(みけん)に少し皺(しわ)を寄せた友紀の顔がある。

半開きになっている唇に吸いついた。

友紀も応じてきた。

背中に両の腕を廻してきた。

口づけをしながら、俊彦が腰を少し強く進めた。

友紀が、うっ、と呻(うめ)いた。

眉間の皺がすこし深くなった。

構わずにさらに進めた。

友紀が口を離して苦しそうに息を吐きながら、俊彦にしがみついてきた。

俊彦は自分の分身が締め付けられて、友紀の中奥まで届いたような感覚がした。

ひくひくと、友紀が何度も締め付けてくる。

友紀が、「あぁ〜」と糸を引くような声を上げた。

さらに腰を進めた。

俊彦の分身が、友紀の花弁にすっぽりと呑み込まれていた。

二人の体が寸分の隙間(すきま)もなくぴったりと重なって溶け合い、一つになっていた。

俊彦はそのままじっと覆いかぶさったまま、友紀の心臓の激しい鼓動と熱を帯びた体温とを感じ取っていた。

友紀が泣いている。

体が小刻みに震えている。

友紀がまた下からしがみついてきた。

友紀の嗚咽が大きくなった。

俊彦も泣きたいくらい感動していた。

やっと、友紀ちゃんと、いや友紀と一つになれたのだ、と、誇らしい気持ちになっていた。

やおら俊彦が抽送を再開した。

友紀の体を労るように、ゆっくりと、静かに、そして徐々に奥の方まで、力を込めて。

友紀はわずかに痛みを感じたものの、少しずつではあるが、体の中がむず痒いような心地よさを感じていた。

それよりも今、俊彦さんの分身が自分の体の奥深くまで入ってきている、という事実に感極まっていた。

夢ではない！

このまま死んでもいいくらい大好きよ、愛しています、と心に何度も念じていた。

やがて俊彦の動きが大きく、激しく、速くなってきた。

友紀は、バスルームで俊彦が精を迸(ほとばし)らせた様子を思い出していた。

同時に友紀は俊彦の「それ」を、自分の体内に受けとめようと自然に腰を持ち上げた。

俊彦がさらに動きを速めた。

俊彦は、官能の嵐が近づいてきたのを自覚した。

体の奥底からマグマが噴き出してきそうな感覚がわかる。

バスルームで暴発したときの感覚よりも、さらに強烈な一瞬が来る!!

俊彦は腰を動かしながらまた、友紀に口づけをして吸った。

友紀も俊彦の首に両手を廻して応じた。

友紀の体の内奥で何かがはじけた。

体が宙に浮くような感覚になった。

俊彦の舌を夢中で吸った。

俊彦は我慢の限界を超えた。

唇を離して、

〝嗚呼(ああ)、友紀ちゃん！　愛してるよ！　大好きだよ！　いくよ～！！！〟と叫んでいた。

分身から、マグマが激しく炸裂(さくれつ)するのがわかる。

何度も何度も続いている。

そのたびに、脳が焼けるような強烈な快感の稲妻が、体中を駆け巡った。

俊彦は、あ、あ、あ〜、と咆哮しながら体を硬直させた。

一体になっている二人の「中心」に向かって、ありったけの力で腰を打ち付けていた。

何て素晴らしい瞬間なのか、と俊彦は感極まっていた。

友紀は俊彦にしがみついて、俊彦の分身から迸るものを受け止めようと、懸命に腰を上げて支え続けていた。

友紀の中で、愛する俊彦の分身が何度も何度も、痙攣を繰り返しているのがわかる。

俊彦さんがあたしを求めているんだ、愛してくれているんだ、と。

幸せだった。

ずっとこのままの状態でいたい、と思った。

また泣けてきた。

あまりの至福のひとときに、ひとりでに涙が流れでた。

友紀は夢幻の中を彷徨っているような感覚であった。

二人は、汗まみれのまま体を重ねていた。

動きが止んでいた。

俊彦は、仰向けの友紀の顔の横に顔を伏せて、ハァ、ハァとやや荒い息をしている。

やがて友紀が言った。

「俊彦さん、ちょこっと重か、苦しかよ」

「あっ、ごめん、ごめん。重かったやろもん、ごめんな」

そう言ってから俊彦は体を起こした。

「友紀ちゃん、痛くなかったと？」

「ううん、少しだけ。それよか、嬉しかったと！　なんか、少しばってん、気持ちも良かったと……」

そう言って、恥ずかしそうに手で顔を覆った。

俊彦が体を後ろに引いた。

二人の「愛の確認」をしたところから、透明の鎧を被った分身が、まだ少し怒ったような顔で、ぬるっと姿を現した。薄っすらと赤いぬめりを帯びている。

全部を引き出した。

友紀の花弁からも赤い滴が、何筋か糸を引いている。

そうだ、俺は紛れもなく友紀の処女卒業の相手になったんだ！

そして、俺の童貞を受け取ってくれたのも、友紀なんだ、と大きな感動を覚えていた。

俊彦は枕元のティッシュを何枚か手に取り、優しく、愛(いとお)しむように友紀の赤い滴を拭(ぬぐ)い取った。分身の鎧(よろい)も抜き取った。重さを感じた。付いている赤いぬめりも見た。中にかなりの白濁物(ぶつ)が入っている。俊彦は、手に取ってまじまじと眺めやった。俺の相手が、身も心も愛してやまない友紀だからこそ、こんなにも大量の俺のマグマが噴き出したんだ、と妙に感じ入っていた。

友紀は薄目を開けて俊彦の動きを見ていた。

〝あたしの処女のしるしば俊彦さんが見とる。恥ずかしばってん、ほんなごと嬉しか。これであたしは俊彦さんのもんになったとよ〟と友紀も心から感動していた。

その後、一緒にシャワーを浴びてから、用意されていたフルーツを口に入れた二人は、自然に二回目の行動に移った。

今度は、友紀は初めから全裸でベッドに横たわった。

俊彦が白ワインを口に含み友紀に覆いかぶさった。友紀が可憐な唇を開いた。

俊彦が友紀の口にワインを少しずつ、少しずつ流し込んだ。

友紀は喉を鳴らして飲み込んだ。

そして狂(くる)おしげに俊彦の唇を吸った。

友紀の頬も体もほんのりと朱色に染まっていった。

俊彦は以前、何かの映画で観た一シーンを真似ただけなのだが、友紀の色っぽい変化に脳をひどく刺激されていた。

友紀との「エロスの世界」、言うなれば、二人だけで、究極の「官能の檻(おり)」に閉じ込められたような感覚に浸っていた。

二度目の交わりは互いにスムーズに進んだ。

友紀はかなりの快感を得ることができたのが不思議だった。

俊彦は三回目も挑んできたが、友紀は涼子のあの衝撃的な事件を思い出して、俊彦に万が一のことがあっては大変だと心配した。

「ねっ俊彦さん、ほんなごとあたしもしたいと。ばってん、俊彦さんの体ば心配しとうとよ。明日の朝にしよ、ね、よかろうもん？」

と諭(さと)した。すでに友紀は大人の女に成長していた。

翌朝早く同時に目覚めた二人は、どちらからともなく求め合った。

もう昨日のようなぎこちなさはなく、余裕さえできていた。

俊彦は友紀の泣き所のいくつかを掴んだようで、そこを集中的に責めた。

友紀は昨日よりさらに性感が研ぎ澄まされたようで、
恍惚の表情を浮かべては、可憐な喘ぎ声さえ上げていた。

若い二人は飽くことなく二回の交合を重ねた。

俊彦も友紀も、満ち足りた表情で、また、いっときの睡眠を貪った。

こうして二人の初めての「愛の確認行動」は、二〇〇二年四月の二日間にわたる記念すべき初体験となって幕を閉じた。

⑥下劣な陥穽、遠ざかる俊彦

二〇〇四年三月に短大を卒業した友紀は、翌四月に先輩が多く在籍している、大手のA銀行大阪支店に入行した。俊彦が就職するまでは自分が幾ばくかでも応援する、と言っていた予定の行動であった。

一方俊彦は四月から五回生となり、臨床講義やら実習、全国共用試験などの各種試験が目白押しで、おまけに家庭教師のアルバイトも抱えて、かなりハードな毎日を送っていた。

友紀は、大阪支店の総務課に配属された。英語力を生かせる部門を希望していたのだが、新入行員ではまだ無理で仕方がなかった。

その年の十月になると、一階にある銀行の顔ともいうべきテラーと呼ばれる窓口業務に抜擢され、友紀は懸命に業務に邁進した。やがて友紀の知性的な美貌は、その爽やかで清潔感溢れる応対と相まって、たちまち銀行内外で評判となり、特段の用のない男性たちが、友紀見たさにやって来るというちょっとした騒ぎとなっていった。まさに「垂涎の的」であった。

だが友紀自身は、そんな風評にも感化されることなく、無心に業務に取り組んでいた。しかも、分け隔てなく周りと接して礼節を重んじる言動は、行内関係者からの信頼と高い評価を得ていった。特に幹部たちの中には、自行の宣伝効果に高く貢献しているとの賞賛の声さえ聞かれた。そんな中でも、ねたみ、そねみが渦巻く女性たちから、一様に受け入れられたのは特筆すべきことであった。

　それは彼女の穏やかで人を逸らさない、優しい性格によるものが大であったろう。加えて、友紀の心の奥底には常に愛する俊彦への切ないほどの想いと共に、決して俊彦に迷惑をかけてはならない、という固い決意を胸に刻んでいたからでもあった。

　友紀は俊彦との、あの感動的な初体験以来、この二年間で、大人の女としての気品溢れる色香を身に纏っていた。それは性に関しての色々を覚えていった結果でもあったろう。涼子からの「宿題」であったＳ＆Ｍのことや腹上死、オーラルセックスなどについては、俊彦が医学書を片手に丁寧に教えてくれたし、男女の生理学的相違も仕組みも、何度も解説してくれた。オーラルセックスの基本型だとして口技も教えてくれたが、やがて友紀は「それ」をすごく楽しんでするようになった。涼子からたびたび聞かされていたことが、深層心理として働いたのかも知れない。

　二人のデート場所は、ほとんどが友紀のマンションだった。

　逢えば必ずといっていいほど求め合った。

回を重ねるごとに友紀の体は鋭敏な反応を示していったが、俊彦も友紀の性感が鋭くなっていく様子に、自信と悦びを抱くようになっていった。

マンションの管理人は、二人が許婚者だということを知ってから、俊彦をにこやかに迎え入れてくれるようになった。

こうして初めのころは毎週のように逢瀬（おうせ）を重ねていたが、俊彦が進学するにつれ、月に一、二度へと減少していった。それでも友紀は幸せであった。あと二、三年すれば俊彦と結婚できるのだ——という確固（かっこ）たる思いがあったからである。

前年の4月には友紀の兄の文彦も就職した。Q大工学部を卒業した彼は、大学院に進むことも考えたが、早く就職して節子を迎え入れる資金づくりをする道を選んだ。ここでも俊彦と共通する思考が見て取れる。

一方、節子は大学二回生になった。この三月までは一年間だけではあったが、文彦と一緒にキャンパス生活を送れたことが無上の悦びとなっていた。工学部と文学部との違いがあったものの、いつも連絡を取り合っては学食を共にしたり、図書室で並んで勉学に励んだり、その仲（なか）睦（むつ）まじい様子は、学内でかなりの評判を呼んでいた。

意志の強さが滲んでいる、くっきりとした眉と黒目が印象的な目元、きゅっと口角の上がった口元と小さな顔、ほどよい盛り上がりを見せる胸のふくらみ、しかもこの数年でスラッと伸びた高身長の節子は、博多の街中で何度もスカウトされるほどの目立つ存在であった。

だからであろう、いくら文彦との仲を知っていようが、あまたの男たちが言い寄ってくるのだが、節子は毅然(きぜん)とした態度でそつなくやり過ごしていた。

文彦はそんな節子が可愛くて仕方がない。

誰にも取られたくない。誰にも触れて欲しくない。

妹の友紀から時折(ときおり)、俊彦との仲が親密さを増していると聞かされるたびに、まるで刺激を受けたかのように、節子への慕情が募(つの)っていく。

そんなこともあって、就職先は北九州市に本社を持つ大手電機会社Y社を選んだ。尊敬する父と一緒に新幹線通勤ができることも心強かった。

大学在学中は産業用ロボットの開発に取り組み、卒論は「真空対応ロボットの研究」であったこともあり、採用後は小倉にある開発研究所に配属された。文彦の希望でもあった。

文彦は数年以内に節子と結婚して、いずれは世界各地の海外支店への勤務を実現させて、節子と、まだ見ぬ「子供」共々で赴任したい、という夢を抱いていた。節子にその夢を語り聞かせると、大きな漆黒(しっこく)の瞳に溢れるばかりの涙を浮かべて、

「うちは、文彦さんとなら、どこへっちゃついていくと。子供も何人でも欲しか。ほんなこつ、節子ばお嫁さんにしてくれると?」

と、文彦にすがりついて嬉し泣きしていた。

まるで、俊彦と友紀とのやり取りと同じようであった。

こうして、大阪では俊彦と友紀の、そして福岡博多では文彦と節子の、それぞれ希望に満ちた二組のカップルの人生が大きく動きだしていた。


この年、二〇〇四年の年末は、友紀にとって初の経験となるが、銀行業務の特殊性もあって十二月三十一日までの勤務となるので、大晦日の新幹線で俊彦と共に福岡に帰省することにした。


俊彦は、すでに冬休みに入った二十三日から友紀の部屋に居候して、大学病院へアルバイトに出かけ、夕刻になると友紀よりも早く帰宅して、慣れない手つきで夕食を作ってくれた。

まるでもう一端（いっぱし）の夫婦のように、二人は嬉々とした日々を過ごしていた。

こうして新たな夜明けがやってきた。


友紀の仕事始めは二〇〇五年一月四日なので、三日までに大阪に帰らなければならない。

元旦は、豊田家に吉川家の家族が年始の挨拶に押しかけて、賑（にぎ）やかに酒宴を催した。毎年両家で交互に行う恒例の行事である。両家の両親は二組のカップルを、それぞれが思いやりを込めてにこやかに見守っていた。

俊彦と文彦は、友紀と節子が申し分のない「良いおんな」に成長していることに、互いが誇らしい気持ちに染まっていることを意識していた。友紀も節子も幸せだった。俊彦も文彦も家族の温(ぬく)もりに感慨一入(ひとしお)であった。

二日には四人揃って、太宰府天満宮へ初詣に出かけた。おみくじを引き合っては笑い転げ、出店で金魚すくいに興じたり、甘酒を飲んだときは、節子に未成年者は駄目よ、とからかってみたり、まさに端(はた)から見ても、天真爛漫(てんしんらんまん)な清々(すがすが)しい四人であった。

だが、このときの仲良し四人組の集いが、二度と再び実現することはないとは、誰が予期できたであろうか。残酷過ぎる運命の足音が俊彦と友紀に、ひたひたと忍び寄っていようとは……。

二〇〇五年の一月三日の夕方、友紀と俊彦の二人は新幹線で大阪に戻った。

俊彦は二月に予定されている「全国共用試験」の準備に専念するためでもあった。

この試験は全国共通の標準評価プランで、知識以外の技能や適性などを評価するもので、これに合格して初めて臨床実習を行う資格が認定される。俊彦は何としてもこのトライアルをパスして、六回生の前期から臨床実習を始めたいと決意していた。

友紀は前日の夜、母に俊彦とのこれまでの経緯(いきさつ)を包み隠さず話した。

父も文彦も酔いつぶれて、早々と就寝していた。母は笑いながら言った。

「私も恋愛中は、お父さんを必死に追いかけたの。他の男性はまったく目に入らなかったわ。だから、お父さんと一つになれたときは、本当に死んでもいいと思ったくらいに感動したわ。そんなところは友紀も一緒かな。やっぱり母娘なのね。でもね、友紀、あまり俊彦さんへの重荷にならないように気をつけてね。空気のように、俊彦さんをそっと包み込むことも愛情の一つなのよ」と。

その年の四月には、早くも友紀の後輩たちが入行してきた。

友紀は、ハイカウンターと言われる普通預金の入出金や振り込み、税金の支払いなどを受け持つ、テラーとしての窓口業務に邁進(まいしん)しながら、後輩の指導にも当たった。周囲の友紀への信頼は、日ごとに増していった。

一方、二月の全国共用試験トライアルをパスした俊彦は、臨床実習に集中しつつ、その後の卒業試験や医師国家試験に向けての準備を怠らなかった。と言っても、ガリ勉を通したわけではない。四月十六日の友紀の誕生日の夜も、六月十七日の俊彦の誕生日の夜も、友紀のマンションで二人だけのお祝いをした。梅田のデパ地下で仕入れた赤飯と何種類かの総菜に、ちょっとだけ高価なワインとで、ささやかな「宴」を楽しんだ。

これでも二人は十分過ぎるほど幸せだった。これからは、できるだけ質素に暮らそうという方針は、近い将来に向けての結婚資金を蓄(たくわ)えるため、という友紀の提案であった。

そんな二人も、会えば必ずといっていいほど求め合った。

友紀の姿態は、見違えるほど「たおやか」で女らしく、妖艶(ようえん)なまでの色香さえ纏(まと)っていた。俊彦は、かけがえのない宝物である友紀が、これほどまでにしなやかに成長したことに、至福の極(きわ)みを味わっていた。


六月ともなれば銀行業界は、官庁や企業のボーナス支給日に合わせた預金獲得に、一斉に動き出す。友紀の銀行も新入行員を除く全員が、いくつかの班に分かれて営活しなければならない。友紀は短大の二年先輩でもある仲野美加と一緒に、S商事の八階の営業本部を回ることになった。支給日は七月一日（金）だという。

六月下旬のある日の夕刻、二人は銀行名入りのポケットティッシュを配りながら、預金のお願いをして回った。男性社員たちのほとんどは、満面の笑みを浮かべて二人の勧誘に耳を傾けてくれた。第一部を辞去しようとしたとき、長身の一人の男性が仲野美加に声をかけて話し始めた。友紀は先に出てエレベーターホールで待つことにした。やがて戻ってきた仲野美加が言った。

「ちょっとした知り合いなの。この会社の労働組合本部の人で、組合員に声がけをして協力するって言ってくれたわ」

友紀にとって初めての営活は、窓口での対応とは違ってある程度の緊張を強いられるものだったものの、新鮮で興味深い経験となった。

S商事の道浦は入社以来、本業の営業活動そっちのけの状態で組合活動に熱中していた。一方で、年齢も若く根っからの女好きな性格の道浦が、今、最も目をつけているのは、A銀行大阪支店の窓口にいる吉川という女子行員である。彼女の評判は耳にしていたので、何度か一階まで見に行ってはみたものの、さすがに銀行ロビーでは身動きが取れない。許婚者がいるらしいとも聞いていたが、聞きしに勝る美貌なので余計に征服してやりたいと、道浦の下司の根性がむっくりと鎌首をもたげていた。

以来、彼女に何かアプローチする策はないものかと思案していたのだが、そこへ絶好の機会がやって来た。今日、仲野美加と社内でばったりと会った。しかも「あの彼女」と一緒だ。

美加はこの春、友人と二人でキタをぶらぶらしているときに、道浦得意のナンパの網にかかったのだが、彼の本命が友人の方だとわかって身を引いていた。それからは道浦に会うことはなかったのだが、今日、偶然にも再会した。道浦にしてみれば、あの美貌の吉川友紀を伴っているので、これこそ千載一遇のチャンスだと内心小躍りした。

「そうなんだ、君はA銀行だったんだね、驚いたよ」

と、道浦はため口で言った。

「あなたもS商事だったとはびっくりです」

「これも何かの縁だね。今日はボーナスの預金勧誘で来たんだね。わかった、協力させてもらうよ。これでも組合本部にいるので俺のシンパを説得してやるよ。あの女性も一緒だろ？　二人分の実績としてまとめて連絡するから、名刺をくれるかな」

これであの「あの彼女」にアプローチできる糸口が見つかったと道浦は有頂天になっていた。


ボーナス支給日前の六月二十八日に、道浦は美加宛ての封筒を窓口の女子行員に渡した。

吉川友紀は居たが、わざと無視するような態度を取った。

業務終了後に美加が友紀にそのメモを見せて言った。

「ほら、この前話したS商事のあの人、道浦さんが四十六人の預金者名簿をくれたの。私と貴女の営業成績だって。このことは銀行の支店次長にも電話で知らせた、って書いてある。明日にも全員の確認をして欲しいそうよ、すごいね」

だが、友紀は何となく釈然（しゃくぜん）としない思いであった。

翌二十九日の夕刻、美加が興奮気味に言った。

「吉川さん、次長から四十六人全員の預金確認ができたって。あの人ただ者じゃないわ。次長もとても喜んでくれたわ」

「そうなんですか、良かったですね。でも、あたしは何もしていないので、すべては仲野さんの成果ですわ」

翌三十日、昼休みの社員食堂で美加が友紀に、

「ね、吉川さん、お願いがあるんだけど、聞いてくれる？　来週の七月八日金曜日の夜は空いていないかしら」と聞いた。

「金曜日ですか。ええ、今のところは、特には何も」

「良かったわ。実はね、あの道浦さんから合コンを申し込まれているの。若い男性五人を用意したから、そちらも五人を動員できないかって。私と吉川さんは必ず参加して欲しい、って。吉川さんには許婚者がいるって言ったんだけど、〝別にお見合いじゃないんで、楽しんで飲食したら良いじゃない。若者同士でわいわい騒ごうよ〟と、口説かれたの。道浦さんには預金のことでちょっと借りがあるでしょ？　だから断れなくて、実はＯＫしたの。貴女が参加してく

れたら、ぐっと華やぐわ」

友紀は正直あまり気乗りがしなかったが、俊彦は翌日の土曜日、九日の早朝から一泊二日の予定で福井の敦賀湾に初めてのウインドサーフィンに出かけるので、金曜日から数日間会えない。しかも先輩の美加が、すでに約束してしまっていることを考えると、しぶしぶではあっても参加せざるを得なかった。

道浦は、美加から友紀を含めた五人を揃えたとの連絡に、内心で狂喜乱舞した。

そして、自分の言うことには何でも従うチビポチたち四人を選び、

「吉川という女は俺の本命だから、絶対に手を出すな。万が一、ちょっかいを出すようなことがあったら、すぐにでも村八分にしてやるぞ」と脅しをかけておいた。


「合コン」は七月八日金曜日の午後六時半から、梅田の新Hビルにある会員制サロンの個室で開かれた。もちろん道浦の手配であるが、費用はいつものとおり父親へのつけで済ますつもりだ。しかし、参加費として男からは六千円、女からは三千円を徴収した。合わせて約四万円は自分の懐へ入れた。

やがて自己紹介が始まった。

女性側は銀行員の美加と友紀以外は、美加の友人三人であった。ここでも場慣れした道浦の

巧みな進行で雰囲気はかなり盛り上がった。中央席の道浦は、向かい合った美加と友紀に万遍（まんべん）なく話しかけていた。自分の本心が女性陣に気取（けど）られないように注意していた。

二次会は、定番のカラオケに行くことになった。

道浦は「俺の奢（おご）りだから遠慮するなよ」となれなれしい口調で誘ったが、あのサロンで集めた金である。自分の腹は痛まない。誰かを見習った手口なのだろう。友紀はやはり気乗りがしなかったが、その気配に感づいた美加が、〝恥をかかせないで〟と小声でやや強引に誘った。

カラオケ店では男女を問わず、友紀以外は見事な歌声を披露した。芸達者たちである。

そんな中で、友紀だけが得意の歌もあまりなく、孤立していたところへ、いきなり隣に座った道浦が、

「吉川さん、歌わなくても大丈夫ですよ。代わりに俺が心を込めたラヴソングを捧げるね。みんなそれで良いかな？」と、マイク越しに煽った。

チビポチの男性陣から、「いいとも！」と一斉に歓声が上がった。

道浦が友紀に黄色のカクテルを渡した。ジンジャエールだと言った。

「貴女はこれを飲みながら俺の歌を聴いて」と耳元で囁いて立て続けに歌った。

どれもプロ顔負けの歌唱力で圧倒的な歌声に、やんやの喝采（かっさい）であった。

友紀も感心した。道浦が歌っている間に、何杯目かのカクテルを口にしていた。周りの男た

ちが代わる代わる差し出してきていた。サロンではずっと白ワインを飲んでいたので、そのカクテルには違和感を持たなかった。

美加はここに来て初めて、道浦の目指す相手が友紀であることに気づいて軽い嫉妬心を抱いたが、それはある程度予想できたことだし、今は目の前の別の男に興味を持ったので、素知らぬ顔をしていた。ただ友紀が飲んでいる、いや飲まされているのが、スクリュードライバーというカクテルだと気づいていた。吉川さんは少し飲み過ぎだな、と気にはなっていたが……。

時間が十一時を過ぎたのでお開きとなった。そのころには友紀はかなり酔いがまわった状態だったが、外に出たときは自分では意識はしっかりしていると思っていた。だが現実は違った。足下（あしもと）がおぼつかない。腰が抜けそうな感覚であった。そして意識が急に遠のいた。

道浦が、素早く友紀を小脇に抱えるようにしてタクシーに乗せた。

残ったみんなが見ていた。

道浦が〝俺が責任をもって送るよ。帰る方向も一緒だし〟と取って付けたように言った。

男たち四人は、ニタニタと野卑（やひ）な薄ら笑いを浮かべて好奇の目で見ていた。美加は、道浦の魂胆が見え見えだとは思ったが〝道浦さん、変なことしちゃ駄目ですよ〟と声をかけただけでやり過ごした。余りにモテる友紀への嫉（そね）みが生じていたようだ。

友紀は雲の上にいるようだった。体がフワフワと空中に浮かんでいるようだった。
空の柔らかいベッドに横たわっているようだ。
誰かに着ているものを脱がされているようだ。
誰かに体をまさぐられているように感じた。
俊彦さん？　俊彦さん、来てくれたの？
あっ駄目、乱暴にしないで、ねっ、お願い！
つぎの瞬間、友紀は目を覚ました。
どこかのベッドに寝ている。目の前に男の顔が。
俊彦ではない！！！
きゃっ！　と叫び声を上げて跳ね起きた。
男の顔を見た。誰だかわからない。
頭がボーっとしていて状況が呑み込めない。自分の体を見た。
何とキャミソールとブラだけになっている。いや、ショーツは穿いている。
もう一度、男の顔を見た。
何と道浦ではないか！！

友紀は完全に目が覚めた。

同時に裸同然の状態に気づき初めて羞恥（しゅうち）をおぼえた友紀は、慌てて側にあった枕を胸に抱いて体を隠した。体が震えているが、勇気を振り絞った。

「道浦さん、何をなさるんですか！　ひどいじゃないですか！」

「ひどいってのはどうかね。タクシーの中で、これからラブホテルに行こうって誘ったら、はい、と頷（うなず）いたじゃないか」

「あたしそんなことは言っていません。そんな女じゃありません。記憶がないのをいいことにこんなことをなさってひど過ぎます。あたし、帰らせてもらいます」

「ここまで来たんだから、一度くらい抱かせろよ。別に減るもんじゃないだろうが。俺に借りがあるだろう、借りが」

まるでやくざのような言い草に、友紀は吐き気すら覚えていた。

「あなたが、そんな人だったなんて最低です。あたし、帰ります。これ以上、何かなさるのならあたし、大声を上げます。警察を呼ぶ覚悟もあります」

友紀はきっぱりと言ってから、乱雑に脱がされていた衣類をかき集めてベッドを下りた。

服を身につけようとした様子を、道浦がニタニタ笑いながら眺めていた。

「見ないでください！　どこかに行って！」

友紀は毅然と言い放った。

「ええカラダしてんのにな。チェッ、惜しいことしたよ」

と舌打ちした道浦は薄ら笑いを浮かべてトイレの方へ向かった。

友紀は大急ぎで身支度を整えた。バッグも持った。一刻も早くこの場から立ち去りたい。

ヒールを履いて部屋のドアを開け廊下に出た。道浦は追ってはこなかった。

エレベーターに乗った。早く外に出たい。

ホテル前の道路に立ったが、ここがどこなのかもわからない。

近づいてきたタクシーに乗った。

行き先を告げた。タクシーの時計が零時近くを指していた。その途端、友紀の目からポロポロと涙がこぼれ落ちてきた。恥ずかしい、というよりも口惜しかった。あんな下劣な男に、たとえ一瞬たりとも体を見られただけではなく、多分触られていただろう。そう思うと身の毛がよだつほど気味が悪い。早くシャワーを浴びたい。

緑地公園のマンションに着いた。部屋に入るなり、身に付けているものすべてをゴミ箱に投げ入れた。そのまま浴室に入った。

頭から足の先までを入念に洗った。あの男の痕跡すべてを洗い流してしまいたかった。

また涙がこぼれてきた。迂闊だった。

ちょっと気が緩（ゆる）んで隙（すき）を見せてしまった。

そんな自分を許せなかった。

浴室を出た。時計を見た。一時を過ぎたところだった。

そのとき急に俊彦の顔が浮かんだ。

無性に会いたいと思った。

でも明日、いや今日九日は、朝早く福井へ出発する予定だから迷惑になる。

でも声だけでも聞きたい。

迷った。

その葛藤に胸が張り裂けそうだった。

しかし指が勝手に俊彦の携帯番号を押していた。

五回目のコールで切ろうとしたとき、俊彦の声がした。

「友紀ちゃん、どうした？　何かあったと？」

俊彦は一時間前に寝入ったところだった。

その声を聞いた途端に友紀は、うわーん、と大泣きしてしまった。

驚いたような俊彦の声。

「友紀ちゃん、何があったと？　大丈夫ね？　友紀ちゃん、しっかりしんしゃい！　友紀ちゃん！」

「うわーん、俊彦さん、助けて、ひっく、会いたいよう、ひっく、会いたいよう、会いたいよう、助けてください！」

「マンションなんやね？　よし今から大急ぎでそっちに行くけん、何があったかようわからんが、気をしっかり持っときや！」

　俊彦はすぐさまタクシーを飛ばした。

　午前二時前に部屋に入った。パジャマ姿のまま友紀はまたも号泣しながら、俊彦の胸に飛び込んできた。俊彦は黙って、ぎゅっと友紀を抱きしめた。事情はまだわからないが、友紀が泣き止むまで立ったまま、ただ、ただ友紀の背中をさすり続けた。

　暫（しばら）くして少し落ち着いてきた友紀を抱き上げてベッドに横たえ、俊彦はそのまま添い寝した。友紀がまたしがみついてきた。

「友紀ちゃん、何があったと？　話してみんしゃい。おれは男ったい。怒らんばい」

　小さく頷（うなず）いた友紀が時折（ときおり）しゃくり上げながら、昨晩までのできごとを包み隠さず話した。

　俊彦は黙って聞いていた。

「俊彦さん、ごめんなさい。あたしも悪かったと。疑いもなくカクテルを何杯も飲んだとは、あたしの不注意です。油断があったとです。隙があったとです。ごめんなさい」

「そんなに自分を責めんでもよか。友紀は何とか自分を守ったんや、よう無事に帰ってきた。怪我もなかって良かった、良かった」

　そう言って俊彦はもう一度、友紀をぎゅっと抱きしめて、続けた。

「ただ、飲まされたそのカクテルの色は黄色やったんやね。間違いなくスクリュードライバーといって、ウオッカがベースのかなりアルコール度数の高いカクテルなんやけど、口当たりが良くて飲みやすいんよ。でもな、暫くすれば腰が立たなくなるくらい効いてくるんや。だから、別名レディーキラーというやつやねん。その仕掛けた道浦って野郎は、とんでもない食わせもんや。今、社会的な問題になっとる〝デート・レイプ・ドラッグ〟まがいの下劣な陥穽や！　他人を貶めることに手慣れた人間のクズのやることや。ほかの四人の男たちは道浦とグルや、間違いなく。道浦という下司野郎は許せん！　目の前に奴がいたら俺がどついたるのに！」

　俊彦は珍しく怒りを露にした。

「もしかしたら、友紀ちゃんの先輩の仲野美加の動きも、どうも腑に落ちんな。友紀ちゃんがそんな状態やったら、同じ女性として助けようとするのが普通やろ？　預金のことも、なんや二人で仕組んだんと違うやろか」

「あたしもわからんごとなった。はがいか。ばってん、仲野さんはそげな女性じゃなかよ。あたしは信じとると。ばってん、道浦さんは初めっから好かん人やったと。せからしか人やったとに。そげな人にあたしは、あたしは……」

「友紀は人を疑うことがでけんからな。純真過ぎるところがちょっと心配や。でもな、もうあんな下劣極まる野郎のことは、忘れてしまわなあかんよ」

「俊彦さん、あたしをイヤになっとらんと？　愛想が尽きたとじゃなかと？」

目に涙を溜めた友紀が、俊彦の顔を仰ぎ見ながら聞いた。

「なんば言うとうとや。友紀への気持ちは、いっちょん変わらん。好きとか愛してるとかの言葉だけじゃ足らんぐらい、友紀が恋しかよ」

友紀が伸び上がって俊彦に覆いかぶさった。唇を重ねた。

友紀の涙の雫が、俊彦の頬を濡らしていた。

友紀は思った。俊彦さんと今、一つになりたい。今このときに俊彦さんの精をすべて受け入れたい。俊彦さんの子種を宿したい、となぜか痛切な思いに駆られていた。

だが、俊彦は今朝の六時に医学部の寮を出発する。車の運転も交代ながら担当していると聞いていた。だから疲れさせてはいけない。友紀は俊彦の唇を吸いながら葛藤していた。

俊彦も同じだった。このまま友紀の中に入りたい。すべてを友紀の中に放出してしまいたい。なぜかあの「素っ裸での口づけ」や、桜の季節の目くるめくような「初体験」のことが脳裏を駆け巡っていた。

だが、俊彦も躊躇した。

俊彦のそんな気持ちの動きを察したかのように、友紀が体を元に戻して言った。

声がかすれている。

「俊彦さん、もう時間がなかとやろ？　早く寮に戻って、ちょこっとでも良か、眠って。居眠り運転が怖かと。明日の日曜日に帰ってくるとやろ？　そしたら、その後にいっぱい、いっぱい抱いて欲しか」

「わかった。俺は大丈夫っちゃ。このまま友紀と一緒に、ちょこっと眠ろ」

そう言って友紀を抱き寄せた。左腕に乗った友紀の頭の重さを心地よく感じながら、いつしか眠りに落ちていった。


俊彦は、ハッと目を開けた。外が白んでいた。部屋の時計の針が午前五時を回っていた。二時間足らずだがウトウトしたらしい。左腕が痺れている。友紀の頭はそのままの状態だ。腕をそっと抜こうとした。同時に友紀が目を覚ました。

二人は体を起こして顔を見合わせた。

友紀の目が充血している。俊彦も同じだったろう。

「友紀ちゃん、もう寮に帰らんと。明日は遅くなるから、十一日の月曜日に会おうな。そんとき、いっぱい、いっぱい、しよ、友紀ちゃん」

「ウン」

そう言ってから、友紀の右手が横座りの俊彦の股間に伸びてきた。ジーンズ越しのごわごわとした硬い屹立の感触に、友紀のいたずらな目が戸惑っているようだ。

「アハハ、これは朝勃ちと言うて、膀胱にオシッコが満杯のときに、刺激を受けて勃起するんや。医学用語では夜間陰茎勃起現象というんやけど、詳しくは今度な。友紀ちゃん、大急ぎでタクシー呼んでや。ちょっとオシッコしてくるわ」

小用を足した俊彦はさっと洗顔を終えて、友紀のところに戻った。

パジャマ姿のまま友紀が突っ立っていた。

憂いをおび悲嘆にくれた友紀の佇まいに、やるせないほどの愛おしさを感じた俊彦は、友紀をそっと抱きしめた。

「友紀ちゃん、そげな悲しい顔は美人には似合うとらんよ。すぐに会えるとじゃなかね。さっ、笑って見せんね。友紀ちゃんは世界一、いや宇宙一のよかおなごったい。友紀ちゃんを守るのは俺しかおらんと。俺が友紀ちゃんを絶対、守っちゃる、絶対に」

そう言いながら俊彦は友紀に唇を重ねた。

柔らかくてしなやかに動く友紀の舌を吸った、あのときのように。

しかし、なぜか急に俊彦は、友紀がどこか遠くに行ってしまいそうな奇妙な感覚に囚われていた。でも俺の宝、俺の命、の友紀をどこへもやるものか、と力を込めて抱きしめた。

友紀が唇を外し、俊彦の胸で慟哭を始めた。とめどなく涙が溢れ出る。なぜか友紀は悲しみの淵に立っていた。

俊彦がどこかへ行ってしまう。

俊彦の姿が遠ざかって行く。

俊彦の顔が見えない。

俊彦が振り返ってくれない。

いやだ！　だめ～！　待って～！　と、友紀は半ば夢の中で叫んでいた。

「友紀ちゃん、ほら目ば開けて。涙を払って笑ってみんね。俺がどこに行こうが友紀ちゃんの側には、いっつも俺がついとうと。心が挫けそうになったらくさ、俺の姿、俺の顔、俺の匂い、俺の温もり、俺の唇、俺のすべてば、思い出して頑張ってみんね。気が狂いそうなくらい好いとうよ。俺の友紀ちゃん！」

そう言ってもう一度、友紀を強く抱きしめた。

マンションの外でクラクションの音が聞こえた。

「じゃ、行ってくるね。もう一度ゆっくり休んでや」

そう言って、友紀の体を押し離した。
友紀はまだ涙目で俊彦を見やった。
俊彦がドアを引いた。
友紀が俊彦の背に取りすがった。
俊彦の体の温もりが友紀の頬を優しく撫でた。
俊彦が踵（きびす）を返して、ニコッと笑った。
「ほら、約束やろ？　笑顔を見せて友紀ちゃん。待っててな」
友紀は半泣きの笑顔をつくって、俊彦を見送った。
ドアの外に俊彦の姿が消えた。
ドアが閉まった。
俊彦の足音が微かに聞こえた。
友紀はドアを背にして崩（くず）れるように座り込んだ。
溢れる涙が止まらなかった。
俊彦が自分からだんだんと遠ざかって行く。
なぜだかわからない。胸が締めつけられた。張り裂（さ）けそうだった。

暫くして友紀は、そんな思いを振り払うように立ち上がった。気を取り直すかのように大きなビニール袋を取り出して、ゴミ箱の中身をすべて投げ入れた。昨夜まで自分が身につけていたものだが、惜しいとは思わなかった。今ではむしろ汚らわしく、一刻も早く視界から消してしまいたかった。

ゴミ袋を引きずるように持って運び、エレベーター横のダストシューターに投げ込んだ。これで、あの最低男の痕跡が全部消え去ったのだと思うことにした。

部屋に戻った。さっきまで居た俊彦の姿がない。

いつもは一人でいるのが多いのに、どうしてか今は、静まり返ったこの部屋に誰もいないのが無性に淋しく、孤独感が一挙に押し寄せてきた。

友紀はベッドにうつ伏せに倒れ込んだ。

俊彦の残り香を嗅いだ。男らしい俊彦の体臭がした。

〝俊彦さん、死ぬほど好いとうよ〟

そう小さく呟いてみた。

涙がまた溢れていた。

そしていつしか友紀は眠りに落ちていった。

友紀はハッと目覚めた。部屋の時計を見た。十一時過ぎだった。

俊彦が部屋を出てから五時間以上眠っていたことになる。

空腹を覚えたので、パジャマを着替えて近くのコンビニに出かけた。サンドイッチとおにぎりを購入した。朝昼兼用の食事を終えて、やおら掃除に取りかかった。

しかし掃除機を動かしてから五分もしない内に、急に掃除機の動きが止まった。こんなことは初めてだった。何気なく時計を見たら、昼の十二時を回ったところであった。

この掃除機は、今年の二月に俊彦と一緒に梅田で買い求めたものだ。故障するには余りにも早過ぎる。そう思ってスイッチを何度か入れ直していたらまた動き出した。

外はどんよりと曇っていて、湿度もかなり高く、蒸し暑さで気分が落ち込むような天気だった。そのとき友紀は、一瞬どこかで俊彦が自分を呼ぶ声が聞こえたように感じた。掃除機のスイッチを切って、耳を澄ませてみた。だが何も聞こえない。

空耳だったと思い直して、再び電気掃除機を動かしながら、俊彦のウインドサーフィンの姿を想像してみた。今ごろは楽しそうに波の上を疾(はし)っているだろうなと思うと、ひとりでに笑みがこぼれていた。

掃除と洗濯を終えてから小さなソファーに座り、読みかけの単行本を手に取った。

続きの活字を目で追った。

そのときであった。友紀の携帯が鳴った。

携帯の時刻を見たら、七月九日午後三時十分を指していた。

俊彦の携帯からの発信だ！

急いで友紀は耳を当てた。

「もしもし！　俊彦さん！　友紀です！」

一拍ほど間があってから、聞き覚えのある男の声がした。

「もしもし、俊彦の叔父の豊田です。吉川さん、落ち着いて聞いてくださいね。今からすぐに大学病院に来られますか。ロビーに私の家内が待っています。詳しいことは、こちらに来てから話しますので、とにかくタクシーを拾って早く来てください」

電話をしている豊田教授の周辺から騒がしい声が聞こえる。

俊彦の身辺で何か異変が起きたのか。友紀は不安に襲われた。

「豊田先生！　俊彦さんに何かあったとですか？　俊彦さんは、そこにいるとですか？」

「友紀さん、落ち着いてください。とにかく早く来てくださいね、わかりましたか？　じゃ、待っています」

慌（あわ）ただしく電話が切られた。

友紀は俊彦の身に、何かただならぬ異変が起きたことを悟（さと）った。

すぐにタクシーを呼んだ。大急ぎで乗り込み行き先を告げた。

大学病院のロビーは、土曜日の午後にもかかわらずかなり混雑していた。患者以外の人が多いようだ。

横合いから、「友紀さん！」と声をかけられた。

豊田教授の奥さんだった。これまでに何度か会ったことがある。

友紀はロビーの脇に連れて行かれた。

教授夫人は、

「友紀さん、いいこと。何があっても取り乱しては駄目よ。気をしっかり持ってね」

そう言って、友紀の肩を抱いて奥の部屋に案内した。

友紀は、得体の知れない恐怖に全身を包まれていた。

足下がおぼつかない。

心臓が早鐘(はやがね)を打っている。

部屋には豊田教授と見知らぬ人が数人いた。

教授は友紀の両肩に両手を置いて、友紀を椅子に優しく座らせた。

友紀はもうそのときは、ただならぬ周囲の気配から、俊彦に悲劇的な何かが起こったことを察して、体をぶるぶると震わせていた。

歯もガチガチと音を立てていた。顔面蒼白であった。

それでも、必死に教授の顔を見つめた。

「友紀さん……実は、俊彦が……先ほど亡くなりました。福井から心肺停止状態で運び込まれたんだが、蘇生できなかった。本当に申し訳ない」

そう言って頭を下げた教授の目から涙が流れていた。

友紀は理解できなかった。

俊彦さんが死んだと？　なして？　なして？　さっきまで一緒だった俊彦さんが、死んだと？　そげなこと、なかっ！

突然、友紀の体が前後左右に揺れだした。夢遊病者のようであった。

目の焦点が合わない。気が遠くなった。後ろに立っていた教授夫人が友紀の体を抱きしめた。

友紀の視界に、何人もの幽体のようなものが浮かび上がった。〝友紀さん、しっかりして〟と、教授と夫人の声が交互に聞こえてから、友紀の意識はなくなっていった。

友紀が意識を取り戻したとき、母の友子と兄の文彦が、ベッドの側から友紀を覗き込んでいた。目覚めたとはいえ、まだ目が虚ろな状態だ。時刻は夕方の六時ごろであった。

「二人とも、どげんしたと？　あたしは病気になったと？」

友子が友紀の手を握りしめながら言った。

「友紀、よく聞いてね――」

母の目から大粒の涙がこぼれ落ちている。

「俊彦さんは今日の午後二時過ぎに亡くなったの。事故にあったのよ。あなたはそれを聞いて、ショック状態になり倒れたの。だから安定剤を注射されて、二時間ほど眠ったの」

側から兄の文彦が友紀を労るように、

「友紀ちゃん、俊彦君は今、この病院の霊安室で眠っとる。俊彦君のご両親や節子ちゃんも集まっとうよ。みんな友紀ちゃんのことば心配しとうと」

友紀が体を起こした。

「あたし、俊彦さんに会いに行きたか、会いたいと」

文彦が慌てて友紀を制した。

「友紀ちゃん、詳しい事情を話して聞かすばってん、もう少し落ち着いてからにせんね」

友紀は、まだボンヤリとした表情で仕方なく頷いていた。

友子と文彦が、教授や俊彦の同級生たちから聞いた経緯はこうだ。

俊彦たち医学部の学生八人は、今日七月九日の土曜日の朝六時ごろ、車三台に分乗して福井県の敦賀市にある水島に向かった。水島は〝北陸のハワイ〟といわれる無人島で、マリンスポーツの人気が高い。

空はどんよりとして湿度も高かったが、風は穏やかでサーフィンには問題ない天候だった。各車の運転は二時間の交代制だった。俊彦は後半二時間の担当で、前半は睡眠を取った。

水島に着いたのが十時前だった。

浜辺で全員が柔軟体操をしてから、俊彦を含む初心者三人に対して、上級者である五人からレッスンが行われた。初心者といっても、三人はこれまでに一、二回の経験があるので、正確には初級者であろう。三人のうちで特に俊彦の飲み込みが早かったらしい。

三人は用具をサーフショップで借りた。

十一時半ごろに色ヶ浜から全員で出艇した。波は穏やかで、南から絶好の風が吹いていた。三十分ほどのウオーミングアップをして、十二時ごろに帰艇して昼食の予定だった。

七艇が次々に戻ってきた。俊彦も順調に戻って来ているのを二人が目撃していたのだが、安心して目を離してしまった。

二、三分して目線を上げたときには、俊彦の艇が見当たらなかった。

驚いて沖合を見ると、黄色のセイルが倒れて波間に浮かんでいた。浜辺から二百mほどだ。すぐに七名全員がボートを出したり、何人かは泳いだりして救助に向かった。

俊彦の艇にたどり着いてすぐにセイルを上げると、その下に仰向けの俊彦が浮かんでいた。ボートに引き上げて呼びかけたが反応がないので、心臓マッサージを施した。ちょうど着岸していた渡船に担ぎ込んで色ヶ浜まで行った。随行した四人が代わる代わる心臓マッサージを続けた。残った三人は急いで片付けをしてから合流することにした。

随行した中に豊田教授の教え子で、敦賀市内の病院に勤務する心臓外科医を知っていた学生が、電話で救助を求めた。

連絡がついた。ヘリを出してくれることになった。一一九番にはその旨を伝えた。

ドクターヘリに乗せたのが午後一時ごろだった。それまでずっと四人が心臓マッサージを続けていた。

四人が言うには、風の影響か何かで後ろ向きに倒れたとき、セイルが顔に張り付いて呼吸困難になったのではないか。でも微(かす)かにだが心拍と呼吸はある。彼は必死に生きようとしていたと。

豊田教授の甥だと聞いた医師は、緊急無線で大学病院に連絡して、そのままヘリで大阪まで運んだ。教授の待つ大学病院に着いたのは午後二時前だった。

すぐさま教授をはじめ居合わせた医師たちが懸命な蘇生を試みたが、結局、七月九日（土）午後二時三十分に死亡が確認された。豊田教授は、すぐに博多の兄宅に連絡した。吉川家には兄嫁から知らせるという。「友紀さんには自分が責任をもって連絡するから、とにかく一刻も早く病院に来てくれ」と。

そこで俊彦の両親と節子、友紀の母と文彦の五人は、福岡空港が近いので飛行機で大阪伊丹空港へ飛んだ。友紀の父は海外出張中だった。

五人が病院に到着したのは、友紀がショックから目覚める二十分くらい前であった。

その間、教授は俊彦の携帯を使って友紀に連絡した。

この俊彦の携帯は、途中まで随行した仲間の一人が、きっと役に立つだろうと俊彦の荷物から引っ張り出してヘリの医師に預けたものだった。

今は、俊彦と一緒に行った七名のほか医学部の仲間たちが大勢集まって、霊安室の俊彦に会っている――。

母と兄の説明が終わった。

友紀はベッドの上で、半身を起こしたまま、茫然自失（ぼうぜんじしつ）の状態であった。

涙が独(ひと)りでに流れ落ちている。

だが、なぜだか泣いてはいない。

悲しみや苦しさが湧いてこないのだ。

それでも俊彦さんに会いたいという意識はあるのか、ベッドから足を下ろしていた。

母と兄は、両脇を抱えるようにして友紀を霊安室へ連れて行った。教授も同行した。

今夜はここで、仮の通夜をすることにしたという。

霊安室には、俊彦の母典子と妹の節子が憔悴(しょうすい)し切った様子で待っていた。

学生や他の人たちは、教授の要請で霊安室の外の廊下に出ていた。

俊彦の父は、博多での葬儀などの準備があるからと、先ほど伊丹空港へ向かったという。

友紀の体を俊彦の母が抱きしめた。

節子も、友紀姉ちゃんと言いながら駆け寄ってきて抱きついた。

二人とも泣きはらした目が痛々しい。

友紀はゆっくりと棺(ひつぎ)に近寄り、俊彦の横に立った。

白布は取られていた。

顔をそっと覗き見た。

俊彦さんは生きている。眠っている。いつもの優しい表情だ。

やがて友紀は、虚ろな表情で俊彦と独り言の会話を始めた。

「俊彦さん、眠っとうと？　ちょこっと目ば開けてくれんね。起きんしゃい俊彦さん。ねっ、返事ばくれんと？　俊彦さん、そげん眠たかとね。

よかよ、さっ、友紀の膝枕で眠りんしゃい。疲れとったんやろ？　あんな夜中に来んしゃって、ごめんね。迷惑ばかけて、ごめんなさい。あたしの不注意で、あげなことになったと。ごめんなさい。ばってん、友紀は嬉しかったとよ。友紀をぎゅっと抱きしめてくれたやろ？　友紀に、口づけばしてくれたやろ？　友紀を励ましてくれたもんね。友紀は幸せやったと。ねっ、俊彦さん、覚えとうとやろか。俺はいっつも、友紀の側にいるよ、そう言ってくれたやろ？」

友紀は、棺の中の俊彦の顔を慈しむように、そっと両の手で撫でていた。

友紀の目からは、先ほどからずっと涙が溢れ出ている。

だが、顔にはなぜか、笑みが浮かんでいるではないか。

友紀は泣いてはいないように見える。

友紀のこの表情を、豊田教授が注意深く見守っていた。

母友子や文彦、俊彦の母典子と節子たちは、半ば茫然と友紀を見やっていた。

友紀はまた俊彦と独り言の会話を始めた。

「俊彦さん、あたしに言ったやろもん。俺がどこに行っても、俺の姿、俺の顔、俺の匂い、俺の温もり、俺の唇、俺のすべてを思い出してくれんね、って。俺は友紀を、気が狂いそうなくらい好いとうと、そう言ってくれたやろ？　友紀も俊彦さんを、好きで好きでしょんなかと。俊彦さん、あたしの掃除機のスイッチを切ったとは、俊彦さんのいたずらやったと？　何か友紀に言いしゃらんかった？　なんば言うとうとか、聞こえんかったとよ。ねっ、何ば言うたとね？　何ば言いたかったとね、俊彦さん！　ねっ、俊彦さん、教えてくれんね！　何か言いんしゃい、俊彦さん！　俊彦さん！」

次の瞬間だった。友紀の表情が一変した。

笑顔が消え、目が大きく開かれた。

顔が歪んだ。

友紀が、いきなり棺の俊彦の顔に覆(おお)いかぶさろうとした。

素早く教授が後ろから友紀を抱きとめた。「友紀さん！　しっかりして！」と。

一瞬の間を置いて、友紀が大声で泣き叫んだ。

「うわ〜ん！　俊彦さん、どこに行くと！　友紀も連れてって！　置いて行かないで！　うわ〜ん！　友紀を好いとうとやろ？　約束したやろうもん。ずっと、ずっと側にいてくれるとやなかったと？　友紀を守ってくれるとやなかったと？　友紀を独りにしないで！　うわ〜ん！

一緒に泣いたり、笑ったり、うわ～ん、怒ったり、悲しんだりしょうねって、約束したやろ、俊彦さん！　友紀は、友紀は、俊彦さんば愛しとうとよ！　置いていかないで～！　独りぽっちにしないで～！　いやだ～！　いやだ～！　友紀も一緒に行きたかよ～！　うわ～ん、うわ～ん！」

友紀が崩れるように床に座り込んだ。

友紀の目から止めどなく涙が溢れている。

母友子が、両膝を床について友紀を抱きしめた。一緒に声を上げて泣き崩れた。

うわ～ん、という泣き声が霊安室に木霊（こだま）した。

俊彦の母典子も、妹の節子も、友紀の兄文彦も、豊田教授も夫人も、みんなが泣いていた。

霊安室の外にいた医学部の学生たちや、医師、看護師たちも、みんなもらい泣きしていた。

その夜は、女性たち四人は寮のゲストルームに泊まることになり、霊安室では教授と文彦が俊彦に付き添うことになった。

明朝七月十日は、寝台自動車で俊彦の棺を博多まで運ぶ予定だ。

文彦のほか医学部の代表二名が同乗してくれることになった。

霊安室の二人は、教授夫人が差し入れてくれた何種類かの肴（さかな）を、粗末なテーブルの上に広げてウイスキーを舐めていた。

教授は友紀の精神状態について文彦に教えてくれた。最初、友紀の目から涙が流れていたが、顔は能面のように無表情で蒼白だったのは、心理的ショックが激しくパニック状態になったためである。これは現実逃避に入り絶望に打ちひしがれるという、心がマヒして空白の状態になったためだ。人間は悲しみが深過ぎるときは、逆に涙が出たり泣いたりはしない。無表情になる。これが心理面で非常に危険な状態だと判断して、安定剤を注射して少し眠らせた。

目覚めてからは、暫くはまだ現実を受け入れられない逃避の域にあったが、俊彦の亡骸を目にして独り言の会話を始めてから、徐々に現実の世界に戻ってきた、と考えられる。

友紀が大声を上げて泣き出したときに、教授は友紀が正気を取り戻したと思い、逆に安心したと説明した。ただ独り言の中で言っていた、「掃除機のスイッチを切ったのは、いたずらだったの？」とか、「何を言いたかったの？」という部分は、友紀の見た夢かも知れないし、実際はわからない。また自分の不注意で夜遅くに来てくれて迷惑をかけた、とかいうところも実際に何があったのかは、本人に聞いてみなければと言った。そして、友紀さんは泣き虫だと聞いていたが、決して柔な女性ではない。短時間であそこまで立ち直っているから、芯は強いと思う。ただ、ＰＴＳＤには今後暫くは注意が必要だと付け加えた。

教授にとって俊彦は自慢の甥だった。自分の跡を継いでくれるものと信じていただけに、耐えられないくらいに口惜しい。あれほど友紀さんと愛し合っていたのだから、これからの二人の行く末をもっと見てみたかった。俊彦はどれほど無念であったろうか——それを思うと胸が張り裂けそうだと、教授の目にきらりと光るものがあった。

そして、姪の節子もできた娘だと思う。自分夫婦には子供ができなかったので、なおさら節子が可愛いくて堪らない。

「文彦くん、どうか節子を幸せにしてやって欲しい」

そう言って教授は頭を下げていた。

文彦は感極まっていた。

外がうっすらと白んできた。二人は線香を足してから院内の仮眠室に入って行った。


女性四人は、ゲストルームの一室に肩を寄せ合うようにして寝ることにした。二室に分かれるのはお互いに辛く寂しいからという理由だった。

教授夫人から差し入れられた手作りの食事は、四人とも喉を通らないと言って大半を残してしまった。友紀はかなり落ち着きを取り戻してはいたが、まだ安心できない、というのが三人の一致した見方であった。

寝床には、真ん中に友紀と節子が、両端に友子と典子が横になった。

友紀と節子は、ずっと手を取り合っていた。

友紀は、八日金曜日の合コンから九日土曜日の今朝にかけての出来事を、ゆっくりと、しかし、はっきりとした口調で語り聞かせた。

みんなは道浦のことを、下劣極(げれつきわ)まりない最低男だと強く非難した。当然と言えば当然だ。

そんな精神的な危機下にあった友紀を、真夜中にもかかわらず救いに駆(か)けつけた俊彦の優しさと男らしさに、またしてもみんなは目を潤(うる)ませていた。

でもその結果、俊彦さんを疲れさせてしまい、それが原因で事故死に追いやってしまった。だから俊彦さんを死なせたのは自分のせいだ、と激しく後悔と自責(じせき)の念に駆られてむせび泣く友紀を、節子たちは代わる代わる慰めていた。

だが、掃除機の電源が切れたことや、俊彦の呼ぶ声が聞こえた、という友紀の話には、みんなが驚いた。友紀も初めて気づいたのだが、その時間、午後十二時過ぎというのは、俊彦がサーフィンの事故に遭遇した、まさにその瞬間だったのだ！　俊彦の遠ざかっていく意識の中には、間違いなく愛しい友紀の姿が浮かんだに違いない。俊彦は友紀に何を伝えたかったのだろうか。

典子は自慢の息子を、妹の節子は敬愛する兄を、それぞれ失って失意のどん底にいたし、友子は娘友紀の悲痛な気持ちに寄り添ってやらねばならず、ここにいる四人全員は、かけがえのない俊彦との死別という、過酷な運命に打ちのめされていた。悲嘆にくれ心が挫(くじ)けそうになっているのは、友紀だけではなかった。

友紀たちは、まんじりともしないで朝を迎えた。六時半を過ぎていた。

無論、みんな疲れ切った表情を浮かべていた。

みんなで黙々と部屋を片付け掃除を終えたころに、教授と文彦が部屋に入ってきた。

教授が告げた。

「今日七月十日に仮通夜、明日十一日に本通夜、十二日の午前十一時に葬儀・告別式を行うことになった。ついては俊彦の棺を寝台自動車で博多まで運ぶが、文彦君と俊彦の同級生二人が付き添ってすぐ出発する。義姉(ねえ)さんと節子は、これから一緒に私の自宅まで行って少し休んで欲しい。友紀さん母娘はいったん、マンションに戻り、身支度を整えてから、昼過ぎに病院の専用車を回すので、それに乗って伊丹空港に行く。空港で五人揃って博多に向かうことになった」

すると、友紀が恐る恐る口を開けた。

「あの、俊彦さんの車に一緒には乗れんですか……」

節子も続いた。

「叔父さま、あたしも一緒に乗って行きたかですが、駄目ですか」

「二人の気持ちはよくわかる。死者を慈しむという気持ちから、ずっと寄り添って行きたいのは、多分みんな同じ気持ちだろう。しかし博多までの道中は余りにも長い。ここは一つ、文彦君に任せたい。彼だってほとんど眠ってはいないが、体力も気力もあるので安心だ。友紀さんと節子の想いには、きっと俊彦は感謝していると信じている」

文彦が続けた。

「皆さん、俊彦君は僕が責任をもってご自宅までお届けしますので、安心してください。俊彦君のお母さん、節子ちゃん、どんなにお辛いか、お察しします。僕でできることは何でもさせてもらいます。どうかお力落としのないように。友紀、心が折れたり絶望的になったりしたら、俊彦君が哀しむよ。そんな柔な友紀を、彼は望んではいないはずだ。これからは俺が友紀と節っちゃんを支えていくと、俊彦君に誓ったよ」

友紀と節子の二人は、手を取り合って嗚咽していた。

マンションに戻った友紀は、銀行の緊急連絡先に従って支店次長に連絡を入れて、休暇を申し入れた。事情を聞いた次長は、四日間の忌引き社休という異例の扱いにしてくれた。

日曜日の仮通夜、月曜日の本通夜、火曜日の葬儀・告別式は、予定どおり博多の豊田家で執り行われた。俊彦の急死は、仲良し四人組として近所でも評判の一人であっただけに、大きな驚きと悲しみをもって迎えられた。参列者は警察関係者のみならず、大学、高校などの同級生、友人・知人や町内の大半の人たちが参列する盛大なものであった。

そんな中、参列者の目を引いていたのは、親族席に座る群を抜くまばゆいばかりの美貌の節子と友紀であった。美人の産地として名高い博多美人の中でも飛び抜けていた。特に姿勢を正し、愁いを含んだ眼差しに、人を寄せ付けないような凜とした佇まいの喪服姿の友紀は、事情を知る多くの参列者から深い同情を集めていた。

葬儀・告別式後、市内の火葬場で俊彦は荼毘に付された。

棺の中の俊彦に最後の別れを告げるとき、友紀は一人念じていた。

〝俊彦さん、たくさんの愛と、たくさんの優しさと、たくさんの温もりと、たくさんの夢と、たくさんの希望と、そして、たくさんの、たくさんの想い出を本当にありがとう。あなたのすべてと一緒に、あたしの生涯の宝ものにします。さようなら〟

このとき、俊彦が友紀に向かって、あの穏やかな笑みを浮かべてくれたのだ。

二人だけに通じる交信であった。友紀も優しい笑みを返していた。

そして友紀は心が落ち着くのを、静かに感じていた。

「お骨上げ」のとき、俊彦の両親や節子たちは、やはり号泣しながら取り上げていた。

友紀もお骨の一つを骨壺に入れたが、友紀はもう泣いてはいなかった。

だが、両の目からは自然に涙がこぼれて、友紀の唇に伝い落ちた。

温かくて甘い味がした。友紀は思った。

〝俊彦さんが口移しでくれた白ワインの味ばい。甘かよ。俊彦さんがこの味を忘れるなっち、言いよるとやね。忘れることはなかよ、俊彦さん〟

友紀はそう思いながらも、まだ流れ出る涙が残っていたのかと自分でも不思議であった。


すべてが終わったその夜、疲労の激しい友紀は、医者に処方してもらった睡眠導入剤を服用して眠りに就いた。母も同様であった。

そして翌十三日、友紀は両親と兄に今後について相談した。

友紀は、大阪の銀行に戻れば再びあの男に出会う可能性があり、とても耐えられない。

俊彦との思い出がたくさん詰まったマンションを手放すのは心残りだが、これから独りで住み続けるには辛過ぎるし、寂しくて自信が持てない。だからこの際、銀行を退職して暫く休養してから、ここ博多で再就職先を探したいと思いを述べた。

皆は友紀の思い通りにしたら良い、と賛同してくれた。

翌日の七月十四日、忌引き社休の四日目に、友紀は母友子と共に大阪のA銀行を訪ね、次長に面談した。友紀の退職の申し出に次長は驚きを隠せず、理由を尋ねた。

「ずいぶんと良くして頂いた銀行の皆様には感謝に堪えません。許婚者の突然の夭折に大きな精神的衝撃を受け、友紀が立ち直るには暫く時間がかかるかと思います。ですからこれ以上ご迷惑をおかけするのは忍びなく、突然で申し訳ないのですが、どうか友紀の心情をご理解頂き、格別のご配慮をお願いいたします」と母友子が代弁した。

二人は、決してあの男のことについては言及しないと、事前に打ち合わせていた。

次長は友紀の気持ちに理解を示した上で、なお、銀行としても大変な損失となるので、何とか翻意をと慰留した。友紀は、

「次長のお心遣いには感謝の言葉もありません。でも今は勤務を続けられる自信がありません。どうかお許しください」

そう言って、明日七月十五日付の退職願を差し出した。

次長はため息をつきながらも
「わかりました。いったん預かります」

と言って、応接室を退出した。ところが、すぐに仲野美加が入室してきたのには友紀が驚い

た。次長から友紀が来ていることを聞いた美加は、会わせて欲しいと頼んでいたのだ。

　美加は、まず友紀の許婚者が急逝したことに、ご愁傷さまですと告げてから、突然会いにきたことを詫びた。そして友紀の母親に気遣って少し逡巡していたが、思い切ったように、「あの日」のことで驚くべき言葉を口にした。

〝あの道浦が、友紀とのことで良からぬ噂を言いふらしているようだ。あれから付き合い出したS商事の男性から聞いたが、もし何かあったのなら、あの時ちゃんと送らなかった自分に責任があるからお詫びしたい〟と。

　友紀は姿勢を正し、美加を真っ直ぐに見てきっぱりと言った。

〝何事もなかった。あの人が卑しい手練手管を使おうとしたのは事実だが、あたしは毅然とはねつけた。あの人が何を吹聴しているかは知らないが、男として、いや人間として最低で、可哀相な人だと思う。またあのとき無様な状態になったのは、あたし自身の責任であって、決して貴女のせいではない。だからあたしに謝る必要はない〟と。すると美加は、

〝そうだったの、貴女のことを少しでも疑った自分が恥ずかしい。あの合コンのことは銀行内では秘密だったので余計に自分の責任だと悩んでいた〟そう言って美加が顔を覆った。

　これに対し母の友子が、

〝お気遣いをありがとう。これ以上、ご自分を責めないで。友紀はもう柔なんかではないから、

安心して欲しい〟と、優しく言った。そして友紀が、

〝明日付で退職するが、決して合コンのことが原因ではない。許婚者が急死したため、自分自身の気持ちの整理をつけた結果なので、わかって欲しい〟と、続けた。


銀行を後にした友紀母娘は、その足で豊田教授の自宅を訪問して、友紀の退職の経緯を報告した。教授夫妻は理解を示した上で、俊彦に深い愛情を寄せてくれた友紀に対して魂（こころ）からの感謝をするとの言葉に二人はウルッとしていた。


夜、緑地公園のマンションに戻った二人は、荷物の整理を始めた。

マンションの解約手続きは、今日の午後に大阪に着いてすぐに済ませておいたが、明日中には部屋を空けねばならない。処分するにしても、備え付けの備品がほとんどなので、購入した小物類が少々あるだけだが、友紀にとっては、俊彦にまつわるものの幾つかは、想い出が詰まったかけがえのない宝ものだけに、どうしたら良いのかと迷ってしまった。

整理の手が止まった友紀を、母はじっと見つめていた。

友紀は、やがて思い切ったように、俊彦が使っていた歯ブラシ、部屋履き、つっかけ、靴べら、下着類、Tシャツなどは、一つ一つを愛おしそうにビニール袋に入れて廃棄（はいき）することにし

た。しかし、バスローブ、バスタオル、かけ布団、枕カバーなど、俊彦の残り香がするものは段ボール箱に丁寧に詰め込んでから、その中に顔を入れて友紀は思いっ切り息を吸った。

「やっぱ、俊彦さんの匂いがするったい」

そう言って、友紀がニッと笑い、微笑む母と目が合った。

蒸し暑いその夜は、二人はタオルケットだけをかけてベッドで寝た。

ほとんど一晩中、友紀は俊彦との想い出話を楽しそうに語り続けていた。

翌日十五日、博多への宅急便の手配を終え、管理人へ挨拶をしているときに、銀行の次長から友紀の携帯に連絡が入った。

今日七月十五日付で退職願は受理された。ほとんどの幹部が残念がっていた。そして近い将来、吉川さんが復職してくれることを期待していると言った。

友紀は感激した。異例ともいえる発言だ。

「私のわがままを、お聞き届け頂きました上に、過分なお言葉まで頂戴しましたご配慮に深謝申し上げます。みなさまには、退職のご挨拶もしないご無礼をお許しくださいますよう、なにとぞよろしくお伝えください」と応えていた。

側で聞き耳を立てていた母は、友紀が一回り成長したとの思いで安堵していた。

こうして、俊彦と友紀の波乱に満ちた２００５年の夏は終わりを告げた。
俊彦、享年二十四歳という若さであった。

⑦春樹との邂逅(かいこう)

A銀行大阪支店を退職後、俊彦の初七日、四十九日の満中陰(まんちゅういん)を終えて、漸く(ようや)ほんの少しだが心の安らぎを得た友紀は、その年二〇〇五年十一月から、福岡市内にあるキッズ英会話塾の非常勤講師に就いていた。何かに集中すれば、辛さや悲しみから逃れられるとの思いからであったが、週数コマの担当だけでは空いた時間が多過ぎて、どうしても俊彦への思慕(しぼ)が募り、気分が落ち込んでしまうという悩みがあった。

そんな折、突然、A銀行福岡支店の総務課長の訪問を受けた。年明けの二〇〇六年から福岡支店に復職してもらえないかと言う。大阪支店の関係者から評判を側聞(そくぶん)しており、ぜひ当支店に力を貸して欲しいとのことだった。

友紀は暫く(しばら)考えた末に思い切って、その誘いに乗ることにした。

再就職といえども中途採用者なので、給与は大阪時代よりも下回ってはいたが、久方ぶりの全日勤務に時間を忘れて、集中することができることに友紀は満足した。担当職務はローテラーであった。

当地福岡市は、以前から国際都市として年々発展を遂げていて、市内の外国人居住者もかなり多いので、銀行での外国語対応いかんが集客の決め手の一つとなる。行内では英語、韓国語、中国語などで応接する行員が何人かいて、友紀は英語担当である。友紀は持ち前の優美な立ち居振る舞いと、的確な仕事ぶりや流暢な英会話力とで、たちまち銀行内外で評判の女性行員となった。この現象は、まさに銀行幹部が目論んでいた「打算」の結果であり、さらに大阪支店時代と同様に、女性行員の大半が等しく友紀を好意的に評価していることに、幹部たちは一様に驚愕した。

　この年二〇〇六年には、豊田家で俊彦の一周忌法要が執り行われ、吉川家からも両親、文彦そして友紀の全員が参列した。

　節子はこの年大学を卒業して、在京キー局の系列局である市内のNテレビに入局していた。配属先は営業部である。当初友人たちからはアナウンサーを目指してはと薦められた。だがその才能もないし、あまり目立ちたくないとの思いもあって事務部門に応募した。文彦からは、性格的には外回りの営業が向いているから全力を尽くせと激励された。

　節子が営業部に配属されたとき、Nテレビ局内は騒然とした。美人の誉れ高い同期入局の女性アナと好一対だと感嘆の声をもって迎えられた。節子は旧来のスポンサーまわりや、新規広告先への営活などに嬉々として取り組み、充実した日々を送った。

俊彦の死後一年を過ぎて漸く、友紀と節子は心の痛手を少しく乗り越えつつあった。

だが、友紀には一つ心残りがあった。それは福山涼子の結婚式への欠席であった。昨年の六月に、久しぶりに涼子から電話があった。この十月に結婚式をすることになったから、ぜひ出席して欲しいという。「親があまりにうるさく言うので、年貢(ねんぐ)を納めることにしたの」と相変わらず笑い飛ばしていた。もちろん喜んで、と友紀は返した。

そして九月に大阪の緑地公園から転送された招待状が届いた。

涼子には、俊彦急死のことや実家に転居したことも、何も知らせていなかった。

傷心のただ中にあった友紀は、数日考えてから、

「涼子さん、ご結婚おめでとうございます。お招き頂きありがとうございます。やむを得ない事情により欠席させて頂きます。本当にごめんなさい。いずれ詳(くわ)しいお話をさせて頂く時があると思います。どうかお幸せに」と、返信した。

本来ならまず電話で事情を説明すべきだが、慶事の相手にそれは遠慮すべきだと考えた。

それ以来、涼子とは音信がないままだ。

翌二〇〇七年、俊彦の三回忌法事が豊田家で行われた。

大阪からは教授夫妻も参列し、親族一同に吉川家の四人も加わって、厳粛(げんしゅく)に故人を偲(しの)びな

がらも、どこかしら和やかな雰囲気が漂っていた。今や豊田家の親族にとっては、吉川家は親族同然の存在であり、違和感を唱える者は多分いなかったであろう。それは友紀の存在が、俊彦との見えない糸を想起させたこと以外に、豊田節子と吉川文彦との結婚がいよいよ現実味を帯びてきたから、という背景がある。だから会食の席では、参列者の何人もが文彦や節子の席に来ては、いつだ、いつだとせっついてくる。そのたびに笑い声が絶えない。

　その様子を、節子の母典子と文彦の母友子、それに友紀が笑みを浮かべながら、穏やかな表情で眺めていた。しかし友紀の心の片隅には、どこか寂寞とした気持ちが漂っていた。二人に対して、ホンの少し嫉妬していたのかも知れない。

　友紀はこの二年間、九日の月命日にはお参りを欠かしたことはなく、俊彦への追慕の念を抱き続けていた。

　俊彦のバスローブやバスタオルなどを詰め込んだ段ボール箱は、今でも自室のクローゼットに大切に保管していて、仕事に疲れたときや、急に寂しさを感じたときには、その箱の中に顔を突っ込んで、俊彦の残り香を嗅いでは自らを慰めることもあった。

　いつだったかその様子に気づいた母が、不憫だと思いながらも、

「友紀、みっともないわよ、そろそろ卒業してはどう？」

と優しくたしなめたこともあった。

法事の席でも、俊彦の母典子が友紀の両手を握りしめて、顔を真っ直ぐに見ながら語りかけた。

「友紀さん、俊彦への想いをずっと忘れずにいてくれて、本当にありがとう。俊彦もあの世できっと喜んでくれているわ。でもね、俊彦が貴女を愛した分の何倍も友紀さんは俊彦に返してくれたわ。もうこれで十分よ。だからこれからは貴女自身の幸せを求めて生きて欲しいの。俊彦への操を立てることは、もう卒業なさってはどうかしら。あたしはね、友子さんの前で失礼かも知れないけど、友紀さんは節子の姉、つまりあたしの娘だと思っているのよ。だから友紀さん、もう一度恋をして、新しい素敵な伴侶を見つけてくださらない？　きっと、きっと俊彦もそう願っているわ」

穏やかで思いやりのこもった声で、俊彦の母典子はそう言うと目を潤ませていた。

友紀は典子の胸に顔を埋めて嗚咽していた。

慈しむように肩を抱かれていると、なぜか心がすっと軽くなった。

母友子もハンカチで顔を覆っていた。

周囲の親族たちは、その光景をにこやかな眼差しで包み込んでいた。

その年七月の下旬、友紀は大阪にいた。

一日だけだが夏期休暇をもらった。

目的は、およそ二年ぶりに涼子に会って、俊彦の急死の件や、涼子の結婚式への欠席のお詫びを伝えること、さらに遅まきながら、結婚のお祝いの品を手渡すことであった。

涼子と会う場所は、今晩友紀が宿泊する西梅田のホテルロビーで、十九時の約束である。それまではA銀行大阪支店に出向いて、お世話になった次長に挨拶を済ませることにした。

十五時ごろ、大阪地下鉄御堂筋線の心斎橋駅を降りて階段を上がっているときだった。〝あの男〟だけには会わないようにと念じながら見上げていると、一人の男性の背中に目が釘付けになった。薄い水色のワイシャツの袖をまくり、細いストライプの入った紺色のズボン姿の男は！ 急ぎ足で追いかけた。改札口を出てすぐだった。その男性の後ろから、

「俊彦さん！ 俊彦さん！」

と、友紀は思わず大きな声を発していた。

男性が振り返った。

驚いた表情で友紀を見やった。

俊彦ではない！

友紀は顔から火が出るように恥ずかしくなり、慌てて、

「申し訳ありませんでした。人違いでした、すみません」と詫びた。

男性は日焼けした精悍（せいかん）な顔に白い歯を見せて、ニコッと笑った。

「いや、どうも」と軽く会釈して銀行と同じ方角に歩いていった。

後ろ姿だけではない、背格好（せかっこう）も白い歯を覗（のぞ）かせた笑顔も、俊彦に生き写しのように思えてならなかった。友紀は、その男の数m後ろをついていく格好になった。

男性はＳ商事ビルのエレベーターの前で立ち止まった。

階数表示プレートを見上げている。

友紀はＥＶ前に並んでいる何人かの後ろ側を通り、銀行の通用口の方に向かいながら、チラッと男に目を走らせた。男は横顔を見せて立っている。

やっぱり、俊彦さんに似ている！

なぜか目頭が熱くなっていた。やがて男性はＥＶ内に姿を消した。

もう二度と邂逅（かいこう）することはないだろう。

そう思うと友紀はすごく気落ちしていた。


友紀は銀行の応接室に通された。すぐにあの時の次長が入室してきた。にこやかな笑顔を浮かべた副支店長である。友紀は事前に調べていたのですぐに挨拶した。

「ご栄進おめでとうございます。その節は大変お世話になり、本当にありがとうございます」

「吉川さんもお元気になられたようで、何よりです。福岡でのご活躍のご様子は私どもの耳にも入っており、大阪支店としても鼻が高いですよ」と、嬉しそうに語ってくれた。

それから、二年に及ぶ出来事などを語り合っていると、仲野美加と短大の後輩二人が入室してきて、それを潮に副支店長は退出した。四人でひとしきり雑談を交わした後、二人だけになった二歳先輩の美加は、

「吉川さん、私は今秋結婚する予定だったの。相手はS商事の男性で、コンパで貴女も一度会ったことがあるわ。でもその男性が、酷く酒癖が悪いことがわかって。おまけに、その彼が何か不始末をしたとかで、上司に酷く叱られたらしいの。そう言って彼は私の前でおいおい泣き出したの。私はそんな女々しい男って大嫌いなので、いっぺんに熱が冷めて別れたの。それにね、彼はあの道浦さんの子分らしくて、あっ、ご、ごめんなさい」

美加は慌てて口をつぐんだが、友紀は何も言わず微笑んでいた。


銀行を出た友紀は、涼子に会うまで時間があるので心斎橋筋をそぞろ歩きしていた。相変わらずの人ごみだ。暫くすると、福岡の天神辺りを歩いているような錯覚に陥っていた。

五時半ごろに、地下鉄御堂筋線の心斎橋駅に戻った。南側の改札口を抜け階段を降りて、プ

ラットホームのちょうど中ほど辺りまで来た時だった。反対の北側の方角から見覚えのある男性がこちらに歩いてきた。友紀は驚いて歩を止めた。男性も一瞬驚いた表情で立ち止まったが、すぐに白い歯を見せ、にこやかな笑顔で近づいてきた。

友紀が俊彦と見間違えたあの男性だった。

やっぱり似ている！　と鳥肌が立っていた。男性は、

「やぁ、またお会いしましたね！」と、快活(かいかつ)に言った。

「先ほどは大変失礼いたしました、ごめんなさい」と、友紀もぺこりと頭を下げた。

「とんでもない。人間違いでも、貴女のようなお綺麗な方に声をかけられるなんて、光栄ですよ」

男性はあの声をかけられた後、すぐに視線を戻して会社に向かったものの、内心では振り返りたい気持ちを引きずっていた。〝あんな美人にお目にかかれることはもうないだろうな〟とかなり後悔していた。

「一日に二度もお会いできるとは奇遇(きぐう)です。何かの縁(えん)を感じます。いかがでしょう、少しだけお時間を頂いて、お茶でもご一緒できないでしょうか？　あっ、これはナンパですかね」

と、ア、ハ、ハ、と笑った。その屈託(くったく)のない表情につられたように友紀も笑みを浮かべて、

「ハイ、少しなら」と応じていた。

駅のホームを上がって、地下街の瀟洒なコーヒーショップに案内された。

やおら男性は名刺を差し出した。

〔S商事本社営業本部 第一営業部主任兼マニラ営業所長 高宮春樹〕

とあった。いやに長ったらしい表記だが、やはりA銀行が入っているビルのS商事かと、さっきのEV前の光景を思い出していた。そして同時に〝あの男〟と同じ会社だわ！　と驚いたが、素知らぬ顔をして友紀も名刺を差し出した。

「あぁ、A銀行さんでしたか。えっ、福岡支店ですか。と、言うことはご出張ですか？」

と、名刺と友紀の顔を代わる代わる見ながら聞いた。

友紀は詳しい事情を話すことは控えた。相手は同じビル内の会社だが、初対面でもあるし、何と言っても〝あの男〟と、どんな関係があるのかもわからないからだ。

「いえ、出張ではありませんわ。お休みを頂いて羽を伸ばしに来ましたの」

お互いの自己紹介が終わるとすぐに打ち解けた雰囲気になり、博多の歴史や言葉、食べ物のこと、さらにはマニラの様子などについて話が弾んだ。

友紀は不思議な感覚に浸っていた。

高宮の前ではなぜか、邪心のない素直な心でいられる。

高宮の包容力に安穏(あんのん)としている、そんな気持ちに満たされていた。

二人は当たり前のように、携帯番号とアドレスを交換していた。

そうこうしている内に、時間はあっという間に一時間以上も経(た)っていた。

友紀は慌てた。

「十九時に約束が」と言うと高宮は、

「西梅田まで送りましょう」と言う。

友紀はホテルまでの道順は承知していたが、高宮と別れ辛(づら)くなっており、好意に甘えることにした。

高宮は本町駅で四つ橋線に乗り換えて、西梅田駅まで送ってくれた。夕方の車中はかなりの混雑だった。電車の揺れで二人の体は何度も触れあった。そのたびに高宮が、片方の腕で友紀を支えてくれた。友紀はまたも、居心地のよい幸せな感覚に酔っていた。まるで俊彦さんと一緒にいる、今日のナイトは俊彦さんだわ、と夢うつつであった。高宮から、

「吉川さん、ホテルロビーに着きましたよ」

と言われて初めて、我に返る始末だった。

高宮は、わざわざ家路(いえじ)とは反対の梅田まで送ったのだが、彼もまた友紀とは離れがたいとの思いに囚(とら)われていた。高宮は、

「ぜひまたお会いさせて下さい、連絡いたします」

そう言って踵を返した。その姿を友紀はカッコいいな、と潤んだ目で見送っていた。そしてこのときの出会いこそが、二人の人生の重要なターニングポイントとなったのである。


ロビーでは涼子が待っていた。友紀が駆け寄り笑顔の再会をしたが、ロビーにいた人々の目が一斉に二人に注がれた。余りにも美しい二人の出現に、無言の感嘆の声が上がっていた。

友紀と涼子は、ホテルのフレンチレストランに向かった。涼子のおすすめである。

「今日は私がご馳走するわ」

と涼子はスペシャルディナーをオーダーした。

二年半ぶりの再会であったが、涼子は相変わらずのスタイルを保ち、全身に大人の色香を漂わせていて、女の友紀から見ても美しいと思えるほどである。

結婚したからなおさらなんだ、と友紀は納得していた。

「な〜に、そんなにじろじろ見て、どうしたの？　私の顔を忘れたの？」

と、涼子は友紀の顔を覗き込むようにしておどけて言った。

「ごめん、ごめん。涼子があんまり綺麗なんで見惚れていたのよ。変わりなくて何よりだわ」

「ありがとう。ところで、さっきロビーで一緒にいたイケメンは誰？　例の彼氏なの？」

涼子は高宮と一緒のところを目撃していたようだ。

「ううん、違う、違う。後でゆっくり話すね。その前に渡したいものがあるの。遅くなってごめんね。涼子の結婚お祝いなの。気持ちだから受け取ってね」

そう言って友紀は、綺麗な包装紙に包まれた小さな箱と、袱紗からお祝い袋を取り出して差し出した。箱は博多人形の童もの「幸せ」を台として、祝い金は七万円を奮発した。

「えっ、頂いて良いの？　素敵な人形だこと。またお祝いまで。では遠慮なく頂きます。嬉しいわ、本当にありがとう、友紀」

涼子が珍しく涙目になっている。

二人はまず白ワインで乾杯した。


友紀はこの二年半の出来事を順序よく話して聞かせた。次々と出てくる豪華な料理を口に運んでは、堰を切ったように語り聞かせていた。

涼子は相づちを打ちながらも、黙って聞き入っていた。だが、話が俊彦の急死や友紀の錯乱状態のところに及ぶと、驚愕の表情を浮かべ目を潤ませていた。

友紀の長い話が一段落した。

いつの間にかワインボトルが空になっていて、テーブルにはデザートのアイスクリームがあった。涼子は視線をデザートに落としたまま、ふ〜と深いため息をついたが、目にいっぱいの涙を溜めたまま顔を上げた。

「友紀、とってもひどい目に遭ったのね。悲し過ぎる体験をしたのね。辛かったでしょう。そんなことも知らずに、結婚式の案内をするなんて。貴女の異変に気づかず、ごめんなさい」

と、涙声で絞り出すように言った。

「とんでもないわ。あたしが知らせなかっただけよ。だからそんなに自分を責めないで、お願い。それにね、三回忌の法要のときに彼のお母さんから〝これまでの俊彦への尽きない愛情をありがとう。操立てはもう十分だから、これからは自分自身の幸せを求めなさい〟と言われたの。〝あなたを実の娘と思っているから〟とも言われたときは、感激して涙が……彼への追慕の念は消えてはいないけど、気持ちがふっと軽くなったの。だからあたしはもう大丈夫よ、安心して」

「そうだったの。優しい人たちに囲まれて良かったわね」

時刻は二十一時を回っている。

少し溶けかかったアイスを口に運んだ二人は、コース最後のドリンクをコーヒーにした。

暫くして友紀は、涼子の結婚生活について話を振ったが、どうも涼子の歯切れが悪い。何か話しにくいことでもあるのだろうと、話の矛先を変えようとしたときだった。

座席の後ろに挟み込んでいたバッグが、ビー、ビーと振動しているのに気づいた。携帯電話のバイブだろう。後ろ手でバッグを取り出した。やはり携帯メールの着信を知らせるランプが光っている。画面を見た。〔ｆｒｏｍ高宮〕となっている。友紀は緊張した表情で文字を追った。

その様子を涼子が興味深そうに眺めていた。


〔吉川さま。今日の夕刻は厚かましいお誘いにもかかわらず、お付き合いを頂き本当にありがとうございました。明日には博多に帰られるとか。厚かましいついでにお願いがあります。もう一度お会いして頂けないでしょうか。もっと貴女のことを知りたいのです。そして私のこともっと知って欲しいのですが、駄目でしょうか。清水の舞台から飛び降りた心境の高宮〕

となっている。友紀は頬が緩んでいた。本当は自分も博多に帰る前に、もう一度会いたいなと思っていたからだ。

「何をにやついているの？　もしかして、さっきロビーで一緒だった男性から？」

「うん、そうなの」

と、あっさり認めた友紀は、メールを涼子に見せてから、高宮との出会いを説明した。

「何かドラマティックな出会いね。この文面からは誠実な男性との印象を受けるわ。ちゃんとした会社のサラリーマンだし、人柄も友紀自身が認めているくらいだから、大丈夫だとは思うけど……」

涼子は、小首をかしげて言い淀んだ。

「けど、な～に？　気になることがあるの？」

友紀が心配そうに涼子を見やった。

「う～ん、そうね。気になるのは友紀のことよ。その高宮さんっていう男性に、俊彦さんの面影を重ね過ぎてはいないかしら。もしそうなら少し危険かな。第一、高宮さんに失礼だし、心理的にも負担をかけてしまうわ。あくまでも、高宮さんの人となり次第でしょ？」

友紀は何度も頷きながら、涼子の言葉を反芻していた。

涼子は軽く手を挙げてウエイターを呼び、コーヒーを二つ追加した。

「そうね涼子の言うとおりよ、ありがとう。だから、あたし明日もう一度高宮さんに会って、色々とお話を伺ってみるわ。その上で信頼できると判断したら、あたしも俊彦さんのことやあのイヤな男の件も隠さず話してみるわ。これって関西では腹を割るって言うんでしょ？　ウナギの腹を割くという関西の調理法に通じてるって、聞いたことがあるの」

「アハハ、その通りよ。お互い腹を割って語り合ってみたら、それぞれ生身の人間性が見えてくるかもね。ぜひ明日会ったら良いわ。年齢も八歳上なら、ちょうど良いかもよ」

涼子と別れてから、友紀はホテルの部屋に戻ってすぐに高宮にＯＫのメールを入れた。涼子の結婚生活のことを何も聞けなかったのが心残りであったが、今は高宮への関心が優先していた。結局、明日土曜日の十一時にホテルロビーで再会することになった。友紀は久しぶりに、心のときめきを覚えていた。まるで、俊彦とのデートに向かうときのような動悸がしていた。

翌朝早く目覚めた友紀は、すぐにバスルームで熱めのシャワーを浴びた。冷房が効いているので快適だ。頭も洗った。シャンプーもリンスもしっかりつけた。体も磨き上げるくらいに洗った。自然に鼻歌が出た。なぜだか浮き浮きした気分だ。化粧も入念にした。身支度はバッチリだ。

朝食はホテルビュッフェで軽く済ませた。

高宮との待ち合わせ時間から考えて、昼食は一緒になるだろうと予想した。チェックアウトを済ませて、ロビーに出たのは約束の時間の十分前であった。探すまでもなく、高宮がすぐに姿を現した。満面の笑みを浮かべている。どうやら早くに来て、ロビーソファーで待っていたようだ。

友紀も自然に笑みを返していた。友紀の目は多分潤んでいただろう。

高宮は、近づいてくる友紀の美しさを再確認していた。

〝こんな女性を今まで待っていたんだ〟と、心中で喝采をしていた。

ロビーの人々の視線が集まる中、二人は笑顔ながらぎこちない挨拶を交わした。

高宮は友紀の小さなスーツケースを手に取り、「ホテルを出て梅田まで行きましょう」と誘った。地下街を十分ほど歩いて、とある大きなビルのEVに乗り二十三階で降りた。歩きながら高宮はずっと、食い倒れの大阪について色々と面白おかしく語ってくれた。友紀が、大阪は初めてだと思っているようだった。

降りたフロアー全体がレストラン街だ。高宮は何を食べたいか聞いてきた。友紀は大阪名物のお好み焼きの店を指さした。高宮は「ここで良いんですか?」と言いながら、友紀の背中を押した。入った店は大阪に本店を置く全国チェーン店で、客が選んだ素材を自由に焼くシステムだ。開店直後の早い時間だったので、個室に案内された。

高宮はモダン焼きを、友紀はミニすじ焼きをオーダーした。高宮にすすめられたものだ。二人はまず、キンキンに冷えたビールで乾杯した。

「夏の暑い時期に冷房の効いた室内で、ビール片手に熱々のお好み焼きを頬張るのも、おつなもんですね」と高宮が笑いながら返しの大コテを器用に使って焼き上げた。

ここでも高宮は、大阪の粉もん文化について面白おかしく語ってくれた。

友紀を和(なご)ませようとする心遣(こころづか)いが、伝わってくる。

高宮は、卵たっぷりのふあふあ熱々(あつあつ)のモダン焼きに、甘めのソースをかけて大コテで器用に小さく切り分けてから、友紀の前に差し出した。ミニすじ焼きもそうした。

二人はよく食べ、飲み、そしてお喋りに花を咲かせて、すっかり打ち解けていた。高宮は家族のこと、大学時代のラグビー活動のことや、マニラの様子、S商事に入社した経緯などを軽(けい)妙洒脱(みょうしゃだつ)に語ってくれた。その姿に高宮の誠実さが溢(あふ)れているのを、友紀はある種の感動をもって、受け止めていた。

高宮が、「場所を変えて今度は貴女のことを聞かせて欲しい」と言うので腰を上げた。

同じビルの三階にある瀟洒なカフェに入った。昼間のアルコールの心地よい酔いを感じながら、友紀は冷たいコーヒーを喉に流し込んだ。

友紀は、博多で小さいころからの仲良しの四人のことから話し始めた。俊彦の背中を追って大阪の短大に入学したこと。短大を卒業してA銀行の大阪支店に入行したこと。このときに黙って聞いていた高宮が、「あ〜、そうなんですか、大阪にいらしたんですか」と驚いた声を出して苦笑していた。

しかし、話が二年前の俊彦の急死に及ぶと、高宮は息を詰めて緊張して聞いていた。そしてその原因が自分の不注意に起因していると、友紀は〝あの男〟の詳細は伏せたまま一連の出来事を説明した。それによって心に深い傷を負ったが、友紀の両親や兄はもとより、俊彦の両親や妹、俊彦の叔父である教授や銀行の上司たちからの有形無形の支えに助けられて、今はこうして立ち直っていると。

高宮は真剣に耳を傾けてくれた。

「そうですか。筆舌に尽くせないくらいの苦痛を経験されたのですね。さぞお辛かったでしょう。吉川さんを守ろうとした俊彦さんの行動は、男の私からしても尊敬します。逆に貴女を陥れようとしたヤツは男の風上にも置けない下司野郎で、私も腹が立ちます。飲まされたカクテルは、色から判断して多分レディーキラーでしょう。ウオッカが入っているので、量が過ぎると危険です。よくぞ途中で覚醒して無事でしたね。俊彦さんならずとも、私でも貴女のところへ駆けつけます……いや、すみません余計なことを言いました」

そう言って高宮は赤面していた。

友紀は、内心すごく嬉しかった。あたしの気持ちを忖度して優しく包容してくれている。そんな気持ちが伝わってくる。この男性はきっと信頼できる。そう確信していた。

「高宮さん、ありがとうございます。身に余るお言葉を頂き、何だか恥ずかしいですわ。でも、あの～……」

友紀は一瞬ためらってから、高宮の目を真っ直ぐに見つめ、自分でも意外な言葉を発した。

「高宮さん、あたしも清水の舞台から飛び降ります。こんなあたしですが、これからもお付き合い頂けるでしょうか？」

その瞬間、友紀は恥ずかしさの余り思わず目を閉じて俯いてしまった。アイスコーヒーのグラスの中で、氷がパチッと一つ弾けて、カランと小さな鐘を鳴らした。

高宮は落ち着いてはいたが、友紀の言葉に狂喜乱舞するほどの嬉しさで、思わず頬が緩んでいた。少しだけ身を乗り出し、友紀の顔を覗き込むようにして言った。

「吉川さん、目を開けてください。本当にありがとうございます。願ってもないことです。私の方からお願いしようと思っていたところでした。清水の舞台から飛び降りた者同士ということで、吉川さん、これからも高宮とお付き合いください、お願いします」

と、両手を膝に置いて頭を下げたが、目だけは上目遣いで友紀の顔を覗き込んでいた。友紀が高宮のその目を見ながら、「こちらこそです」と同じように上目遣いで悪戯っぽく言った。

同時に二人は吹き出していた。「ア、ハ、ハ」という笑い声が周囲の視線を集めていたが、二人きりの世界に入り込んでいる高宮と友紀はまったく頓着していない。友紀は何年かぶりに笑い声を上げて、心が一挙に解放され軽くなったのを実感していた。

高宮は自分が守るべき女性は、目の前にいる吉川友紀だと確信した。絶対に手放してはならないと、すでに固く心に決めていた。

高宮はＪＲ新大阪駅まで友紀を見送った。

デッキとホームで見つめ合う二人の目には、すでに信頼と思慕（しぼ）の情が宿っていた。友紀にとっては、俊彦への追憶を卒業した瞬間でもあった。

こうして遠距離交際として、二〇〇七年の七月に二人の新しい恋路（こいじ）のページが開かれた。

⑧「操立て」からの卒業、お焚き上げ

高宮はあの日以来、毎日のようにメールや電話で友紀との交流を深めていった。

やがて二、三カ月に一度は、博多まで出向いてのデートを楽しむようになった。

マニラ出張や本部の仕事の関係で時間的な制約があったものの、できるだけ土、日を利用した一泊の逢瀬を重ねていくようになった。時には日帰りデートのこともあったが。

会えば食事はもとより、カフェでの語らい、カラオケやボーリング、中洲名物の屋台のハシゴや、天神界隈での飲み歩き、さらには、国宝の漢委奴国王の金印が発見された志賀島への観光などを経て、友紀との距離は急速に接近していった。

高宮は、友紀のことを知れば知るほど、彼女にのめり込んでいった。彼女が時折見せる愁いを帯びた優美な佇まいの一面と、豊かな感性に満ちた利発さの両面に、文字通り虜になっていった。

高宮は無論、童貞ではない。大学一回生のとき、二歳上の先輩女学生に言い寄られて見事に初体験の洗礼を浴びた。その女の巧みな性技に一時はのめり込んだが、やがてその女が名うての童貞荒しだとの評判に目が覚めて、数カ月で別れた。

それ以来、ラグビーに熱中してレギュラーの座を獲得し、三回生のときにはSO（スタンドオフ）として活躍し、全国大学選手権で優勝。学内のスター選手の一人になっていた。そうなれば学内外の女性たちが放っておくはずもなく、ラガーマンたちは、女学生たちの追っかけの対象となった。監督や顧問からは、異性交遊について大人の自覚を持った行動をと訓示されてはいたが、中には派手に女遊びに興じてしまい、退部させられた選手もいた。

高宮は一回生のときの経験が尾を引いて、女性に対してやや臆病（おくびょう）になっていた。だが四回生になって、就活はせずに父の会社を手伝う決心をしたことで精神的に解放されたのか、女性に接する気持ちの余裕ができてきた。

まさにそんな時を待っていたかのように、高宮の前に一人の女学生が現れた。キャンパス内の学生寮の近くで偶然出会った。美人タイプではないが、色白の中肉中背で黒目勝ちに澄んだ双眸（そうぼう）が潤（うる）んでいて、高宮の男心をそそった。北の雪国出身の一回生で、清楚（せいそ）な装（よそお）いも気に入った。

高宮はたちまち恋に落ちた。彼女は星あかりと名乗った。ワンルームマンションを友人とシェアしているらしい。高宮は練習の合間には、ほとんどの時間を星とのデートに充（あ）てた。やがて二人は、月に二、三度ラブホテルに出入りするようになった。

星は処女ではなかったが、所作（しょさ）のすべてが初心（うぶ）に思えた。高宮は有頂天（うちょうてん）になった。練習こそサボりはしなかったが、バイトが急激に減った。そしてとうとう、堺の実家に仕送りの増額を頼むようになった。そのころから、会えば星が金の無心をするようになっていた。聞けば、父親が会社のリストラに遭い仕送りが途絶えてしまったという。高宮はなけなしの万札を二、三枚渡すようになった。

そんなある夏の日の午後七時過ぎ、渋谷の交差点付近はまだ明るさを残していた。

高宮は学生寮に同宿しているラグビー部で同じ大阪出身の荒木卓也と一緒に、井の頭方面へと交差点を渡っていた。ラグビーストッキングを買うためだ。

荒木は身長百八十五cmの長身で肩幅がかなり広い。スクラムのNO・8で体重百kg超の巨漢だが、その上にオクラのような太い眉毛とギロっとした大きな目を持つ西郷どんのようないかつい顔が乗っかっていてかなり異彩を放っているが、どこか愛嬌のある人気者だ。一緒に歩く高宮は身長こそ百七十cmと普通の背丈だが、荒木に負けず劣らず広い肩幅で、顔つきはやや馬面ながらな眉目秀麗なイケメンである。

いかつい顔と男前の顔の凸凹の二人が並んで歩く姿は、目立たないはずがない。スクランブル交差点で行き交う人たちが、自然に道を空けてくれる。

そんなときである。反対方向からこちらに向かって歩いてくる男女連れに、高宮の目が留まった。スーツの上着を左手にかけてノータイの白ワイシャツ姿の中年の男と、その右には女が男の腕にすがるかのように歩いている。二人は何やら楽しそうに話をしていて、高宮の視線には気づいていない。

女は星であった。高宮が足を止めたので荒木が振り返った。早口で二人連れのことを説明した。荒木は踵を返して、〝後を付けよう〟と言ってもう歩き出している。地元の警察本部に就職が決まっているからでもなかろうが、彼は好奇心旺盛で瞬時に興味を持ったようだ。

高宮は引きずられるように星と男を追った。荒木はあろう事か、ずんずんと早足で、この男女を追い抜いて行き、途中でＵターンして戻ってきた。横目で女の顔を確認したらしい。すでに刑事になったつもりか。

かの二人は道玄坂から円山町方面へ歩を進めている。どう見ても親子連れではないし、恋人同士にしては奇妙な違和感がある。やがて二人は後ろを振り返ることもなく、とあるラブホテルに躊躇なく入っていった。高宮の予感どおりであった。

荒木は高宮の腕を引っ張るようにして、近くの喫茶店に連れて行った。詳しい話をしろと言う。高宮はこれまでの経緯を聞かせた。荒木が、う〜ん、と腕組みして言った。

「あの女の顔に見覚えがある。つい最近の週刊誌に確か、『現役の女子大生がＡＶに登場』とかの見出しで載っていたんじゃなかったかな。もちろん、名前は仮名だったが。うん、多分間違いないぞ。お前、あの女、とんだ食わせ者かも知れん。あの男は自由恋愛の名のもとのパトロンかもな。それなのにお前に金の無心をするとはな。お前、その星とかいう女を問い詰めて吐（は）かせろよ。そして別れろ。しょうもない女のために、自分の人生を棒に振るな」

西郷どんはかなり息巻いている。

数日後、高宮は新宿の小さな喫茶店で星と対面していた。先日の円山町で見かけた中年の男とのことや週刊誌のこと、さらには父親のリストラのことなどを穏（おだ）やかに問うた。ところが星は意外にもあっさりと認めた上で、

〝父親からの送金が途絶えたから、やむを得ず男と愛人契約をしてお手当を貰（もら）っている。でもそれだけでは足りないのでＡＶに出演したが、どっちも卒業するまで続けるつもりだ。生きるためには仕方がないでしょ？　貴男に接近したのは、ただ強い男に憧れがあったからよ。お金を無心したのはＳＥＸの代償よ。当然でしょ？　これが私の本性（ほんしょう）です。おわかりになって？〟

彼女はそう言い放って去って行った。

その言動には、高宮が感じ取っていたあの初心さのかけらも見えなかった。

星は荒木の推察どおりの女であったが、高宮が受けた衝撃は余りにも大きく、以来、数年間は女性不信というか、女性恐怖症に陥（おちい）ってしまった。

見かねた父が、高宮二十四歳のときにマニラ最大の娯楽施設（日本でいう風俗施設）であるエアーフォースセブンに連れて行き、そこでの経験を経て、やっと自信回復に繋（つな）がったという、

笑うに笑えぬエピソードがある。

　そんな高宮だが、友紀との逢瀬を重ねるたびに、年甲斐もなく彼女への思慕の情を募らせていった。

　それは彼女の容姿端麗で見目麗しい、という外見だけに魅了されたのではない。彼女の感受性に富んだ優しさと思いやり、爽やかで清潔感溢れる所作、控え目ながら機知とユーモアに満ちた感性、そのどれにも高宮は絡め取られた、と言っていい。そして友紀には、高宮自身の生い立ちや女性経験のことなどを、マニラでの風俗のことを除いて、なんでも正直に話して聞かせた。不思議と友紀の前では裸の自分でいられるのが嬉しかった。

　一方、友紀は高宮に会うたびに、穏やかで笑みを絶やさない爽やかさと、知性に満ちた語り口、飄々とした中にも滲み出る誠実さ、吸い込まれるように感じる包容力、そして商社マンらしく国際情勢や経済に長けた裏話などを面白おかしく聞かせてくれる話し上手さ、そんなところにも限りない魅力を覚えていた。さらに家族を大事にしていることや、子供好きなことまでがわかって、友紀も強く共感できた。

　友紀は次第に高宮に傾倒していった。この人は決してあたしを裏切るようなことはしない、きっとあたしを守ってくれる、将来を共にしたい、とまで思うようになっていった。

〝高宮からプロポーズされれば、すぐにでも家族に引き合わせよう。きっと、俊彦さんも赦してくれるはずだわ〟

　そう思った友紀は、この年の十二月に入ってすぐに、押し入れから俊彦の思い出の衣類などが詰まった段ボール箱を取り出して、そっと開けた。「あの日」以来、年数回は虫干しをして大切に保管してきたのだが、次第に箱の中の「残り香」がかなり薄れてきているのに気づいていた。振り返れば俊彦の三回忌の席上で、彼の母典子からそろそろ「操立て」を卒業してはどうかと勧められたのだが、実はその日の朝、自宅でその箱の中に顔を突っ込んで匂いを嗅いでいたら、母友子が苦笑しながら、「友紀、もうそろそろ〝それ〟は卒業したらどうなの」と、やんわりと諌めたのだ。それ以来十二月の今日、顔を入れてはみたものの、箱の中の残り香はほとんど消えていたのだ。

　友紀は意を決した。
新しい〝想い人〟ができたので、そろそろ俊彦と永遠のお別れをするときが来たと。

　友紀は両親に段ボール箱の遺品の処理について相談した。

　父紀生が、宗像の実家近くの菩提寺で、「お焚き上げ」をしてくれるという。父によると、これは故人の遺品を法要した上で焼却し天に返すという、古来から伝承されている儀式だということだった。そこで友紀は、十二月のある土曜日に、そのお寺で「お焚き上げ」をしてもらった。母が同行してくれた。僧侶が読経をして、俊彦のかけ布団やバスローブ、バスタオルなどの遺品を、火の中に入れた。こうして浄化すれば天に、すなわち故人となった俊彦のもとに昇るのだという。

友紀は燃えさかる火炎を眺めやりながら、

〝俊彦さん、ありがとう。あなたのお陰で素敵な男性に巡り会えることができました。あたしはどうやら、あなたから卒業して独り立ちできそうです。でもあなたから受けた深い愛情は決して忘れません。どうかこれからも、天空から見守ってくださいね。あなた……俊彦さん、さようなら、永遠のお別れです、ありがとうございました〟

と、手を合わせて念じていた。俊彦の死から二年半後のことであった。


「お焚き上げ」を終えた友紀は、両親と兄の文彦に高宮春樹とのこれまでを話して聞かせ、一度家族で会って欲しいと頼んだ。三人とも、友紀が信頼できる男性ならば問題なかろうと賛成してくれた。ただ年の瀬は皆が忙しいので、年明けの一月に高宮が吉川家に挨拶に来ることになった。

高宮はその話を「お焚き上げ」の翌日に友紀から聞かされた。その日はこの年、最後の日帰りデートであった。高宮は一も二もなく承諾した。嬉しくて舞い上がりそうだった。

博多駅近くの小料理屋を出て、駅に向かう細い路地を入ったビル陰に、高宮はそっと友紀を引き込んだ。人通りはなかった。大通りの方角から、うっすらと差し込む明かりに、細面で色白の友紀の顔が浮かんだ。

何かを予感したかのように、黒目がちの双眸が濡れて潤みを増している。

二人は無言で唇を合わせていた。口を吸い合った。固く抱き合った。言葉はいらなかった。無言の抱擁だが、二人の気持ちは通じ合っていた。人の足音が聞こえてきた。二人はそっと離れて駅に向かった。友紀は自然に高宮の腕にすがって歩いていた。改札口で高宮を見送る友紀は、晴れ晴れとした満面の笑みを浮かべていた。そこには悲愴感にまみれ、打ちひしがれたあの悲劇を背負った姿は、もうなかった。

友紀は高宮の背中を目で追いながら、〝あの日〟以来、やっと心から響き合える男性に出会うことができたとの思いに包まれていた。

高宮は、友紀の視線を背中に感じながら、まるで少年のように浮き浮きと心が躍っていた。初めて大人の恋に目覚めたみたいで、少し恥ずかしかったが……。

こうして高宮と友紀の恋路は、ゴールへと一直線に向かっていった。

⑨あたしを見て！　赤ちゃんが欲しい！

年明けの二〇〇八年早々に、高宮は吉川家を訪問して、正式に友紀との交際の挨拶を済ませた。友紀への事実上のプロポーズであった。

すぐに宴席の座敷に通された。高宮は目を見張った。ふぐ刺しをはじめ、胡麻サバや、がめ煮などの郷土料理がテーブルいっぱいに並べられている。

高宮は目が回りそうだ。それだけではない。友紀の母友子が、

「実は料理を作ったんは、あたしだけではなかとですよ。友紀も朝早くから頑張りよったとですが、もう一人、手伝いばしんしゃった人をご紹介しますばってん。節っちゃん、こっち来んね」

そう声をかけると隣の部屋から恥ずかしそうに入ってきたのは、俊彦の妹節子であった。細身でスラリとした姿形が眩（まぶ）しい可憐な女性だ。友紀から聞いている以上に魅力的である。吉川夫妻、文彦と節子、高宮と友紀それぞれが並んで、四角いテーブルを囲んだ。

まず、友紀の父紀生の発声でビールで乾杯した。紀生は、高宮が最初に畏（かしこ）まって挨拶をした瞬間から、この男は信頼に足る人物だと判じていた。だから乾杯のときにはもう、「高宮さん、

友紀のことをくれぐれもよろしくお願いしたい」と、まるで結婚が決まったかのような一言を発していた。

すぐに焼酎や日本酒、地酒が出された。九州は酒どころであり、男女を問わずみんな酒が強い。父親も文彦も、お猪口を脇に置いて最初からコップ酒だ。高宮も弱い方ではないが、このピッチにはついていけない。友紀はそんなには強い方ではないようだが、母の友子も節子もかなり飲んではいるのに、けろりとしている。

料理は大阪よりも少しだけ濃い味に感じられたが、どれも美味しかった。酒もすっきりとした辛口で旨い。いつもより早いペースで杯を重ねたのは、横に端座(たんざ)する友紀のお酌のせいでもあった。

皆がワイワイとお喋りをしながら飲み食べるさまは、家族の強い絆と温もりが感じ取れて、高宮は憧憬の気持ちを強くしていた。すぐに高宮は友紀の家族と打ち解けた。中でも文彦とは相性が良いようで、ラグビーやフィリピンのことなどの質問攻めを受けても、終始笑顔で丁寧に応じていた。

この様子に友紀が口を開いた。

「お兄さん、そげん質問責めばっかしよったら、高宮さんが可哀相じゃなかね。今度は節子ちゃんとのことを、高宮さんに詳しか説明ばして、〝お許し〟を貰わんといけんやろ？」

そんなちょっと茶化した一言に皆が爆笑した。

頭を掻きながら文彦が正座して、真面目腐った顔で高宮の方を向いた。

「申し遅れました。私こと吉川文彦、数え年二十七歳と、豊田節子、数え年で二十四歳は、来る一月十五日に結納を交わしまして、五カ月後の六月十九日に、めでたくも、本当にめでたくも、結婚式を挙げることと相成りました。この段、ご報告申し上げますと共に、高宮大先輩のお許しを頂戴いたしたしく、伏してお願い申し上げます！」

またも爆笑が起きた。

面食らったのは高宮である。一瞬どうしたものかと案じたが、自分は大阪人やるしかないと、酒の勢いもあって同じように正座して真面目な顔つきで対座した。

「これは、これは、誠におめでたいご報告を頂戴いたしまして、衷心よりお慶び申し上げます。ご本人自らめでたくも、本当にめでたくも〟との二度も前振りがありましたので、これ以上の私からの〝めでたさ〟は、堪忍しておくれやす」

の言に、友紀や節子が口を押さえて笑いを噛み殺している。

「ええと、それにですな、大先輩の私を差し置いて、こげな美しか節子さんを、お嫁さんに貰うなんぞ、そら、余りにも図々しかろうもんったい！」

と、今度は妙な博多弁が飛び出したので皆が吹き出してしまった。

だが、文彦だけは笑いを必死にこらえながら、真剣な顔を作って高宮を見つめた。

「聞くところによりますと、新郎、いや、あの、まだそうではない文彦さんは、午年で、節子姫は酉年とか。ウマは俊足で行動力に優れ、明朗快活で情熱的だそうです。トリはもちろん卵をたくさん生みますが、先見の明ありて、頭脳明晰、そして知、信、仁、勇、厳、の五徳を有する多才だそうです。えっへん、あ、すみません。であるからしてですな、文彦さんは節子さんをうまくとりなして、節子さんは文彦さんをうまくとり込む、ってのが肝心かと。さすれば、丈夫で大きな卵がいくつも……ハ、ハ、ハ、これにてご祝辞といたします。おめでとう！」

わ～！　と大歓声と拍手が上がった。

文彦が膝立ちでテーブル越しに手を差し出し、高宮と固い握手を交わした。

両親はもちろんだが、友紀と節子が半泣きと半笑いの顔で拍手をしていた。

高宮はこの瞬間に、吉川家の家族の一員として迎え入れられていた。

高宮は、泊まっていけという勧めを固辞して吉川家を辞去した。

やはりけじめをつけねば、と思った。ホテルに一泊のアポを入れてある。

十九時を回っていたが、外はまだ夕暮れどきの明るさがあった。

友紀が一緒であった。

二人は堂々と手を繋ぎあってO公園に向かった。

海からの潮風が火照（ほて）った頬を優しく撫でてくれて心地がよい。

友紀は不思議な感覚に浸（ひた）っていた。

〝そう、あの時の俊彦さんと同じだわ。ううん、でも今は高宮春樹さんと一緒よ。俊彦さん、とっても幸せです〟

二人はベンチに腰を下ろした。友紀は高宮の手をしっかりと握っている。

高宮は、友紀の心理状態が手に取るようにわかっていたが、素知らぬ様子で、

「友紀さん。今日は本当にありがとう。素敵な家族にお会いできて感激しています。今度は私の家族に会ってください……あ、その前に」

そう言って、高宮が体をひねって友紀の方を向いた。友紀もならった。

高宮が友紀の顔をしっかりと見つめて、言った。

「友紀さん、申し遅れましたが、僕と結婚してくださいませんか。月並みですが、友紀さんを守りたいのです。きっと守ってみせます。友紀さんを愛しています、心から」

友紀の目に涙がいっぱいになった。友紀がこくりと頷いて、「ハイ」と答えた。

途端に大粒の涙がこぼれでた。

高宮が友紀の顎をそっと持ち上げて、口づけをした。

友紀の甘い味がする涙も吸い取った。

唇を離して友紀の肩を抱き寄せた。友紀が頭を高宮の肩にもたせかけた。うっとりとして目を閉じた。前を行き交う人たちの存在は、まったく気にならない。友紀はまたもや不思議な感覚に戸惑っていた。でもすぐに安堵の気持ちになっていた。

〝そうよ、俊彦さんが天から見守ってくれているんだ〟と思ったのだ。

友紀は顔を高宮に向けて自分からもう一度口づけをせがんでいた。恍惚のときであった。

高宮は翌朝、早くに新幹線で大阪に戻った。明日からのマニラ出張の前に、両親と姉夫婦に友紀のことを話して婚約や結婚式のことも相談せねばならない。

六月には文彦と節子の結婚式があるので、自分たちのは来年二〇〇九年が良いだろう。とすると、結納納めは、今年の十一月頃か。だがそれより先に友紀を家族に紹介する必要がある。

相談を急ごうと、高宮は早速家族会議を持った。友紀のことを話したら、皆が大歓迎してくれた。父直敏と母二三子は、涙を流して喜んでくれた。すでにこの年、父は七十三歳、母は六十七歳と高齢であったので、春樹に嫁が早く来てくれて、自分たちが生きているうちに孫の顔が見たいと口癖のように周囲に漏らしていたから、なおさらの様子だった。

高宮は、嬉し涙にくれているそんな両親を悲しませてはならない、友紀を守ると同時に早く子供を授かって、二人を安心させてあげようと固く心に誓っていた。

その年二〇〇八年の四月二十九日の十六時過ぎ、友紀は一人で新大阪駅に降り立った。

高宮がホームで出迎えた。

二人とも満面の笑みが溢れていた。一月以来、三カ月ぶりの再会である。

高宮は、本当はこの場で抱擁をしたかったのだが、さすがにここは日本だと自重した。友紀を愛車の助手席に乗せて、梅田のHホテルへ向かった。友紀が母友子と相談した結果、一人で来阪することになった。その連絡を受けた高宮は友紀に思い切って聞いた。一緒に泊まりたいと。「はい、お願いします」と恥ずかしげな返事であった。

高宮は小躍りして、デラックスダブルルームを奮発した。記念すべき夜になる。フロントでチェックインを済ませて最上階の部屋に入った。

友紀は、高宮がフロントクラークから渡されたゲストブックに自分のことを「妻　友紀」と記帳して、ベルの同行を断ったのをボンヤリと思いやっていた。

夢ではない。何かしらの既視感に包まれていた。

高宮は友紀のスーツケースをテーブルサイドに置いた。

友紀が窓から梅田界隈の景色を見ている。

高宮がその後ろから肩を抱いた。

友紀が振り向いた。ぬめりを帯びた黒い瞳が妖しく光っている。

自然に口づけを交わした。情熱的に舌を吸い合った。

高宮は、友紀の体を折れんばかりに抱きしめた。

友紀は高宮の硬くなった屹立が、下腹部に押し当てられているのを、陶然としながらも、またもや不思議なフラッシュバックの感覚に陥っていた。

高宮が、〝友紀さん、今はこれまでにして私の実家へ行きましょう。今夜を楽しみにしています〟と言った。友紀が顔を赤らめて、〝春樹さんのばか〟と高宮の胸を拳で軽く二、三度叩いた。


堺へ向かう車中で友紀は、この三カ月間の出来事を、堰を切ったように語った。

一月の宴席での高宮のスピーチが大好評で、即席であんな十二支にかけたダジャレを言えるなんてさすがは大阪の人だと感服し、高宮の人となりがすぐに伝わってきて、もう皆がファンになったこと。特に兄の文彦は、すでに高宮を頼れる兄貴と思っていること。そして「友紀、お前は何とも素晴らしい男性を〝掘り当てた〟のだから、金輪際手放してはならぬ」とハッパをかけられたことなどを嬉しそうに話した。

高宮は苦笑して聞いていたが、件（くだん）の友紀は真面目な顔で喋（しゃべ）っている。

そこが何とも可愛いらしい。

「父も母もべた褒（ぼ）めでした。もちろん、あ、た、し、も、です、よっ！」

と茶化すように言った。


高宮家では、十畳ほどの和室で高宮の父母と姉夫婦、その子供二人が友紀をにこやかに拍手で迎えてくれた。

高宮が友紀を紹介した。皆が満面の笑みで友紀を見やった。

中学生の甥っ子二人が、声を合わせて、

「春樹叔父さん、彼女ができたんや、おめでとう！」と言ってくれた。

どうも二人で示し合わせていたらしい。

続いて次男坊の方が、

「めっちゃ綺麗な人やんか。叔父さん、エエな～」

と言ったものだから大爆笑が起きて、一挙に場が和（なご）やかになった。甥っ子の二人は高宮になついていて、まったく遠慮がない。高宮がいかに子供好きかがわかる。

歓迎の宴は和気あいあいと進んだ。

博多での宴席の様子を聞いていた母と姉は、負けじと腕によりをかけて、テーブルいっぱいに大阪ならではの料理を並べた。友紀の好きなワインも赤、白と揃っている。大阪府下にも葡萄の産地がある。友紀は感激した。遠慮なくどの料理にも箸をつけては、「美味しい、美味しい」と言って高宮の母と姉を喜ばせた。

家族みんなはアルコールに強いようで、酒もワインもどんどん空けていく。七十三歳になる父直敏は少し酔った顔で、

「友紀さん、春樹をよろしくお願いします。私はね、本当に今日が一番嬉しい日なんです。ありがとう、ありがとう」

と、涙目になっている。母の二三子も、姉も頷いていた。

暫くして甥っ子たちは、友紀の側に来てトランプを始めた。よほど友紀のことが気に入っているのだろう。友紀も一緒になって遊んでやっている。友紀も子供好きなのがわかる。

やがて時刻が二十時半を回った。

高宮が友紀に目配せをした。そろそろ暇のころだ。

母には、今夜は帰らないから、と事前に伝えてある。

梅田に向かうタクシーの中で友紀は、和気あいあいとして底抜けに明るい高宮ファミリーの

様子を反芻していた。何て居心地のよい家族なのだろう、きっと自分も上手くやれるわ、と得心していた。

高宮が友紀の手を握ってきた。ギュッと握り返した。その行為だけで気持ちは通じた。

車中、ずっと二人は寡黙であった。これからの〝濃密なとき〟への想いがそうさせたのであろう。ホテルの部屋に戻ってすぐに、高宮はルームサービスで、白ワインとチーズをオーダーした。友紀を抱き寄せ、軽めの接吻をした。友紀の瞳はすでに妖しく濡れていた。

高宮が先にバスルームに入ってシャワーを済ませた。

素肌にバスローブを纏ったまま、窓際のソファーに腰を下ろした。

サイドテーブルには、ワインクーラーに入った白ワインと、チーズがすでに届いていた。

入れ違いに友紀が恥じらいながら入って行った。

高宮は立ち上がってベッドに近寄り、羽毛のベッドカバーとアッパーシーツを半分ほどめくり〝これから〟に備えた。

二十分ほどして出てきた友紀は、洗い髪をタオルでキュートに包み、バスタオルを胸元で巻いた姿だった。友紀も下着を着ていないように見える。

恥じらいながらも、挑発するかのように艶然と笑みを浮かべて高宮を見やった。

魅惑的で清新な色香を漂わせたその姿形を、高宮は惚けたように見つめた。

体の中心が急激に膨(ふく)らんできた。

それを隠すかのように、友紀をソファーの方に誘って並んで座った。ワインで乾杯した。

チーズを食べワインを飲む、を繰り返した。ほどなく友紀がじっと高宮の目を見つめてきた。

ワインをすすった唇が半開きになって、白い歯が覗(のぞ)いている。

我慢できなくなった高宮は、友紀をひしと抱き寄せ唇を合わせた。

柔らかくて甘い唇と舌だ。チーズとワインが合わさった淫靡(いんび)な味わいに、夢中で舐めて吸った。友紀もそうした。

体を動かしたせいだろう、高宮の屹立がバスローブの狭間(はざま)から顔を出している。

気づいた高宮は、キス活動を続けながら友紀の手を取り、屹立に誘導した。

友紀の指先も屹立も同時にピクリと動いた。

口吸いに夢中になっていた友紀が、唇を外して目を開けた。

友紀の目が大きく開かれて、屹立に釘付けになった。

ほんの一瞬の間を置いて指がしなやかに上下に動きだした。屹立がさらに大きくなった。

高宮は強烈な快感に襲われながらも、友紀の股間に手を入れた。すぐに柔らかい叢(くさむら)に触れた。

やはり下着は着けていない。指先がぬめりにたどり着いた。

友紀が切なそうに、あぁ、と声を上げた。そのときだった。友紀が急に立ち上がった。顔が上気している。両の瞳が潤みを増している。

友紀がバスタオルをはらりと取り去った。

頭のタオルも足下に落とした。

素っ裸の友紀が立っている！

「高宮さん、見て！　これがあたしです。あたしのすべてです！」と、小さく叫んだ。

小さな顔にくっきりとした目鼻立ち、細長い首、円錐形の乳房にピンクの蕾、キュッとくびれた腰、ほどよく張りを保ったヒップ、スラリと伸びた細い両脚の麓に、ひっそりと佇む薄めの若草。

まるでギリシャのミロのビーナス像のような見事な白い裸体に、高宮は声を失って見惚れていた。半開きの口元から、よだれを流さんばかりに……。

「高宮さん、あなたも脱いで！　ぜんぶ見せてください！」

と、熱のこもった声で友紀が叫んだ。

高宮は立ち上がると同時にバスタオルを脱ぎ捨てた。屹立がたくましく天を衝いて、反り返っている。ラグビーで鍛え抜いた筋骨隆々の逞しい裸体が現れた。

友紀は目を見張った。男らしい筋肉美と、力強さを誇示するかのような屹立に、胸が泡だってきて、下腹部の中心からジワッと滴るものを感じていた。

やおら高宮は友紀を抱きかかえて、ベッドに運びそっと横たえた。
友紀は両手で顔を覆って、じっとしている。
高宮は側に座り込んで友紀の全身を眺めやった。
お椀を伏せたような見事な乳房に、ピンクの蕾がツンと尖って息づいている。
可憐な「ほぞ」を中心に引き締まった腰回りが、小さなうねりを起こしている。
ほどよい広がりの叢の両側から、スラリと伸びた脚が眩しい。
高宮は両の乳房に触れて揉んだ。固くて弾力があって手触りが気色いい。
蕾を口に含んで舌で転がした。
友紀が、あ～と甘い吐息を漏らした。
腹回りを両手で撫でた。
しっとりとした肌理細かい肌が、手のひらに吸い付いてくる。至福の肉感を感じた。
高宮の脳はすでに興奮の極にあった。
やがて若草に指先が到達した。
友紀が身を捩った。
湿りを帯びた禁断の花弁に触れた。友紀の体がピクンと跳ねた。
すぐに小さな花芽を探り当てて、優しく丁寧に撫でてから舌でそっと触れた。

友紀が顔を覆っていた両手を横に投げ出して、「あぁ〜」と官能の喘ぎ声を上げ、さらに身を捩った。

高宮は友紀の両脚を割って体を滑り込ませた。友紀の両膝を立たせた。

両肘で体を支え友紀に覆いかぶさった。

もう一度、口づけをして舌を吸い合った。

耳たぶを甘噛みした。

舌先をうなじに這わせた。

友紀がしがみついてきた。

もはや高宮の屹立は、疼痛さえ覚えるほどに怒り狂っている。

もう我慢の限界かと感じた。

そのときであった。ゴムを用意していないことに気づいた高宮が動きを止めた。

学生時代に初めて性の手ほどきを受けた、童貞荒しの先輩女学生が教えてくれたことを思い出したのだ。

うっとりと目を閉じている友紀に、思い切って訊いた。

「友紀さん、ごめん。恥ずかしいことに避妊具の用意を忘れたけど、このましても良い？」

友紀がうっすらと目を開けた。まだ少し夢幻の中にいるようだ。

「……えっ？　避妊具、を……」

「でも、必ず外に出すから大丈夫です、約束します」

「えっ、外に？……いや、いやです！」

友紀の目がはっきりと覚醒（かくせい）していた。

下から高宮の目を見据えて懇願（こんがん）するように言った。

「高宮さん、お願い。そんなことを仰（おっしゃ）らないで。あたしは、あたしは、あなたの赤ちゃんが欲しいんです。あなたの赤ちゃんが！　お願い、このまま中にください！　お願いです！」

高宮は仰天（ぎょうてん）した。予想だにしなかった言葉に、少なからず動揺した。

「友紀さん、何てことを。式を挙げる前に、赤ちゃんができたら……」

「そんなことは構いません。あたしは、高宮さん、あなたが好きでたまらないんです。大好きです、たまらないくらいに。だから、あなたの赤ちゃんが欲しいんです。今、妊娠したいの！お願い！」

友紀は目に涙をためて必死の形相（ぎょうそう）で言った。

友紀が両手を高宮の首にかけて引き寄せた。

自分から唇を寄せて、激しく口づけをせがんだ。高宮も応じた。情熱的な接吻になった。

淫靡（いんび）な音が続いた。

高宮は意を決した。唇を離して体を起こした。友紀は両脚をさらに開いた。

妖（あや）しく濡れそぼった花弁を撫でた。

友紀の腰がせり上がって震えている。

友紀が耐えかねたように、「あぁ～」と喘ぎ声を上げて、

「早く来て、早く入れてください」と消え入るような声で言った。

その言葉に高宮はいっそう刺激された。

体勢を整えて屹立を花弁に当てがった。

童貞荒らしで小生意気（こなまいき）な女学生に教えてもらった通り、焦らず、ゆっくり、優美に、を思い出していた。

それでも高宮は長い時間、我慢を強いられた屹立が、いつ「暴発」するかも知れないという不安と緊張に一瞬戸惑ったが、神経を集中させてぐっと屹立を押し込んだ。

友紀が、「うっ」と呻（うめ）いて腰を少し引いた。

構わずもう一度押し込んだ。

きしむように進んでいる。ゆっくりと進んだ。

やがて屹立のすべてが花弁の中に埋没（まいぼつ）した。

締め付けられた屹立に、さらに力が漲（みなぎ）って硬度と膨張（ぼうちょう）が増したようだ。

友紀が感極まったように、「あぁ、あぁ〜」と甘い声を上げながら、またしがみついてきた。

花弁の中から滴が溢れ出ているのがわかる。

高宮はゆっくりと抽送を開始した。

得もいわれぬ快感が湧いてくる。

高宮は、自分の体重を友紀にかけないように両の肘で踏ん張っているが、かなりの時間そんな体勢なので身を起こして姿勢を変えた。

友紀は目を閉じ、両手を投げ出し全身を高宮にさらけ出している。

可愛いらしくて、切ないほど愛しいと思った。

抽送を続けた。速く、遅く、緩急をつけて。「あいつら」に教えられたように……。

やがて、「はっ、はっ」という友紀の吐く息が速まってきた。

同時に高宮の官能の波も高まってきた。

高宮は再び体を倒して友紀に覆いかぶさった。唇がぶつかった。夢中で舌を絡めて吸い合った。抽送が速まった。そのたびに友紀が苦しそうに、「うっ、うっ」と呻き声を発した。

友紀が口を離して、「あぁ〜〜」と長い喜悦の声を上げた。

友紀の腰がせり上がってきた。

高宮も体の奥深くから、煮えたぎるような快感の波が押し寄せてくるのを感じた。

友紀をしっかりと抱き締めた。力強く深く腰を打ち付けた。

二人の体が一点を中心に固く繋がって一つに溶け合った。友紀が叫んだ。

「あなた……きて、きて！　出して、出して！　あぁ〜、あなた……溶ける〜！！！」

触発されたように高宮の溶岩が爆発した。

脳がとろけるような快感の波が、何度も何度も打ち寄せてきた。

高宮は精のすべてを友紀の中に放出した。

友紀が抱きついてきた。体が小刻みに痙攣している。

いつの間にか高宮の両脚に自分のを巻き付けている。

「ハッ、ハッ、ハッ」と激しい息づかいが続く。高宮も友紀も体中、汗まみれだ。

やがて二人は顔を見合わせた。

見つめ合った。穏やかな笑みを浮かべて……。

二人の瞳には悦びと感動と信頼と、そして切ないほどの愛情とが宿っていた。

そのまま、また唇を合わせた。止めどのない「口吸い」が……。

翌日、ホテルのラウンジでランチを終えた二人は、結婚式のことで打ち合わせをした。高宮の提案どおり、結納納めは今年の十一月に、式は来年二〇〇九年五月五日にすることで一致した。詳細は高宮に任せ、都度、連絡を取り合うことにした。

友紀は晴れ晴れとした様子で新幹線の乗客となった。

そして思い起こしていた。俊彦と初めて結ばれたのも同じ四月だったな、と……。

二〇〇八年六月十九日、文彦と節子の結婚式が博多のAホテルで盛大に行われた。

新郎側からは、本人と父の会社関係者や文彦の学友、同級生が、新婦側からは、節子の勤務先であるNテレビの関係者をはじめ、やはり学友、同級生に、父親の勤務先の県警関係者と母親の俳句仲間など、約二百人が出席した。その大半が若い友人や同級生で占められ、仲人なしの友人司会という流行（はやり）の披露宴で、最初から和気あいあいとした楽しい場になっていた。

高宮は吉川家の一員として招待されていた。もちろん、友紀の隣席である。

会場では、新婦の節子の美しさが際立っていて、来場者の感嘆のため息が漏れ聞かれたが、親族席の友紀への視線も集中していた。高宮は少し誇らしい気持ちになっていた。

友紀といえば、あの日二人にとっての初体験の四月の大阪以来、今日が久しぶりの再会であった。その間、高宮は出張中のマニラから友紀に「妊娠の兆候」を問い合わせたが、「五月の下旬に生理が始まってしまった」という返事をもらっていた。友紀の声は幾分悲しそうであったが、正直言って高宮は半ば（なか）ホッとしていた。子供はいつでもつくれる、今はまだ早い、と考えていたからだ。

宴は友人、知人らのスピーチで盛り上がっている。

高宮は隣の友紀を見やった。女性ファッションのことは不得手（ふえて）であるが、ふんわりしたショートカットヘアーが小顔によく似合って可憐（かれん）だ。身に着けているのはパープルネイビーのフレアーワンピースで、三分袖が白くて細い二の腕に似合っている。やはり友紀は、清楚、上品、華（はな）やかという表現がぴったりだ。そして何より「あの日」以来、友紀が醸（かも）し出すしっとりとした女らしさに、高宮は魅了されてしまって、すっかり友紀の虜（とりこ）になっている。

それだけではない。趣味や嗜好（しこう）、大げさに言えば価値観までも相性が良い上に、優しく穏やかで道理をわきまえた聡明さと、芯の強さの中に柔らかさをも兼ね備えた性格に、ぞっこん惚（ほ）れ込んでしまっていた。

さらに、あの日の体験でわかったことだが、二人の営みの相性もぴったりだ、と実感できたことも、パートナーとしての必要にして十分な条件に合っている、と高宮は確信した。これほど魅力に溢れた女性には、もう二度と邂逅することはないだろう、とまで。

だからこそ、あの夜は二回も交わったし、翌朝にはまたもや濃密な交合をした。友紀は回を重ねるごとに大胆で淫（みだ）らになっていった。妖艶（ようえん）さを増したようにも思える。

友紀の横顔を見ながらそんなことを考えていると、自然に股間が膨（ふく）らんでくる。

壇上のマイクは節子の上司に渡されていた。

「高宮さん、何ば考え事しとるとですか？」

ふと友紀が顔を横に振り向けて小声で聞いてきた。その顔がまたいじらしくてたまらない。

「今、スピーチしている男性の話が面白くて、聞き入っていたんですよ。さすがはテレビマンですね」

と、咄嗟にごまかしてみたが、さすがに友紀には通じない。

「うふふ、嘘ばっかし。顔の真っ赤になるこつば、考えとったじゃなかとですか？」

ちょっと茶化すように言ってから、

「何かなし、顔に書いてあると。ふ、ふ」

と、いたずらっぽく笑った。

「かなんなぁ、友紀さんには。実は……」

さらに小声になった。

「この前の友紀さんと愛しあったことを思い出して……今も、股間が痛いくらいに……」

「えっ！……高宮さんっちゃ、いやらしかよ」

二人は声を殺して含み笑いをした。

父や母、親族の何人かが、仲睦まじい様子の二人を、温かく見守っていた。

式は爆笑につぐ爆笑で、実に賑やかなうちにお開きとなった。

高宮は来年の友紀との結婚式の参考とすべき事項を密かにメモっていた。

文彦と節子は、満面に笑みを浮かべて二次会へと出かけていった。初夜はこのホテルで迎えるのだろう。新婚旅行は、明日から一週間の予定で豪州へ向かうとのことだ。

二人の新居はO公園沿いの新築マンションである。

俊彦を亡くし節子も家を出ていくとなると、さすがに豊田夫妻が寂しかろうと、文彦が気遣いをした。ここなら豊田家はもちろん吉川家からも近く、いつでも往来ができ何かと安心である。節子は結婚後もNテレビに勤務することになっている。


お開き後に、高宮と友紀は豊田夫妻に挨拶に向かった。

俊彦の父俊一郎が高宮の両手を握りしめて、

「友紀さんを幸せにしてあげてくださいね」

と、万感の想いを込めて言った。

高宮は、固く握り返して頭を下げた。目頭が熱くなった。

俊彦の母典子は、友紀を抱きしめて、

「とてもいい方に巡り会ったのね。どうか幸せになってね。これからも〝妹〟の節子をよろしくお願いします」

と、言った。友紀はもう涙目だ。


それから吉川家に向かった。高宮は今日の午前中に博多に着いてから、レンタルの礼服に着替えて式に臨(のぞ)んでいた。この家に泊まることは自然の成り行きだった。

高宮は友紀の父と一緒に風呂に入った。義父になる紀生から誘われたのだ。

背中を流し合いしながら、大阪やマニラのことなど、他愛のない話をして急速に親密度を増していった。

入れ替わりに友紀と母友子が入った。居間のテーブルには、酒といくつかの肴(さかな)が用意されていた。時刻は夜の九時を回ったところだ。

紀生と飲んでいると風呂上がりの友紀と友子が加わった。

友紀は今夜も洗い髪をタオルでキュートに巻いたパジャマ姿だ。途端に高宮のパジャマズボンの股間が反応した。友紀が艶然とした視線を送ってくる。気づかれたようで恥ずかしくなった高宮が口を開いた。

「友紀さんとの結婚式につきましては、ご了解頂いた通り……」

高宮は、挙式までの詳細を述べていった。

吉川夫妻は笑顔で了承してくれた。友紀も喜色満面だ。改めて四人で乾杯した。

やがて紀生の酔いが回ったらしく、友子と共に一階奥の寝室へと向かった。

友紀の目が妖しく光ってきた。高宮も再び股間が騒がしくなっている。

二人は二階の友紀の部屋に入った。いつの間にかベッド脇に布団が敷かれていた。風呂に入っている間に、友紀と友子が用意したらしい。友紀が部屋の明かりを落として、高宮に抱きついてきた。体を密着させて情熱的な口づけが始まった。

二カ月もの空白があった。友紀も高宮もセックスに飢えていた。キスを繰り返しながら、互いにパジャマを取り払った。友紀の艶やかな姿態が現れた。

二人は布団に倒れるように横たわった。

友紀が不意に高宮の上に乗った。そのまま体を下にずらしていきなり高宮の屹立を掴んだ。何度かさすったり、こすったりして遊んだかと思うと、膨張しきった「それ」を口に含んだではないか！

唐突な行為だった。高宮は虚を突かれた。

慌てて半身を起こし、友紀の顔に手をかけて止めさせようとしたが、友紀は、いやいやをして手を払いのけた。

高宮に強烈な快感が走った。やむなく半身を元に戻した。

まさか、友紀が！

驚いて動揺した。しかし次第に高まる快感に我を忘れていく。

そして、とうとう強烈な電流が体中を駆け巡った。体全体が硬直（こうちょく）した。

屹立から何回も何回も、快感のマグマが吸い出されていく。

そのたびに目の奥から稲妻のような光が……。

目くるめく快感だ。

やがて友紀が這（は）い上がってきた。上から高宮の顔を見下ろして、ニッと笑った。

どうやら、吸い取ったマグマをすべて飲み込んだらしい。高宮の側に横たわった。

高宮は愛しさが込み上げてきた。力いっぱい抱き寄せて友紀の口を吸った。何度も何度も。

まるで友紀の口の中を清めるように。

「友紀さん、どうした？　どこで覚えた？」

率直（そっちょく）に聞いた。

高宮は学生時代に〝あの二人〟から二、三回された経験しかない。

「ごめんなさい、ネットで調べたと。銀行の女の子たちがくさ、いやらしか話ばしとるとを耳にしたたと。それで。あぁ、ごめん、恥ずかしか」

と、顔を伏せてしまった。

「友紀さん、怒ってなんかないよ。むしろ感激してるよ。ありがとう。今度は僕の番だね」

そう言って、唇による友紀への愛撫を開始した。全身へのソフトキスが続いた。友紀の体がしなやかにくねり始め、悩ましげな吐息が漏れた。友紀の体がピクンと跳ねた。

友紀が「あぁ～」と声を高くした。高宮が慌てて片手を伸ばし、友紀の口を押さえた。

階下のご両親に聞こえてしまうのを懸念したのだが、愛撫を続けた。

友紀は自分の両手で口を覆いながら、くぐもった声で喘いでいる。

高宮は身を起こして臨戦態勢を取った。やがて二人は一つになった。

友紀が両脚を折り曲げて、さらに腰を密着させた。より深くて滑らかな抽送が始まった。

友紀の押し殺した喘ぎ声が卑猥さを増していく。むせび泣いているようで可憐だ。

高宮は突然、友紀の背に両手を入れて抱き起こした。座位になった。

官能の波に洗われ上気した顔の友紀が、何とも淫靡である。

口づけをしたまま高宮は体を後ろに倒した。

そして友紀の体を起こし上げた。二つの体はしっかりと繋がっている。

戸惑っている友紀に高宮が、

〝さあ、自由に動いてごらん〟と言って、友紀の乳房を下から揉みしだいた。

友紀がぎこちなく腰を動かし始めた。

ほんのりと朱が射した友紀の顔と、蕾がピンと立った形の良い乳房、卑猥な動きを始めた。

キュッと締まった腰、それらを下から眺めると、何ともエロティックで刺激が強い。

これも〝あの二人〟から教えてもらったラーゲであるが、これからは友紀と一緒に楽しみながら、経験を重ねていこうと思った。

やがて要領を得たのか、友紀の動きが前後、上下に大きくなった。高宮の快感も高まってきた。友紀の動きが速まる。「ハッ、ハッ」と切羽詰まった息づかいが強まった。

絶頂が近いようだ。

両手で押さえた口から、感極まった喘ぎ声が漏れてきた。

友紀が高宮の体に覆いかぶさった。腰がピクピクと震えている。

そして体を硬直させて高宮にしがみついた。

高宮も一挙にありったけの精を吐き出した。快感の絶頂が同時に弾けた。

友紀は〝赤ちゃんが欲しい！〟と、心底願った。そのまま二人は、ひしと抱き合っていた。

高宮三十三歳、友紀二十五歳のときの「妊活」の始まりであった。

⑩爆笑満載の披露宴

高宮は二〇〇八年十一月、結納納めのため両親と共に博多の吉川家に出向いた。来年、大阪で結婚式を挙げる。これまでの打ち合わせ通り、ほとんどすべてを省略した「略式結納」であった。略式なので、結納品や結納飾り、目録などはなく、友紀の父紀生に、高宮の父直敏から結納金と指輪が差し出されて、両家の家族書と親族書が交換された。この後すぐに、挨拶などを省略して普段の会話が始まったので、少し緊張していた場が一挙に和(なご)やかになった。

節子が友紀の側ににじり寄ってきて、

「お姉ちゃん、おめでとう!」

と、抱きついてきた。

高宮と文彦が顔を見合わせて笑いながら、二人を愛おしげに見やっていた。新婚の節子は、すっかり若妻然とした女らしさを醸(かも)し出していて、一段と美しさが増していた。

両親同士も打ち解けた様子で何やら話に夢中だ。

やがて豪勢な仕出し料理が運び込まれた。ビールや酒、焼酎なども、文彦夫婦の手によってテーブルに並べられた。

暫くして祖父母四人が加わった。彼らは、来年の大阪での結婚式には年齢的に列席できないので、今日どうしてもお祝いを述べたいと思いやって来ていた。四人とも孫娘の友紀が可愛くて仕方がない。三年半前に友紀の最愛の恋人俊彦が急死したときは、激しく嘆き悲しむ友紀を心配して再三、入れ替わり立ち替わりやって来ては、一緒に涙を流して友紀に寄り添ってくれた。そして、心身共にやっと立ち直った友紀が、もう一度、幸せの道を歩き出そうとしている。そんな友紀を抱きしめて激励したい、というのが祖父母たちの想いである。当然のことながら、友紀も祖父母たちが大好きである。

友紀はもう泣きながら、祖父母たちの胸の中に飛び込んでいた。紹介された高宮の両親も、友紀への愛情溢れる吉川家一族の様子に一種の感動すら覚えていた。

宴は大いに盛り上がった。祖父母たちは、友紀と高宮を囲んで離さない。

「もっと飲まんね。これも食べんしゃい、あれもうまかよ」

と、次々にすすめる。文彦と節子が呆(あき)れるほどであるが、嬉しくて仕方がないのがよくわかる。両親同士も和気あいあいである。

その日の夕刻、高宮たちは新幹線で帰阪した。高宮は明日の便でマニラに飛ぶことになっている。仕事の合間に新婚旅行先のセブ島へ視察に行く計画である。切なそうに見送る友紀を本当は抱きしめたいのだが、我慢して〝愛しているよ〟とアイコンタクトしていた。

翌二〇〇九年の正月、高宮は堺の実家で腕白甥っ子たちと共に、新年のお節料理に舌鼓（したつづみ）を打って過ごした。友紀とは毎日のようにメールのやり取りや電話連絡をしているが、互いに早く一緒に生活したいという想いに駆られている。

友紀の年末は、相変わらず銀行業務の特殊性から二十六日遅くまで続いたが、年が明ければいよいよ高宮との新婚生活が待っていると思うと苦痛でも何でもなかった。

正月元旦は文彦夫妻を含む五人で、ゆったりと過ごした。

翌二日には、豊田夫妻が、友紀との最後の正月になるからとやって来て、賑（にぎ）やかな宴となった。夫妻は、俊彦を失った痛手から立ち直ったかの様子を見せて、友紀のこれからを祝って励ましてくれるが、そんな心遣いが友紀には嬉しくもあり切なくもあった。ご夫妻の傷は癒（い）えてはいないとわかっているからだ。だからこそ、俊彦さんの分まで絶対に幸せになろう、と固く心に誓っていた。

友紀はこの年の三月二十七日(金)に、銀行を寿退社することになり、その日の夜には、支店行員の大半が参加して盛大な送別会をしてくれた。友紀の人柄の故だと、結婚式に参加する支店長が褒め称えた。

その頃の友紀は、為替業務をてきぱきとこなす有能な女性行員として、特に、訪れる外国人から全幅の信頼と羨望を得ていた。さらに大阪支店時代と同様に、行内の女性からも慕われていいて憧れの存在でもあった。そんな女子行員の何人かと、友紀に恋い焦がれたものの、夢破れた男子行員の数人とが、揃って式に「参列します宣言」をするなど、送別会は異例の盛り上がりを見せた。

マイクの前に立った友紀は、

「四年前に傷心のあたしを温かく迎え入れて頂きました。途中入社にもかかわらず、分け隔てなく接して頂いた上司、先輩、同僚、そして警備員や清掃員の皆様のすべての方々に、心の底から感謝申し上げます。そのお陰で精神的にもようやく立ち直ることができて、再び素敵な伴侶を得ましたが、その男性は当地博多ではなく、大阪の方で本当に申し訳ありません」

これには、場内から爆笑と大きな拍手が!

「それもこれも皆様方のお陰だと、厚く御礼を申し上げます。最後に、あたしはここ博多で生まれ育ちましたので、博多が大好きです。ですから時々帰ってきます、彼に嫌われない程度に」

またもや笑いと拍手が起こった。

「そのときには是非また皆様にお会いしたいです」

俺はいつでも待っとるばい、と、ヤジが飛んだ。

「どうも皆様、本当にありがとうございました」

と、友紀は挨拶を終えた。目には涙をいっぱい浮かべていた。


高宮は三月になって、すでに購入していた帝塚山の中古マンションに入居していた。2LDKの広さは二人には十分だ。模様替えは二月中に終えていた。周辺には瀟洒なレストランやケーキ屋、ティールームなどがあり、友紀も気に入ってくれるはずだ。

高宮は土、日ごとに友紀から送られてくる備品の数々を運び入れたが、姉夫婦が手伝ってくれた。新しいベッドも搬入した。

高宮は近隣で友紀のバイト先を探した。友紀の希望でもある。ほどよい近さに中堅の英会話学校があった。四月になってからの面接次第となった。

そして三月二十九日の日曜日夕刻、待ちわびた友紀がやって来た。

五カ月ぶりに見る友紀は、ますます色香漂うイイ女になっていた。

友紀を抱き寄せてすぐに、高宮が気になっていた言葉を口にした。

「友紀さん、あれから妊娠はしなかった？　一度も避妊をしなかったけど」

初めて結ばれた昨年の四月と、文彦・節子の結婚式だった六月十九日のことを言った。

「はい、全然。どっちも、たまたま安全日だったのかな、って」

「男の僕はよくわからんけど、何とかいう計算はしてないんだ」

「あぁ、荻野式ったい。学校では習ったばってん……計算したことはなかです」

「僕は今年で三十四歳です。子供は大好きだし早く欲しい。友紀さんもそうでしょ？」

「はい、すぐにでも欲しいと。何人でも欲しかです。春樹さんの子供ばつくりたかけん、そげな計算はいらんとです。だけん、春樹さん、いっぱいして！　春樹さんの赤ちゃんを妊娠したかよ！」

友紀はあの日のときと同じ言葉を発して高宮にしがみついた。

高宮はたまらないほどの愛しさを感じて、力いっぱい友紀を抱きしめていた。

早く子供が欲しい！　と。

四月三日、友紀は高宮が出勤してから英会話学校の面接に臨み、七月一日から勤務することに決定した。ちょうど一人が、六月中に退職するというタイミングにも恵まれた。学校が夏休みに入る直前なのも都合が良い。当面は週三日の六コマを担当する。

これくらいなら家事への負担も少ないだろう、と承知した。すでに友紀は家庭の主婦という認識であった。

　このマンションに越して来て以来、友紀は届いた荷物の整理や片付けに余念がなかったが、高宮のためにと思って料理の練習にも励んだためであろうか、毎日の料理に高宮は、

「美味しい、美味しい」と言ってくれた。それが嬉しくて友紀はいっそう練習に励んだ。

　四月十六日に友紀は二十六歳になった。外でお祝いの食事でもと高宮は言ってくれたが、

「自分が腕によりをかけてつくる料理を食べて欲しい。ケーキだけを買って」とねだった。

　その夜、夕食のテーブルには、博多の実家から差し入れられた明太子と高菜を使った「チーズのはさみ揚げ」や「明太高菜チャーハン」などがずらりと並んだ。

　高宮が、ダイニングキッチンの明かりを落として、ケーキのキャンドル六本に火を灯(とも)した。

　向かいの友紀の顔が、ローソクの灯り(あかり)にゆらゆらと揺れて幻想的だ。

　友紀がニコッとしてローソクの灯を吹き消した。薄明かりの中で穏やかに見つめ合う。

　高宮が口を開いた。

「友紀さん、二十六歳の誕生日おめでとう。これからもよろしくお願いします」

「ありがとうございます。春樹さん、あたしの方こそよろしくお願いします」

　友紀の好きな白ワインで乾杯した。友紀は幸せだった。結婚前だが、毎日が充実して身も心

も満たされていた。

〝後は春樹さんの赤ちゃんを授かることだけだ〟と心深くに祈っていた。


高宮は翌週から結婚式の打ち合わせに奔走した。

ホテルや大学、高校の友人などとの詰めの話は山ほどあったが、旅行先のセブ島の方はきっちりと押さえてあった。マニラ営業所のスタッフたちも協力してくれている。会社の上司への対応も済んだ。式まで二週間になった。

友紀は四月二十一日の夕刻、がっかりして落ち込んでしまった。生理が始まってしまったのだ。あぁ、今度も駄目かと。

でもよくよく計算してみたら、排卵が始まる二週間後は五月五日ごろだ。それから四、五日間が最も妊娠しやすいはずだ。セブ島に滞在中だ。

〝やった〜頑張ろう。毎日、何回も何回も、春樹さんに抱いてもらおう〟

そう思って友紀は一人で赤面していた。

五月五日の十二時、大阪梅田のHホテルのチャペルで結婚式が始まった。

「こどもの日」である。

十三時からの披露宴の出席者は予定どおり百五十名であった。涼子も参列していたが、妊娠五カ月の身重であることを友紀には隠していた。A銀行の先輩である仲野美加も来てくれた。

披露宴が始まった。

司会者は高宮と高校同期の悪友の一人、高田誠司である。仲人はいないので自由にやってくれと任せてあるが、社交的で喋りの上手い高田のことだから、何をやらかすかわからない不安も微かにあったが、高宮は逆に彼への期待を膨らませていた。

やがて、「新郎、新婦のご入場です！」のアナウンス開始早々に、早速「セイジ節」が炸裂した。

「ご覧ください、まぁ、まぁまぁの男前の新郎と、絶世の美女の新婦のご入場です。ここでの拍手は平等にお願いいたします」

一瞬の間を置いて、どっと笑いが起きた。何も知らされていない友紀は面食らったが、緊張が取れたようで必死に笑いをこらえている。

二人はBGMと拍手と歓声と、さらに冷やかしの入り交じった声で迎えられて着席した。

「エ～、私は自称男前の高田誠司と申します。今、新郎席に鎮座しております高宮君とは、高校の同期でして、そのよしみで本日の司会を頼まれました。まぁまぁの男前からの、たっての依頼なんで、しゃーないなと引き受けました。ちなみにノーギャラです！」

〝ありがとう、高田さん！〟のヤジにまたも笑いが起きた。

「失礼ながら、初めは型通りに進めますが、途中から無礼講となります。そんな披露宴なんぞイヤや、と思われる方は席を外されても結構ですが、損しまっせ～。めっちゃおもろい披露宴にさせてもらいますよって。おもろかったなぁ、と思われた方は後で、おひねりなんぞを頂ければと、何せノーギャラなんで」。

〝せこいこと言うな、セイジ！〟のヤジが飛んだ。

「では初めに新郎と新婦側を代表して、それぞれの上司の四名のお方からのご祝辞を頂戴いたします。ただし、褒め過ぎ、並びに褒め殺しは、どうかご容赦願います」

四人の上司とは、高宮側が齋藤 哲常務本部長と佐藤 護係長、友紀側が福岡支店長と大阪支店長であったが、事前に破天荒な披露宴になることを伝えていたこともあって、実に爽やかで心温まる祝辞が披露された。

「ではここでご来場の皆さん方から、『新郎新婦に一言もの申したい！』という方を募りますので、挙手をお願いいたします。ただし、新郎には徹底して厳しく、新婦には徹底して優しくを守ってや！」

ハイ、ハイ、と何人もが手を挙げた。

「エ～、では、そこのでっかい図体で、いかつい顔の、おっさん、というか、いや失礼、強面のお兄さん、どうぞ」

「私は高宮君と大学の同期で、同じラガーマンだった荒木卓也です。現在は府警本部の刑事ですが、詳細は非公開です」

〝おっかね～〟の声に、

「すねに傷ある人ほど怖がります。経験則ですが」

どっと歓声が上がった。

「高宮君、ご結婚おめでとう。これから君の大学時代の古傷（ふるきず）を暴露（ばくろ）するが覚悟は良いか？」

マイクが新郎に渡された。

「あの～、できましたらカンニンしてくれませんか？」

この一言に満場爆笑であった。

「新婦の友紀さんはいかがですか。聞きたくはないですか？」

「はい！　ぜひ、聞きたかです！　お願いします！」

この一言にも、大爆笑が湧いた。

「よし決まった！　ではここに、大学時代の高宮君の調書（ちょうしょ）があるので主要箇所を読み上げる。誤りがあればだが、指摘をしてもらっても良い。しかし余り取調官の手を煩（わずら）わせないように。

え～、私、高宮春樹は、大学に入学するまで女性に一切触れたことがなく、間違いなく童貞でした。異議はあるか？」

「はい、あの～、それは、はい、間違いありません、すみません」

またもや爆笑が起きた。

友紀が両手で顔を覆って、必死に笑いをこらえている。

「ところが一回生のある時、学内で二級上の女学生に誘惑されて、いとも簡単に童貞を捧げてしまいました。異議はあるか？」

「はい、ありません。いや～、荒木君、もうカンニンや、どないしょ」

会場内から、弾けるような爆笑と拍手が。

「堪忍なんかできるかいな、続けるぞ。ところが間もなく、この女学生が学内有数の童貞荒らしであることを同期の荒木くんが教えてくれましたが、もうこの時には、学内で持ちきりの噂になっていて、めちゃくちゃ恥ずかしい思いをしました。それ以来、私は女性不信に陥ったのであります。そうだな、高宮君」

「ハイそうです、ハぁ～」と、ため息をついた。

「それからはラグビーの練習に集中して、三回生のときには全国大学選手権の優勝に貢献しました。ポジションは私がSOで、荒木君がスクラムのNO・8で活躍したお陰であり、たちまち私たち二人は、女学生たちの憧れの的になったのであります」

「異議あり！　そんなことは言っておりません、取調官のでっち上げです！」

　これには〝ウオー〟という歓声が上がった。

「ま、どうでも良いこっちゃ。それから私が四回生になったあるとき、今度は三級下の可愛い子ちゃんに言い寄られて、三年余りの空白があったこともあってコロリと陥落し、人生二人目の女性となったのであります。ところが夏のある日、荒木君と二人で渋谷の交差点を渡っていたとき、反対側からその女性が、中年の男と腕を組んで歩いているのを発見！　茫然としている私の腕を、荒木君が引っ張って二人を尾行しました。やがて二人が、とあるラブホテルに入って行くのを目撃してしまいました。荒木君から〝あの女性は相当なあばずれかも知れん。必ず問いただせ〟とハッパをかけられたので、私は後日その女性を問い詰めると、それが私の本性よ、と逆切れされてしまい、とんだ食わせ者であることが判明しました。

　そのお陰で私は、女性不信に加えて女性恐怖症になってしまったのであります。ここで〝号泣〟と書いてあるぞ、高宮君！」

　その一言に満場大爆笑であった。

　友紀はもう我慢できずに、手を口に当てて笑い転げている。

「調書はこれだけだが、大学時代にこんな惨めな女性経験を重ねた高宮君が、今や何でこんな超美人で聡明な友紀さんを手に入れることができたのか。彼がどんな手練手管を使ったのか、これはもう奇跡と言う他なく、〝世界不思議大発見〟の域にあります」

途端に〝ウォー〟という歓声が上がった。

荒木が続けた。

「あれほど女性不信と女性恐怖症に落ち込んでいた高宮君を、見事に立ち直らせたであろう友紀さんの手腕に、高宮君は生涯、感謝の念を忘れてはアカンよ！」

「ハイ、心の底から感謝しています」

「口では何とでも言えるわな。大体、被疑者の常套句や、これも経験則やで」

〝そうや、そうや、はっきりと態度で示そうや、高宮！〟と遠慮のないヤジが飛んだ。

「だから、行動で示さんとアカン。本日ご列席の方々と、我々文武両道の仲間たちの面前で、感謝と誓いの口づけを実行するよう命ずる。そうしないと〝釈放〟はなしだ！」

この声に大きな拍手が送られた。そして同時にいくつものヤジが飛んだ。

「高宮、起立して早よやれや」

「いつも通りやったらエエんや」

「いやいやったら、代わってもエエぞ」

「やらんかったら二度としてもらえんぞ！」

笑いと歓声が絶えないところで、荒木が冷静に言った。

「待機されている報道陣の皆さん、ズズっと前の方にどうぞ！」

これにもドッと歓声が上がった。

高宮は覚悟を決めた様子で、友紀の両手を取って起立した。

友紀は顔を真っ赤にして俯いて立ち上がった。

白い肌と純白のドレスが、友紀の可憐さをいっそう引き立てている。

高宮が友紀を引き寄せて両手を背中に回した。友紀が顔を上げた。笑みを浮かべている。

二人が唇を重ねた。

大きな拍手と歓声が沸き起こった！

二人はすぐに唇を離した。

途端に荒木から茶々が入った。

「ハイ、カット！　カット！　何じゃ今のは。高宮君、感謝の念も、誓いの覚悟も、な～んも伝わってきとらんよ、こっちには。やり直しを命ずる！　いつか君に伝授したやろ。女性に接するときは、いついかなるときも、焦らず、落ち着き、ゆっくりと、優美にいたすが極意なりと。ハイ、三、二、一、スタート！」

高宮はおかしさを必死にこらえて、もう一度、友紀に向き合った。

友紀は泣き笑いの表情で、コックリと頷いた。

高宮は思いっ切り友紀を抱き寄せて口づけをした。舌を差し入れて吸った。

なぜか胸が熱くなった。もういちど愛しさ、恋しさが募った。

もはや、衆人環視のまっただ中だとは感じなかった。

友紀もいつものように舌を絡ませて応じた。二人は夢幻の境地にあった。

突然、現実の世界に引き戻された。〝ウワー〟という大歓声と拍手と笑いが起きていた。

「ハイ、カット、カット！　いつまで見せつけとるんや。胸焼けがするわい」

の一言に続けて、荒木が真面目腐った顔で言った。

「しかしやな、今の熱烈なラヴシーンを見て、高宮君が見事に女性恐怖症を卒業したことを確認でき、友人として安心しました。高宮君、友紀さんを大切にしいや。そやなかったら、俺は許さんぞ。そして友紀さん、万が一、高宮君が許しがたきことをしでかしたり、もう我慢がならん、いや、万に一つ、そんな気持ちになったときは、いつでも私の胸に飛び込んできてください。しっかりと受けとめます、責任をもって」

「こら、こら、荒木、何を言うか。お前、妻子持ちやないか」

「荒木さんと違うて、博多の独身男は何人も待っとるば〜い！」と、またもヤジが続いた。

「友紀さん、良かったやん、チョンガーの待ち人が、ぎょうさんおって！」

と荒木がヤジを引き取って、

「高宮君、友紀さん、本日は本当におめでとうございます。月並みですが、どうか、どうかお幸せにお過ごしください。これにて高宮君を無事、〝釈放〟いたします！」

荒木のスピーチに、場内から万雷の拍手が起きていた。

「では、次の方は？　ハイ、そこのピンクのハンカチを振っている、おばさ……いや、おねえさん」

「高宮君、おめでとう。私を覚えている？　高校同期の旧姓大倉幸子です」

「ハイ、覚えていますが……」

「そのころ、私は高宮君に憧れていたの。他に数人の女の子たちもいました。でも貴男は私たちにはまったく関心を示さず、それがまたクールでかっこ良くて、ますます私たちの熱がヒートアップしていったのよ。頭も良いうえにガタイも良いラガーマンで、司会者が自分のことを棚に上げて言っていたけど、まぁまぁ以上の男前だし、貴男さえ振り向いてくれたなら、私たちはいつでもＯＫで、受け入れ準備はできていたのよ」

〝ウオ〜〟と大歓声が上がったが、高宮の、

「ほんまですか！　どうもすみませんでした」

の言葉に、また爆笑が巻き起こった。

友紀が顔を覆って笑いをこらえている。

「ひょっとして女性には興味がないのかな～と思っていたんだけど、今日その理由がわかったの。こんなに素敵な女性を探し求めていたんだなって。口惜しい気持ちが正直あるけど、友紀さんみたいな女性なら納得よ。かなうはずもないしね。負けました。高宮君の千里眼に感服しました」

「恐縮です。ありがとう」

「あら、それだけ？　私のその後にも興味はなしってこと？」

「い、いや、そんな訳では……えっと、幸子さんのその後、というか、現況はいかがでしょうか？」

「やっぱり興味なさそうね。でも参考のために教えてあげる。貴男に振られた腹いせに、求める男のレベルを、ぐっぐっと下げて、二十二歳のときに、そこら辺にいた男と結婚したの。妥協結婚というか、行きがかり結婚というか。貴男に振られたお陰でもあるけど、結果、三姉妹の子供に恵まれたの。七、五、三と並ぶのよ。三人とも私に似て、むっちゃ可愛いのよ。旦那に似なくて、ほんとうに良かったって、神様、仏様に感謝しているの」

「いや～、それは良かった。幸子さんおめでとう。ところで旦那さんはどんな方なん？」

「そ、その、そこら辺にいた旦那は……俺や～！　聞くな～!!」

と、高田が吠えた。

高宮と友紀だけではない。両家の親族一同はもとより、列席者やホテルの関係者まで、大笑いの渦に巻き込まれて、会場は騒然となった。

「次は新婦側の方、いらっしゃいますか？　ハイ、そちらの三人娘さん、どうぞ」

三人娘が揃ってマイクの前に立った。

「あたしたちの憧れの友紀さん、ご結婚おめでとうございます。あたしたち三人は、A銀行福岡支店の全女子行員を代表して、参列させて頂きました」

「友紀先輩は、三年前に入行したあたしが、ちょっと難しい業務に右往左往ばしていると、すっと側に来んしゃって、優しく丁寧に教えてくれたとです。ほんなごと助かったんやけん。それからずっとですね、友紀先輩のファンになったとです。友紀先輩、絶対に幸せになって欲しか！　バリ好いとうよ！　友紀さん！」

「友紀さんは、優しくて心ん温か女性です。こげな綺麗か女性なのに、謙虚でおしとやかで、聞き上手なうえに気配り上手ったい。やけん、男、女、関係なか。みんなから好かれとうと。こげな女神みたか女性を、お嫁さんにできるっちゃ、高宮さんは世界一、運が良かげな男ったい」

「友紀さんが大阪から福岡に来られて、一緒に仕事をすることになりましたが、同期になるあたしがまず驚いたのは、仕事が迅速で正確なことでした。おまけに英語が堪能で、為替業務を通じて、外国のお客さまからの信頼も厚く、評判を聞きつけて、他行から流れてくる外国の方もいらっしゃったほどです。先ほどの福岡、大阪両支店長のお話にもありましたように、彼女は老若男女を問わず、誰からも好かれるという稀有な女性です。あたしも心から尊敬していまず。新郎の高宮さんも、まぁ、まぁまぁどころか相当の美男子で、まさにお似合いのカップルだと思います。あたしも高宮さんのような男性と結婚したかです。どなたかご紹介くださ〜い！」

〝ここに一人いるよ！　後で名刺を渡します！〟のヤジが飛んだ。

「ま、はっきり言うて、新郎側の男でマシなのは、もう残ってないやろ」

と言う高田へ、〝マシでない奴から言われるか！〟の切り返しヤジが飛んだ。

「ところで、三人娘さんのスピーチですが、褒め過ぎか、褒め殺しに近かったんではないでっか？」

と、また高田がからんだ。

「何ば言うとうとですか。そげな酷かこつ言う人は好かんったい！　ちかっぱむかつく！　博多弁では、せからしか！　うるさか！　と言うとです。友紀さんは世界一素晴らしい女性に間違いなかです！」

そんな三人娘からの反撃に、〝ウオ〜〟という大歓声と拍手が鳴り響いた。

友紀は立ち上がって、三人に向かって深くお辞儀をした。嬉し涙が止まらない様子だ。

「ではここで、新郎に文句を言いたいという二人をご紹介します。高宮君のお姉さんの子供さん、すなわち甥っ子の二人です。まだ中学生ですが、先ほどからの危険信号気味の大人のスピーチにも動じないという、かなりませたお二人です。どうぞ」

「長男の温です。春樹おじさん、去年一度だけ会わせてもらったメッチャ美人の友紀さんが、ホンマにお嫁さんに来てくれて、ホンマにホンマに良かったやん。ひょっとしたら大阪に来るのんがイヤやて言いはるんとちゃうかな、と心配しとったんやで、子供心に。大事にせんとアカンで、ホンマに。でもな、中三の俺にも彼女ができたんやけど、紹介し辛(づら)いわ。春樹おじさんは絶対に友紀さんと比べるやろ。したら、おれの彼女を余計ブスと思うやろ？　そやから叔父さんの留守中に友紀さんと連れて行くわ。友紀叔母さん、よろしゅう頼むわ！」

「次男の翼です。中一です。叔父さん、去年、友紀さんを堺の家に連れて来てから、今まで何で一度も俺らに会わせてくれんのや？　帝塚山のマンションにも、一回も呼んでくれへんやんか。ちょこっと遊んでくれたって良いやんか。俺らは二人を邪魔(じゃま)するつもりなんかないで。イチャイチャしてても、俺ら平気や。あ、そや、去年見たときよか、今の方が遥かに鼻の下が長いで。ちょっとゆるゆるの馬面に見えてんで。しまりや、おじさん！」

これには、弾けるような大爆笑が。

「でも、そんな春樹おじさんが、俺らは大好きで〜す。お小遣い、待ってるよ〜！」

満場笑いと拍手で騒然となっていた。

「新郎が、目の中に入れても痛くないくらい可愛がっている甥っ子たちでした。やがては、高宮夫妻にも、この甥っ子たちのような可愛い二世誕生が待たれるところです。それではこれにて、スピーチ特集はめでたし、めでたし、です」

こうして爆笑満載の披露宴は、大きな余韻を残してお開きとなったが、このときの披露宴は、後々まで語り継がれる傑出した演出の結婚披露宴となった。


そのころ、道浦は誰からともなく、あの吉川友紀が、あろうことか高宮と結婚するという情報を耳にして、ぶったまげていた。「大きな魚」をみすみす逃してしまったあの日から、暫くして彼女が銀行を辞めて故郷に帰ったことまでは、子分の一人が当時付き合っていた銀行の仲野美加からの情報として聞き及んでいたが、高宮が何で彼女と結婚できたのか、接点は何なのか、いくら考えてもまったくわからない。だから余計に腹が立つ。

〝クソっ、あんな飛びっ切り良い女と結婚だと？〟

相手が高宮だけに、腸が煮えくりかえる。さらに、職場の上司である齋藤、佐藤の「藤・藤コンビ」の自分への評価も良くないし、どうせ俺は第一部の掃きだめや。なら外で女と金を手に入れる策でも探そうと思い始めていた。

道浦独特の「への理窟」であるが、幼いころから、唯我独尊の世界にどっぷりと浸りきった道浦には、言うところの「世上の常識」が通じるはずもなかった。

そして、荒んだ復讐の念に囚われた彼の行く末は……。

⑪妊娠と流産、哀しみの澱（おり）

友紀は幸せのまっただ中にいた。

二〇〇九年の五月六日から十二日まではここセブ島で過ごし、十三日からはマニラに二泊して、十五日の金曜日に帰国する。夫の高宮が計画してくれた新婚旅行の日程であった。

セブ島のホテルは、ラグーンタイプの広大なプールを囲むコテージ風の客室で、部屋のテラスからそのプールへ直結しているという嬉しい作りだ。さらに海側を望むと、真っ青な海が一面に広がっていて、ヤシの木陰（こかげ）に囲まれた二階の寝室のバルコニーからの眺望（ちょうぼう）は、格別心地がよい。ホテルスタッフの応対も申し分なく、ビュッフェでは各国の料理が用意されていて、そのどれもが美味しかった。

友紀は開放感に溢（あふ）れた毎日が楽しくて、テニスやゴルフ、ダイビングなどを高宮に教わりながら熱中して遊んだ。レストランバーではピアノの生演奏に耳を傾け、ワインに酔いしれ、初めてといっていいほど「大人の時間」を堪能（たんのう）していた。

そして何よりも、友紀は高宮との「子づくり」に没頭（ぼっとう）できて、誰にも邪魔されない「二人だけの時空」にいることが幸せであった。昼夜を問わずというくらいに友紀は高宮を求めた。高宮も思いは同じだ。ベッドの上だけではない。床の上でも、バルコニーでも、バスルームでも、友紀が求めれば高宮はいつでも応じた。部屋のいたる所で立ったままでも、飽きることなく何度も何度も交わった。二人とも「赤ちゃんが欲しい」の一念であった。

だから、友紀はいっときたりとも高宮から離れることを恐れた。トイレにどちらが入っていても、ドアを開け放ち声を聞きたがった。友紀の体は、隅々まで高宮の「タネ」を宿すことを求め、高宮はまたそれを十分理解していた。

ある夜、二人は海水着のままプライベートビーチに出た。周辺に誰もいないのを確認してから遠浅の海に入った。海中で穏やかな動きの波に合わせて、苦労しながらも一つになった。高宮は、波の動きに合わせるように、まったりとした抽送を繰り返した。友紀の腰をまるで自分の体に同化させるように、力いっぱい抱きしめた。やがてマグマが爆発しそうになった高宮は、「友紀！　俺も赤ちゃんが欲しい！」と叫びながら、友紀の中に精のすべてを放出していた。何回も何回も……。

友紀は幸せだった。ずっとこのままでいたいと思った。

上弦の月の光が、抱き合っている二人の顔を優しく照らし包み込んでいた。

八日目の昼前に、二人はマニラ首都圏にあるマカティー市のホテルにチェックインした。

二人はすぐに着替えてからタクシーに乗り、とあるレストランに着いた。

「ここはフィリピン料理の店だ」と高宮が言った。

二人は奥の個室に案内された。

ドアが開いた。途端に、目の前の数人の男女が手に持ったパーティークラッカーを一斉に鳴らして、

「高宮さんご夫妻、ご結婚おめでとうございます！」

と、日本語で歓声を上げてくれた。マニラ営業所の面々である。もちろん高宮は承知の上だが、何も知らされていない友紀は驚いて、つい口からでた言葉は「あぁ、びっくりした」であった。どっと笑い声と拍手が上がった。

高宮の右腕であるクリスティーに、二人の男性スタッフとドライバー、それにクリスティーの愛娘メアリーたち五人が、満面の笑みで迎えてくれた。彼らが企画してくれたお祝いの昼食会であった。二人はそれぞれ英語で感謝の言葉を述べた。

友紀はすぐに皆と打ち解けた。三十九歳とは思えないクリスティーの容姿と、弾けるような十六歳の美貌のメアリーに、友紀は圧倒されていた。特にスペイン系クオーターのメアリーは、友紀と同じくらいスラッとした細身で、彫りの深い小さな顔立ち、切れ長の潤んだ黒目と整った鼻梁に魅惑的な唇なので、女性である友紀自身が見惚れてしまっていた。しかも年齢が十

歳しか違わないので、まるで姉妹のようにすぐに仲良くなった。マニラ大学に進学して日本語を学んでから、日本の大学に留学したいという。横合いの高宮が、「彼女はＩＱが高いから、そのくらいの夢は楽勝だろう」と言った。

暫くすると、クリスティーを含む三人は高宮たちそっちのけで、英語による女子会を開いていた。ワインで乾杯のあと、フィリピン料理が次々にテーブルに運ばれてきた。初めての料理に友紀は感嘆した。どれもこれも美味しい。営業所のスタッフは皆、フレンドリーで礼儀正しくて理性が感じられるし、何よりも和気あいあいでチームワークの良さが光っている。

これなら、マニラ営業所の行く末は大丈夫だ、と友紀は一人で合点していた。

五月十五日の夜に二人は帰国した。帝塚山のマンションに帰り着いたときには、すでに九時を回っていた。

シャワーを終えてから習慣になった白ワインで乾杯した。帰宅途中で買った弁当をチンして頬張った。久しぶりの日本の味に、二人は顔を見合わせて微笑んでいた。

〝今夜は春樹さんに求めないでおこう〟と友紀は思った。

旅行最後の昨夜のマカティーホテルでも、友紀の求めに高宮は応じてくれたし、その前夜のビーチでは、海中の交合で高宮はたくさん放出してくれた。だから今度こそ、きっと妊娠できるはずだと思ったのと、高宮の体力を心配したためである。

翌日の土曜日には、甥っ子の二人が意気揚々とやって来た。冷やかしに来たようだが、本当の狙いは別にある。

察知した友紀が、ドライマンゴーやバナナチップス、色々なチョコ、ココナッツオイルなど山盛りいっぱいのお土産と、お小遣いを持たせて早めに帰らせた。

甥っ子たちは、相変わらずませた口を叩きながらも、嬉しそうであった。そんな二人を見送りながら、友紀は早くこんな子供が欲しいなと呟いていた。


翌週から高宮は、長期休暇中の仕事の遅れを取り戻そうと、連日遅くまで奔走した。友紀は、高宮がどんなに帰宅が遅くなっても夕食を用意して待った。高宮は遠慮せずに先に食べてくれ、二十二時を過ぎたら、先に寝るようにと言ってくれたが、友紀は愛する人を待つという喜びに浸っていたかった。

日中の友紀は、掃除、洗濯、買い物、料理などの主婦としての「当たり前の家事」をこなすことの幸せを噛みしめていた。そして〝生理が来ませんように〟と毎日のように祈っていた。

そして五月二十日の朝であった。

突然、吐き気に襲われた。

口を押さえてトイレに駆け込んだ。吐しゃ物はほとんどない。ただ気持ちが悪いだけだ。しかも下腹部に少し痛みがある。

友紀は瞬時に、〝つわりだ！〟と悟った。

〝ついに妊娠した！　春樹さんの赤ちゃんを宿した！〟と、嬉しさのあまり便座を抱えてしゃがんだ格好のままでむせび泣いていた。

物音に気づいた高宮が起きてきて、トイレのドアを開けた。

うずくまっている友紀に一瞬驚いて、

「友紀さん、どうした？」と声をかけて抱き起こした。

友紀が、わぁと泣きながら高宮に飛びついてきた。

「あなた、赤ちゃんができたみたいなの！　つわりなの」と、涙声だ。

「ホンマか！　やった、やった、友紀さん、ようやった！」

高宮も涙声で友紀を抱きしめていた。


二日後の昼前高宮は、病院で検査を受けた友紀から〝間違いない〟との知らせを受けた。

終日、高宮は浮き浮きとした気分で、つい頬が緩んでしまっていた。

その日以来、高宮も友紀も毎日が充実していた。

待望の子種を宿した友紀は、時折襲ってくる「つわり」に苦しみながらも、出産に関する書籍を買いあさっては、浮き浮きと目を通して知識を膨らませていた。

六月に入った。来月から英会話学校の仕事が始まるけれど、出産ぎりぎりまで働こうと友紀は決めていたので、その準備にも精を出していた。

だが、十九日の昼過ぎであった。あれほど悩まされていた「つわり」がなく、体温も低くなっていることに気づいた友紀は、すぐに病院に走った。

不安な気持ちで診察を受けた結果は、悲惨であった。

医師から「化学流産」だと聞かされた友紀は、その場で気を失って倒れてしまった。

〝胎嚢が確認できない〟という。

連絡を受け、急いで病院に駆けつけた高宮に友紀は、

「あなた、赤ちゃんが……赤ちゃんが……赤ちゃんを守ることができなくてごめんなさい。あたしのせいよ」と泣きながら詫びていた。

高宮はそんな友紀が不憫でならない。

また頑張ろうよ、という月並みな言葉しかかけられなかった。

七月に入った。友紀は英会話学校でのアルバイトを始めていた。週三日の六コマの授業を精力的にこなした。体調は回復していた。まるで流産の悲劇を忘れ去ろうとしているかのようであった。だが底知れぬ悪意の魔物が、じわりと忍び寄っていた。

やがて暑い夏が終わろうとしていた九月のある日の朝、友紀は下腹部から出血していることに気づいた。二週間ほど前に妊娠検査薬で陽性反応を確認していたのだが、高宮には黙っていた。また失敗したら申し訳ないという気持ちになっていたのだ。

そして友紀はまたもや愕然（がくぜん）とした。

病院で「進行流産」だと言われた。

医師から「不育症」かも知れないと診断されて、治療が必要だとも言われた。

友紀は顔面蒼白になっていた。「不育症」は、「不妊症」と違って妊娠は可能だが、流産や死産を繰り返すのが特徴らしい。〝悲観せずに治療して夫婦二人で協力すれば大丈夫ですよ〟という医師の言葉が、空しく聞こえた。

時は五年を経過した二〇一四年。この間、高宮と友紀は子づくりのために懸命な努力を重ねていた。「不育症」の意味や原因、治療法などを二人して医師に説明してもらっては、その指示に従って努力を重ねた。何種類かの薬物療法や食事療法も試みた。だが何回か妊娠はするのだが、やはり流産を繰り返し、一度は死産まで経験してしまい、友紀は半狂乱になったこともあった。

友紀だけではない。

高宮もかなり精神的に参っていた。

友紀の母友子に来てもらったことも何度もあった。

このままでは、まず友紀が鬱(うつ)病を発症してしまうかも知れない。

そう考えた高宮は、ことあるごとに気晴らしのためにと、友紀をドライブや小旅行に連れ出した。行く先々で、苦悩する友紀にただただ寄り添い、何も考えないでゆったりとした時間(とき)を二人で過ごした。医師からの助言でもあった。原因の中で、「またか」と思うストレスが良くないと言われていた。

四年前の二〇一〇年夏には、一泊で和歌山の南紀白浜温泉に連れて行った。新婚旅行以来の遠出であった。車の中で友紀は久しぶりによく喋り、はしゃいでいた。

旅館で旅装を解いてから、二人で観光名所の三段壁に行った。長さ約二キロの切り立った大岸壁は壮観(そうかん)であった。手をつないで崖上の遊歩道を歩いた。自殺の名所とのことで、思いとどまるようにとの看板が、いくつも建てられていた。

高宮は、学生時代に観光したことのある福井県の東尋坊を思い起こしていた。二人は黙って歩を進めた。やがて着いた土産物屋で冷たいジュースを買った。

そこの親父が先客の若い女性に語りかけていた。女は一人であった。

「あんた、一人やったら失礼かも知れんが間違われるよ。ここは自殺の名所やからな。あの柵を越えたらアカンよ。海面には落ちんと岩に激突して体も骨もバラバラに砕けるんや」

若い女はアハハと笑いながら「そんなことしいへんよ」と立ち去って行った。

高宮が「醜い死に様はしたくないね」と言うともなしに呟くと、友紀も「そうね」と小さく頷いていた。


三年前の二月には、やはり一泊で有馬温泉に出かけた。父の知人の会社所有の保養所を利用させてもらった。ここの温泉は、日本三大古湯の一つで、茶褐色（赤湯）の金泉が特徴で、神経性症状などに良いと言われ療養泉としても有名だと、父が勧めてくれた。

また二年前には友紀の希望で、短大時代の想い出深い淡路島にも出かけた。

だが去年の二〇一三年は、友紀が体調を崩したこともあって、どこにも出かけなかった。

やがて友紀は勤めていた英会話学校を退職した。

高宮は早くに辞めるように助言したのだが、友紀はそれまで「不育症」の治療や通院に多額の費用がかかっていたので、少しでも高宮の負担を軽くしたいとの思いから勤務を続けてきたのだが、結局、体調回復を優先して決断した。

そんな二人を見かねた高宮の両親が、友紀のために住環境を変えてみてはどうかと、ある考えを高宮にだけ伝えた。高宮は早速、準備を開始した。友紀が退職した翌月だった。

「不育症」の原因は相変わらずわからなかった。しかし友紀は、子宮の奇形が原因だと思い込んでいた。二人の染色体に異常がないのなら、原因はこれしかないと。

〝でも手術は絶対にイヤだ。第一、全身麻酔が怖い。目覚めなかったら春樹さんの顔を二度と見られない。そのまま愛してやまない春樹さんに会えずに、自分だけどこかに消えるなんて、どうしてもイヤだ。春樹さんには申し訳ないけれど、このままもう少し頑張って妊娠したい……〟

その思いには「俊彦の死に直面した友紀の悲痛な叫び」が宿っていた。

こうして二〇一四年の一月になった。

友紀は、体力が回復して見違えるほど元気になった

高宮は「冬山登山をしてみないか」と誘ってみた。営業先の知人らが毎年、冬の金剛山登山をしていて、体力づくりに格好な山だという。高宮も初めての冬山登山となるが、メンバー二十人ほどの大半が経験豊富なうえ、女性が七、八人いるので、夫婦でどうかと誘われたのだ。

友紀はその話に乗ることにした。妊娠するためには体力が欠かせない。今年こそ〝何とかして〟との思いがあった。

金剛山は冬でもそんなに難しい山ではないらしい。早速、二人で登山用品を購入しにナンバに出かけた。久しぶりの高宮との外出だ。友紀はまるで少女のように浮き浮きとして、高宮の腕を抱え込んで離さない。スノーゴーグルやサングラスのほか、ダウンジャケット、ザック、ハイカットシューズ、ニット帽、ロングパンツなど、山盛りいっぱいの買い物だった。

昼食はお好み焼きにした。友紀は、何でもないこの日常に、無上の幸せを再び感じ取っていた。この当たり前の日常に、これほどの幸せが転がっているとは、感慨を新たにしていた。

二〇一四年二月九日（日）の早朝、マンションを出た二人は、南海電車高野線の河内長野駅で下車して、バスに乗り換えた。車中はほぼ満席だった。皆、大きなザックを背負っている。高宮も友紀も同じような格好なので、何やらいっぱしの登山家に見えたかも知れない。

四十分ほどで登山口に到着した。高宮の知人たちがすでに待ってくれていた。
高宮が友紀を紹介した。にこやかに挨拶をする最も若い友紀は、たちまちグループのマドンナになっていた。リーダーがグループを二班に分けた。高宮たちには女性四人とベテラン男性五人を付けて、初心者の高宮と友紀を気遣(きづか)ってくれた。
主な登山ルートは二つだが、いずれは途中で合流するらしくて、高宮たち一行は比較的ポピュラーな千早本道を進んだ。別動隊は急峻(きゅうしゅん)なルートに入って行った。登山口周辺はうっすらと雪化粧だったが、進むにつれて積雪が多くなり、途中でアイゼンの装着(そうちゃく)を指示された。多くの登山者が踏み締めたためか、いたるところが氷状になっている。
友紀が途中の登山道脇に、石仏を見つけて高宮に声をかけた。半分ほどが雪に覆(おお)われているが、石仏の左に「五戒」の木札がある。友紀がうっすらとかかった粉雪を、手で払い落とした。
〔辛いことが多いのは　感謝を知らないから　苦しいことが多いのは　自分に甘えがあるから
悲しいことが多いのは　自分のことしか知らないから　心配ごとが多いのは　今を懸命に生きていないから　行き詰まりが多いのは　自分が裸になれないから〕
そう書いてあった。高宮が「五戒すべてが当てはまるな」と笑った。友紀が「あたしも」と寂しそうに笑った。

道中周辺には千早赤阪城跡（千早神社）、楠木正成生誕地などのゆかりの史跡群、国見城址、転法輪寺、葛木神社などの名所旧跡が多くあると聞かされた。

途中、雪が深くなってきたので、前を行く高宮が体力の劣る友紀の片手を後ろ手にして、しっかりと引っ張ってくれた。手袋越しに伝わってくる高宮の手の温もりと思いやりを、ひしひしと感じた友紀は嬉しさでいっぱいだった。周りのサポート隊も、特に友紀を気遣ってゆっくりと歩を進めてくれた。友紀の膝が少し嗤って（わらって）いるのを見て取っていたからだ。それもあって金剛山頂への到着は予定よりかなり遅れて十一時半を回っていたが、別動隊は待っていてくれた。

標高千百二十五ｍの山頂付近は気温マイナス四度で、間断（かんだん）なく雪が降っているためか積雪も結構多く、高宮たち二人は初めて目にする冬景色一色に大喜びだった。早朝であれば霧氷（むひょう）を目にすることができるらしい。思いのほか大きな広場には売店やいくつものベンチがあり、多くの登山者がそこかしこで食事をしていて、中には携帯コンロでカレーやラーメンなどを作っている人たちもいた。

一行は別動隊が押さえていてくれたベンチに適当に座って昼食を始めた。高宮が自分のザックから、保温型弁当箱のランチジャーを二つ取り出した。友紀が午前四時過ぎに起きて用意したものだ。味噌汁、ご飯、おかず、の三段重ね式になっている。

高宮は「美味しい」と言って、がつがつと口に入れていた。一緒に食べる友紀は至極幸せだった。やおら高宮が立ち上がって、売店に向かい「おでん」を買ってきた。周りの仲間たちにも分けて食べたが、その味は驚くほどに旨かった。

下山時間までの間、二人は山頂付近を探索してみたが、疲れたので休憩することにした。「登拝回数捺印所」と書かれた建物の近くに、樹高約八m、直径約五十五㎝、樹齢約百年の「金剛さくら」の大木があり、その木の下を囲むように円筒形のベンチがいくつかあった。

たまたま空いていたところに二人は腰を下ろした。友紀が高宮の腕を両手で抱えて寄り添ってきた。黄色のニット帽にワインレッドのダウンジャケットとダークブルーのロングパンツという装いの気品に溢れた友紀の容姿は、山頂にいる人々の視線を集めていて、高宮も内心誇らしい。つくづく友紀は魅力的な女性だ、と感じ入っていた。

「ねぇ、春樹さん。体温がどんどん下がってくると、眠くなってくるというのは本当なの？」

唐突な質問だった。一呼吸して高宮が言った。

「そうだね。以前、何かの書物で読んだことがあるけど、低体温症になると体が震えてきて、心拍数が低下して眠くなるらしいよ。低体温症というのは三十五度以下じゃなかったかな」

「それからどうなるの？　痛みとか寒さを感じなくなって気持ち良くなるって、本当なの？」

「う～ん、もっと体温が下がると確か錯乱状態になって、さらに進むと昏睡状態になり、えっと、そうだ、二十五度から二十度以下で死亡するって書いてあったな。痛みとか寒さが感じられなくなって気持ち良くなったというのはたまたま生き残った人の証言らしいよ。友紀さん、何でそんなことを聞くんや？」

高宮は優しく問うた。

「えっとね、この前テレビドラマで、雪山で迷ったヒロインが寒さに震えていたんだけど、やがて何も感じられなくなって最後は、うっすらと笑みを浮かべて死んでいくというシーンがあったの。それを急に思い出したの。それにね、涼子と一緒に観た渡辺淳一原作の『失楽園』の映画のラストで、不倫の二人が愛を確かめ合ってから、互いにワインを口移しで含み、雪の中で裸で抱き合って心中するという崇高ともいえるシーンも思い出したの。今、雪山にいるでしょ？　だから……でも、ごめんなさい」

「いや、いや、謝らなくても良いんだ、友紀さん」

高宮は何とはなしに不吉な予感を覚えたが、そんな邪念を振り払うかのように、友紀を両の手で抱きしめてやった。

下山予定の午後二時過ぎになった。友紀の体調を考慮して、春樹と友紀には五十代のベテラン夫婦が付き添って、ロープウェーの金剛山駅経由で下山することになった。駅まではゆっくり歩いて四十分ほどで着くらしい。こうして残りのメンバーとは山頂で別れることになった。

帰宅したその夜、珍しく友紀が求めてきた。疲れているはずなのに何かに取り憑かれたかのように、自ら上になり下になりながら快楽を貪っていた。うっすらと汗を浮かべて、妖艶な表情で喘いでいる友紀を見やりながら、高宮は胸の奥底に得体の知れない「何か」を感じ取っていた。友紀は、その「何か」を訴えているのではないか。何だろうそれは……。

結婚以来五年目になるが、相変わらず友紀の体の異変は好転することがなく、一人で生き辛さに苦しんでいるようだ。そんな友紀の痛々しさを見るにつけ、高宮もその半分だけでも引き受けられたらと自分なりに思い悩んでいるのだが、男で夫であるだけで、何もできない腹立たしさに悶々としていた。

三年前には、文彦・節子夫婦に女児が誕生した。節子に似た涼やかな目をした愛くるしい女の子だ。博多で抱っこさせてもらったとき、あまりの可愛さに友紀は嬉々としていたが、帰阪してからは表情が一変した。心の奥底では、友紀には相当なストレスとなっていたのだろう。高宮は、だからこそなるべく赤ちゃんのことには触れずに、友紀を労りながらも、いつも情熱的に友紀を抱いているのだが……。

二〇一四年四月十六日になった。友紀の三十一歳の誕生日である。

その日は自宅で二人だけのささやかな宴をした。近くの料理屋から取り寄せた総菜と赤飯、それにお決まりの白ワインで。高宮はバースデーケーキを食べ終わってから、ここ半年で計画を進めてきた〝あるプラン〟を友紀に告げた。

「友紀、提案があるんだけど」

結婚以来ずっと、友紀を「さん」づけで呼んでいたが、今日からはきっぱりと「友紀」と言ってみようと思った。

「はい、何でしょう」

初めて、「友紀」と呼ばれて少し緊張している様子だった。

「実は半年前から計画していたんだけど、思い切って住環境を変えてみてはと思うんだが。友紀に黙っていて悪かったけど、両親の勧めもあって、戸建ての良い物件が見つかったので、資金的に大丈夫かどうかを検討していたんだ。どうだろう、友紀さえ良ければ明日にでも、その物件を見に行かないか？」

「はい、見に行くのは構(かま)いませんが、転居の理由って……」

「友紀、俺の正直な気持ちを言うね。結婚してからずっと友紀が、流産や死産で苦しんでいるのを見ながら、夫の自分が何もしてやれない、できないのが口惜しくて情けない気持ちでいるんだ。友紀が背負っている苦しみや辛さの何分の一かでも、自分が負ってやれないかと自問自答していたんだ。でも結局、男の自分にできることなんてたかが知れているってわかった。で、友紀、言いにくいんだが」

と、高宮は一瞬言い淀んだ。

すでに涙目になっている友紀は、息を詰めて高宮の次の言葉を待った。

「友紀は怒るかも知れないが、友紀、どうだろう？　もう、赤ちゃんのことは自然に任せてみては。たとえ授からなくても、それは僕たち二人の運命だと受け入れることは無理だろうか。里親になって子供を育てることも、選択肢の一つかも知れない。でも友紀、誤解しないで欲しい。投げやりで言っているんじゃない。友紀の体が心配なんだ。このままじゃ心も壊れるんじゃないかと、心配で堪らないんだ。子供がいなくても、魂から大切に思う友紀を守りながら、二人で寄り添って生きていきたい。そんな人生の送り方もあるかな、と思えて。俺にとって一番大切なのは友紀なんだ。そう考えて、これからは思い切って新天地で穏やかな生活をしてはどうかと思ったんだ」

すでに友紀は嗚咽していた。自分に対する高宮の愛情溢れる思いだけではない。これほどまでに、見えない「心の重荷」を背負ってくれている高宮の深遠なまでの優しさに、感激していたのだ。それればかりではない。高宮の両親の気配り、思いやりにも感謝の念でいっぱいだ。

高宮がテーブルを回って友紀を立たせた。そしてぐっと抱きしめた。
友紀は高宮の逞しい胸に顔を埋めて咽び泣いていた。いつまでも、いつまでも……。だが実際には、友紀の心の奥底に「深い哀しみの澱」が誰知れずに沈んでいたのだ。

翌日、高宮は友紀を千里中央の戸建て住宅に案内した。車の中で、これまでの経緯を説明した。父の知人の所有で、庭とガレージ付きの5LDK、築後十八年の二階建て物件である。帝塚山のマンションを売却して、値上がり分を頭金に二十年払いのローンを組む。改装費は父が出してくれる。サプライズで友紀を喜ばせたかった、と言った。現地を見学した友紀は一目で気に入った。
二〇一四年六月二十二日（日）の大安の日に、高宮夫妻は千里中央の戸建て住宅に引っ越した。こうして高宮と友紀は、新天地での再スタートを開始した。

二〇一五年に三十四歳になった独身の道浦は、給料はすべて小遣いだし、芦屋には家付き食事付き、家政婦付きの豪邸がある。だが長男としての扱いは受けているものの、実際には大地主の親父の妾の子に過ぎない。妾である実母は若くして病死したが、豊は道浦家の長男として戸籍に入れられた。豊が三歳のとき、本妻が身ごもって弟が生まれたが、高校一年のときにあっけなく心臓発作で急死した。腹違いの弟である。豊が大学一回生のときであった。

そんな過去を持つ道浦は、内面に抱えている鬱屈した心の澱を振り払うように、女遊びにのめり込んでいった。そのためにはもっと遊ぶ金が欲しい。

この年十二月のある金曜日の夜、道浦はミナミの通称引っかけ橋（戎橋）を歩いていた。その通称の通り、ナンパするには絶好の場所として名を馳せている。今夜もタイプの女はいないかと物色していた。会社から近い場所だが、道浦は別段気にする様子もない。

その時、突然後ろから肩をトントンと叩かれた。見覚えの顔があった。

「道浦さんじゃないですか。俺ですよ、後輩の溝畑です」

道浦は、溝畑を近くの喫茶店に連れて行った。二人は大学時代の遊び仲間だった。溝畑は一年後輩だが、ひょんなことから麻雀仲間になり、パチンコに熱中しては、スッカラカンになると道浦が金をくれた。

「卒業以来だな。で、今何をしてるんだ？」

溝畑が名刺を出した。T・Mビデオ企画代表とある。住所はラブホテルが立ち並ぶ一角だ。

「ええ、代表と言えば聞こえは良いんですが、ビデオの企画制作をやっているチンケな会社ですわ。販売もやってマ」

「ほほう、どんなビデオなん？」

「大きな声では言えまへんが、AVですわ」

「へぇ、そら羨ましい仕事やな。で、儲かってるんやろ？　俺にも少しは回してくれんか、どや？」

　学生時代に俺から受けた恩があるやろ、みたいな威圧的な態度である。

「一昔前ほどではありませんわ。この業界は浮沈が激しおましてな。特にAVは出演者、いわゆる女の子次第なんですわ。アイドル並の子とか、今ではホンマの人妻もんとかがよう売れますけど、それも顔次第なんですわ。どんなに乳が大きいてスタイルが良うても、顔がブスやったら誰も買わしまへん。そやよって、若くて美人で、スタイルがエエ子やったら、言うことなしや」

「ということは、イイ玉を見つけたら売れるんやな？」

「それはそうなんですが、言うほど簡単ではないんです。今日もナンパ風に物色してたんですが、見つけた！　と思って声をかけたら十六歳の高校生やった。こんな子らを出演させたら、パクられますやろ。あきまへん。絶対に十八歳以上でなかったらあきまへん」

「そうか、十八歳以上やったらエエんやな？　早い話、紹介したらいくらくれるんや？」

「相変わらずせっかちでんな。女の子次第ですが、上玉やったら三、普通やったら一、ってとこですな。いずれにしても、うちらで面接した上での話になりマ」

「わかった。俺も小遣いが要るんでな」
「道浦さんみたいにエエ男やったら、不倫相手の人妻がいてまっしゃろ？　そのルートで探したらどうです？　思わぬ宝石が見つかるかも知れまへんよ。今の世は浮気願望の人妻が多うなってますんや。旦那に見つからんかったら出演してもエエ、スリルはあるし、小遣いにはなるし、と割り切った人妻もいますし、興味本位で出るケースもありマ。まぁ、エエのんが見つかったら連絡ください。蛇の道は蛇でっしゃろ？　上玉の人妻やったら、弾みまっせ」

溝畑と別れたあと、道浦の脳裏には溝畑からのアドバイスのいくつかが駆け巡っていた。

○若い子のときは必ず年齢確認を。
○派手目の化粧や服装の子は横顔を見よ。
○初めから綺麗な子を狙うよりも、地方から出てきたような、地味な服装でベタ靴を履いている、中くらいな子を探せ。
○仲の良さそうな二人連れのときは、二人とも同じように口説け。女は二人連れやったらあまり警戒しない。
○人妻の場合は人目につかないところで、とことんソフトに押しまくれ、褒めまくれ。

そんなことを反芻しながら道浦は、よしこれで小遣い稼ぎの道筋が見えてきたぞと心を躍らせていた。そして間もなく、その野望のいくつかが実現していくのだが、その結末が後年とんでもない事件へと繋がっていくとは、もちろん知る由もなかった。

⑫パンドラの箱、おぞましい体、底なしの闇

二〇一七年、友紀は三十四歳の夏を迎えていた。

三年前にここ千里中央に越してきてから、駅近くのキッズ英会話ルームで非常勤講師の職を得ていた。住居の環境は申し分がなく、庭の一部の花壇と畑で花と野菜作りを楽しんでいた。涼子との家の距離も近くなったこともあって彼女はよく遊びに来てくれたが、友紀を気遣ってか、八歳になる息子の良太は連れて来なかった。

友紀は、環境が変わっても、まだ赤ちゃんに恵まれていなかった。ずっと治療は続けてはいるが、越して来てからも二度ほど妊娠したものの、やはり二度とも流産してしまった。

その都度、高宮は励まし労ってくれるのだが、反面やはり友紀にとっては、それが辛くて心が痛む。高宮に申し訳ない、という気持ちばかりが膨らんでくる。そして、やがて夫婦間の夜の営みも徐々に疎遠になっていった。

一方、高宮は、マニラの業績も順調に推移していて、本社での仕事も充実した毎日で一見楽しそうであったが、やはり内心では友紀の流産のことが気がかりであった。このままでは友紀の母体が危ないと危惧していた。残念だが、もう子供のことは諦めよう、時期がきたら養子を

もらう話でもしようかと、そんな考えも頭をよぎっていた。

そんなある日のことであった。携帯電話の調子が悪いので本体の交換を総務部に依頼していたところ、今夕に届きますとの連絡があった。S商事では営業本部の全員に携帯電話が支給され、通話料も会社負担である。九階の総務部に顔を出したのは十七時ごろであった。総務本部長の秘書役の大西美穂がにこやかな笑顔で迎えてくれた。

彼女は今年二〇一七年の四月入社直後から、小顔ですっきりとしたプロポーションに加え、切れ長で黒目勝ちの眸が印象的なこともあり、たちまち男性社員の羨望の的となっていた。とにかく笑顔がキュートなのも魅力となっている。だが、噂では学生時代からのステディがいるらしく、かなり難攻不落だと言われ、今では社内に立候補者はいないと聞いている。

「今回は面倒かけて済まないね」

高宮は気軽に声をかけた。階も上、下と違うので近しい関係は築けてはいないのだが、マニラ出張などでは、航空券の手配や出張費の精算などで世話になっている。

「高宮副部長さん、ご苦労さまです。お待たせしてすみませんでした。やっと届きましたがこれからデータの移行をさせて頂きますので、お持ちの携帯をお預かりしたいのですが」

そう言いながら見つめる眸に、何やら妖しい色香を感じて高宮は内心うろたえていた。

「少々お時間がかかりますが、完了しましたらお席までお届けに参ります」

彼女はあくまでも慇懃（いんぎん）な言葉遣いで、育ちの良さが伝わってくる。

高宮が八階の自席で待っていると、十九時過ぎに美穂が満面の笑みでやってきた。佐藤部長代理をはじめ、ほとんどが退社していた。

「やぁ、随分（ずいぶん）遅くまで済まないね。ありがとう、助かるよ。でも今日は、折角の金曜日の夜なのに邪魔してしまったね、申し訳ない」

「とんでもありませんわ。お仕事ですし、高宮副部長さんのお役に立ててとても嬉しいです」

そう言ってまた高宮を見つめる眸からは、やはり独特の「秋波（しゅうは）」が送られてくる。

高宮は、〝冗談だろ、からかっているんだろう〟と思いながらも、自分でも意外な言葉を口にした。

「大西さん、もしよかったらお礼に食事でも奢らせてください。あ、もちろんご迷惑でなければ、の話ですが」

「迷惑だなんてとんでもありません。副部長さんとご一緒できるなんて、すごく光栄です。でも、逆に私がお供でよろしいんでしょうか？」

こぼれんばかりの笑顔を浮かべ、「支度をしてきます」と言って大西美穂は踵（きびす）を返した。

手にしたばかりの新しいガラケー携帯で、友紀にメールを送った。

「佐藤さんと飲みにいく、晩ご飯はいらない」と。

友紀に嘘をつくのはやはり、胸がチクりと痛む。

高宮が隠れ家的に使っている数少ない一つである寿司屋に案内した。カウンター席の一番奥が空いていた。美穂とビールで乾杯した。彼女は、アルコールは強くないと言いながらも、ほどほどに付き合ってくれた。食欲は思いのほか旺盛で、太らない体質だという。

高宮が、「君のことを知りたい」と言うと積極的に話し出してくれた。

大学は京都の私立女子大卒で、実家は奈良の西大寺にある。父は県内ではかなり名の通った設計事務所長であるが、ずっと病気がちで入退院を繰り返している。気丈な母が数名の社員を動かして何とか事務所がもっている。兄が一人いるが結婚している、と。

「高宮副部長さん、すごくお綺麗な奥さんですってね。女優さんのようだって聞きましたわ。ねっ、どんな出会いがあったんですか？　よかったら聞かせてください」

突然、美穂が話題を変えた。目のまわりが少し赤らんでいる。

ますます妖艶さを増して来たように感じた。

「仕方がないな」

と高宮はかいつまんで説明したが、美穂は納得しない。「奥さんを愛しているか？」とか、「副部長は浮気の経験はないのか？」などと、グイグイと押してくる。しまいには、「私は嫌いですか？」、「好みの女ではないですか？」、「私は副部長に憧れているのに」などと言い出す始末になった。

ビールだけなのに少し酔った気配なので、今日は早めに切り上げることにした。

寿司屋を出てから美穂をタクシーに押し込んだ。

運転手に万札を一枚渡して行き先を告げた。美穂は潰(つぶ)れてはいないが、「高宮副部長さん、ごめんなさい、すみません」と泣きべそをかいていた。

後日、美穂と親しくなってから、このときのことを美穂は、実は自分の演技で高宮を試したのだと白状した。大抵の男はあのような雰囲気に遭遇(そうぐう)するとすぐにホテルに誘うが、高宮は毅然としていた。だからますます好きになったのだ、と。


寿司屋デート以来、高宮と美穂はメールのやり取りが増え、機会を見つけては何回かの逢瀬を重ねた。そしてその年の九月のある日、高宮は美穂をラブホテルへ誘った。美穂は予期していたかのように、高宮の腕を抱きしめて嬉々としてついてきた。

ベッドでの美穂は、見かけによらず大胆で積極的であった。しなやかな体を若鮎(わかあゆ)のように弾(はず)ませながら反応しては、高宮を歓喜(かんき)させた。若さに似合わずキスや性技も上手(うま)く、経験も少なくはないとわかった。

寝物語に聞いてみると、美穂はすんなりとあけすけな性体験を語った。初めて性に目覚めたのは、父の座るソファーの角にふとした弾みで股間が当たって、その瞬間にジーンとした快感を覚えた小六のときだった。それ以来、ずっと自分の右手が股間の方にいってしまう癖がついた。中学三年のころには、入院した父の部屋でエロ写真集を見つけて、食い入るように見ながら激しく股間を触って初めて声を上げていた。

高校二年の夏休みには、通っていた予備校の社長の息子で大学生の長男から、勉強をみてやるからと誘われて、成り行きで処女を喪失した。大学に進学してからは、その弟とも関係してしまった。一年くらいは兄弟を行ったり来たりしたが、バレることはなかった。

大学四年のとき、四歳上の大手電気メーカーのサラリーマンと知己になり、身も心もずっと良い関係が続いたが、相手の親御さんが美穂の家の身元調査をして、彼に別れるよう言った。入退院を繰り返す病弱な父親がいては必ず不幸になる、というのが理由だと知らされて、その理不尽なやり方に呆れ果てて、さめざめと泣いて別れた。

小さいころから両親、特に病弱な父からの愛情が受けられなかったため、言うところのファザーコンプレックスが強く、今では年上の男性にしか興味が湧かない。現在は恋人はいない。

S商事に入社してから、何人かからアプローチがあったが、みんな断った。中でも道浦さんから何度もしつっこく誘われたがまったくタイプではないので、はっきりと断ってやった。「私が憧れているのは高宮さん一人だけだ」と言った。世辞でも嬉しいものだ。

奔放な性体験を繰り返しているようだが、美穂も不幸とも言える家庭環境にあって、少なからず心に痛みを抱えているのだ、と高宮は同情の念を抱いていた。

二人はその日から定期的な逢瀬を繰り返すようになった。ただ絶対に周囲に知られてはならない。特に社内関係者には気配さえ悟られないように注意しよう、と固く約束した。

高宮は、友紀に対する愛情が消えた訳でも、女としての興味を失った訳でもない。むしろ愛しさは強くなっている。ただ熱望する赤ちゃんができないことへのやり場のない心の空洞が、無意識のうちに友紀との間に「精神的な距離」を作り出していたのかも知れない。そうした心の隙間に、若くて奔放な性を謳歌する美穂が入り込んできたのだから、高宮はひとたまりもなかった。それでも高宮は、互いの人生を脱線させてはならない、と自制することを忘れなかった。

道浦は、相も変わらず女の尻を追いかけていた。

一昨年の二〇一五年に溝畑に邂逅してからというもの、アフター・ファイブには毎夜のごとくキタやミナミを徘徊しては「上玉の女」を物色していた。その甲斐あって、昨年には十八歳から二十歳の若い子八人を紹介することができ、それなりの小遣い稼ぎに成功していた。

しかし、なんといっても大金星は、妙齢の人妻をキャッチできたことだろう。

この年二〇一七年の六月のことであった。大阪南港で医療機器フェアーが開催されていた。

道浦は業務の関係もあり、嫌々ながらも場内をぶらついていた。その時、横合いから不意に「道浦ボンやないか」と声をかけられた。見覚えのある初老の紳士だった。思い出した。大手医療機器メーカーの福山社長だ。福山邸と道浦邸は同じ芦屋の六麓荘にあって、道浦の父とは昔ながらの知己であり、豊が学生のころに何度か会ったことがある。そのころから豊のことを「ボン」と呼んでいた。

福山社長は、三十歳そこそこの美しい女性を伴っていた。「私の娘の涼子だが、子持ちの人妻だよ」と、笑いながら紹介してくれた。道浦はどこかで会ったような気がしたが、思い出せない。それでも一瞬にして、〝タイプの女性だ!〟と舞い上がっていた。〝人妻なら、なおさら良いぞ!〟とまで。

一方、涼子は瞬時に、あのとき、そう、突然死した初体験の同級生の通夜で見かけた〝腹違いの兄だ!〟と気づいた。だが素知らぬ顔で挨拶を交わした。涼子もまた、道浦に興味を持った。何せ元彼の兄だからだ。そのことが契機となって二人の密会が始まり、やがて、抜き差しならぬ邪道へと突き進んでいく。

道浦は、ひょんなことで知り合った人妻の涼子に首ったけとなった。育ちの良さと溢れる気品が、持って生まれた美貌をさらに引き立たせている。子持ちの人妻とは思えないほどスタイルも抜群で、男心をくすぐる。そして初対面からわずか一カ月後には、もう男女の仲になっていた。

涼子は初めて抱かれたときから、性技のありったけを駆使して道浦を歓喜させた。

〝良いこと、あなたの腹違いの弟から教え込まれたテクなのよ〟と、心中で叫びながらなぜか涼子自身も昇り詰めていた。倒錯的で自虐的な絶頂感だ。しかも体の相性も抜群で、タフなのも嬉しい。

あるときいつもの「軽い運動」を終えてから、道浦が涼子に聞いた。

「奥さん、AVに興味ない？」

「アダルトビデオのこと？　暇なときはよくネットで観て、オナのおかずにしてるわよ」

と、意外な言葉が返ってきた。道浦は内心狂喜した。

「そうなんや。じゃ、一度出演してみいへん？　奥さんならメッチャ良い画面になるし、人妻の最高ランク間違いなしや」

と、すでにタメロになっている。

「興味はあるわよ。プロのAV女優にはなりたいとは思わないけど、一度くらいは出演して、自分の乱れ姿を観てみたい願望が大ありよ。私って変態かな？　貴男は業界に誰か知っている人がいるの？　詳しく聞かせてよ」

道浦はここぞとばかりに、知ったばかりの知識を総動員して涼子を口説いた。

それから間もなく溝畑に紹介したところ、即座に採用が決まった。というよりも、溝畑自身が驚嘆するほどの「上玉」だったので、〝絶対に他社に持って行かれたくない、すぐにでも撮影に入ろう〟と、三日後に初撮りとなった。契約書には、初回としては破格のギャラが記載された。溝畑には、できれば自社専属の単体女優にしたいとの思惑もあったのだが、涼子は断った。あくまで小遣い稼ぎでの出演を希望した。いわゆる「企画物」のAVである。これならギャラは日払いだし、顔出しNGも要求できる。

溝畑は渋々了承した。その代わり初撮りは二回となった。源氏名は「さおり」に決まった。タイトルも決まった。「絶世の美人人妻さおりさんがAVに初挑戦！」のパート一と二である。撮影のとき、当の涼子は悠然と構えていた。監督の溝畑やスタッフたちも毒気を抜かれていた。仕上がりは二本とも完璧だと、溝畑は笑いが止まらない様子で、道浦にかなりの紹介料を渡した。こうしてこの年二〇一七年は、道浦にとって上々の年となった。

S商事では、二〇一七年の四月一日付の人事異動が発表され、営業本部第一部長に矢木、部長代理に佐藤、副部長には高宮がそれぞれ昇進した。

そんな中、高宮はますます美穂に傾倒していった。甘美な若い肉の美味さに惹かれたこともあるが、彼女の奔放さに、見た目とのギャップを感じて面白がっていたこともあった。高宮が国内にいる間は、毎週のように逢瀬を重ねていた。当然のように友紀との営みは、月に一度、二カ月に一度と、確実に減少していった。

一方、友紀は、キッズ英会話ルームの仕事に没頭したり、涼子とお茶したり、たまに庭の花畑の手入れをしたりして気を紛らわせようとするが、余りの寂しさに時折、涙することがあった。というのも、この年の十月に二度ほど高宮のワイシャツの胸元から、自分のとは違う香水の匂いがしたし、スーツの襟元に口紅の跡があったりして、友紀は一人で落ち込んでいた。

〝春樹さんはキャバレーとか風俗に行くような人じゃないから、きっと誰かと浮気しているんだ〞と疑い出していた。

ちょうどそんな頃であった。涼子の家に遊びに行ったとき、AVを初めて目にした友紀は、大きな衝撃を受けた。あからさまな性の描写に息を呑んだ。しかも出演している涼子が、底なしの絶頂に酔いしれていることにも圧倒されてしまった。

でも不思議なことに嫌悪感はなく、むしろ妖しく輝いている涼子がより美しく見えた。

〝あぁ、あたしも涼子みたいに、以前のようにセックスに酔いしれてみたい〞と思った。

涼子から、「一度、出てみない?」と誘われたのは、ちょうど心と体のどこかにポッカリと穴が空いているそんな状態のときであった。

〝一度くらいなら〞と軽く考えて、衝動的にOKしてしまったのだ。当然、撮影日は高宮がマニラ出張中を選んだ。そしてこの年二〇一七年の十二月六日に、運命ともいえる友紀のAVがこの世に誕生した。

道浦は営業業務など、もうどうでもよかった。スカウトや涼子との逢い引きの方が遥かに楽しくて面白い。そして涼子に会うたびに、「誰か友人の人妻を紹介してや」と言い続けていた。「お前クラスの人妻だったら、溝畑は紹介料を弾むはずや」とけしかけていた。

そんなとき涼子から、「一人友人の人妻が見つかった。溝畑監督に面接してもらったら、即決で採用され、十二月六日に撮影がある」との連絡があった。道浦はどんな女なのか興味があって、「自分も立ち会いしたい」と涼子に告げたのだが、「それは無理だ。撮影現場は監督たちの仕事場であり、一般の見学・立ち会いはご法度だ。後で完成品を観たら良いじゃない」と邪険に言われた。涼子の本音は、道浦が友紀に興味を持つことを警戒したからであった。もちろん、涼子はこの時点で、友紀と道浦の過去の接点や経緯を知るよしもなかった。

こうしてこの年の夏ごろから、高宮、友紀、涼子、美穂、そして道浦たちの人生の歯車がギシギシとせめぎ合い、ぶつかり合って悲劇への階段を転げ落ちていくことになる。

その年の十二月十一日の夜、高宮と美穂はラブホテルにいた。飢えた獣のように激しく求め合った。至福のときであった。

高宮は久しぶりとはいえ、昨夜も友紀と情熱的に交わったばかりなのに、相手が替わればこうも精力が回復するのかと、自分ながら呆れていた。

横になったままの美穂が高宮に軽くキスをしてから言った。

「高宮さん、私ますます副部長が好きになりました。好きで好きで堪らないんです。でも奥さんから奪おうなんて思ってないから、安心してください。ただ……」

「ン？　どうした、ただ？」

「あのね、私、高宮さんとするときは、ゴムなしでしたいの」

「えっ、何を言ってるんだ。駄目だよ、そんな。妊娠したら大変じゃないか」

「私ね、一度で良いから、高宮さんの子供を妊娠してみたいんです。大好きな人の子種を宿してみたいの。一度で良いの。でも産まないわ。すぐに堕ろします、だから良いでしょ？」

驚いた高宮は半身を起こした。

「何を馬鹿なこと言うんだ。妊娠って、女性にとっては大変なことなんだよ。うちの……」

高宮は後の言葉を呑み込んだ。

「今じゃなくて良いの。考えておいてください」

美穂のこの言葉が、後々、高宮の精神を大きく狂わすことになる。

涼子は、十二月十八日の午後に友紀と梅田でお喋りをしてから、夕方には道浦と年納めの逢い引きをしていた。

道浦は、涼子の友人である人妻のことをしつこく聞いてきた。興味津々なのだが〝あわよくば〟の下心が丸見えだけに、涼子は「本人の都合で撮影日が延期された」と嘘をついた。「来年になれば観られると思う」と言って納得させた。監督の溝畑には、口裏を合わせるように頼んでいた。溝畑は、涼子と友紀、いや「さおり」と「あき」のご機嫌を損ねて、止められては困るからと約束を守っていた。だからこのころまでは、涼子が友紀の危機をひとまず救った結果となっていた。この時までは……。

高宮は、佐藤から聞いていた会長の容態が気がかりで、マニラ出張の期間を短縮することも検討した。いつでも緊急対応ができるようにするためだ。しかし美穂との密会を控えることができないでいた。肉欲だけの繋がりだとわかってはいたが、同時に美穂にのめり込んでいく自分に幾ばくかの不安を抱いていたことも事実であった。美穂との関係が濃密になればなるほど、友紀との営みが疎遠になって心の痛みが募る。そして自分を責めては呵責の念に駆られる。その繰り返しであった。

心の思いは友紀に預けたままなのに、オスの本能だろうか、どうしても別の性的対象者を求めてしまう。十二月に友紀を抱いたのは十日とイヴの二十四日だけであった。それ以外の日々は……だからだろう、友紀の心が少しずつ病んでいることに高宮は気づいていなかった。一方で、人間は二人の異性を同時には愛せないのだろうか、と高宮はふと思うことがある。理屈ではさまざまなことを考えてしまうが、所詮、美穂とは単なる体だけの関係に過ぎないから、ドライに割り切って付き合おう、と自分勝手な結論を導き出していた。

明くる二〇一八年一月四日の初出の朝、高宮は出勤して間もなく会長死去の報に接した。社内はざわついていた。振り袖姿や着飾った女性社員の姿が新年のめでたさを物語っていたが、悲報が伝わりだすと騒然とした空気に包まれていた。部長の矢木は、訳もなく立ったり座ったりして、まったく落ち着きがない。

暫くしてから佐藤代理が高宮の席に来て、「明日五日夜に通夜が、六日には密葬が、それぞれ京都市内の会長宅で執り行われる。そして一月十九日に社葬が御堂筋の寺院で決まった」と言った。当分の間、忙しくなりそうだ。

高宮は、会長死去に関わる社内業務が一段落したのを機に、この年の一月二十五日からマニラに出張した。連日、華僑との商談を精力的にこなした。結局、マニラでの仕事を順調に終えた高宮は、一日早く二月四日夜に帰国した。その折、どこかで携帯を紛失してしまい、友紀に連絡できずに帰宅したのだが、友紀は不在で、テレビのサイドテーブルに置いてあった心当たりのないメール便を見つけた。

そしてついに、高宮は「パンドラの箱」を開けてしまった。その中味は、あられもない友紀の姿態だった。予想だにしない友紀出演のＡＶに、激しく打ちのめされた高宮は酔いつぶれてテーブルに突っ伏していた。

外が白む六時過ぎであったろうか。高宮は何かの物音で目を覚ました。突っ伏していたテーブルから身を起こした。激しい頭痛がする。気分も悪い。朦朧とした視界に、ジリジリと縞模様を走らせているテレビが見えた。その下のディスクレコーダーの取り出し口から、白いＤＶＤが飛び出しているのがわかった。

いきなり横合いにコート姿の女が見えた。

茫然とした表情で高宮を凝視している。

高宮はその女を見つめた。

視界が次第に開けた。

脳細胞が一気に目覚めた。

友紀!!!

友紀だとわかった瞬間、高宮は大急ぎでレコーダーからDVDを抜き取り、テレビのスイッチを切った。

DVDを、送られてきた茶色い包装紙に乱暴にくるんで階段に向かった。

友紀の目に触れさせては面倒だ、と咄嗟(とっさ)の動きだった。そのまま階段を上りながら、〝ちょっと眠るから十二時に起こしてくれ、それから出社する〟と、背中で友紀に伝えた。友紀は何か言ったようだが……。

高宮はうなされていた。妻の友紀が、何人もの男たちに囲まれて、いたぶられている。〝やめろ! やめろ!〟と何度も叫ぶが、友紀にも男たちにも声が届いていないようだ。意を決した高宮が木刀を手に男たちの輪に突っ込んで行った。そこで目覚めた。

友紀が肩を揺すって起こしていた。酷い寝汗をかいている。友紀が何やら言ったが、高宮は聞いてはいなかった。友紀の顔も見ずに憮然(ぶぜん)としたまま、階段を下りてバスルームに向かった。

高宮は結局、食事もせず友紀には無言で家を出た。一時半過ぎに会社に着いた。部長の矢木も佐藤代理も留守だった。顔も見たくない道浦もいない。部内はガランとしていた。

すぐに九階の総務部に行った。美穂の席に行った。

「あら、帰国は今晩ではなかったのですか？」

美穂が潤んだ目を送ってきた。彼女とは二週間前にも逢い引きをしていたが、その時も、「高宮さんの子種が欲しい」と言って高宮を困らせていた。

高宮は、「一日早く昨晩に帰国した。その折に、マニラのどこかで携帯を紛失してしまった。至急代替品を手配して欲しい」と言った。「わかりました。夕方までにはご用意しますから、ご面倒でもこの『紛失届』に記入してください」と用紙を渡された。美穂の席の後ろにある打ち合わせ机で用紙に記入しているところへ、彼女がやって来たので、小声で囁（ささや）いた。「今夜、会える？　どうしても会いたい」と。少し逡巡（しゅんじゅん）した美穂が、「はい、では六時半にいつものお店で」と囁き返して席に戻った。

高宮がマニラ出張中だった一月二十八日、涼子は友紀と連絡を取り、有馬温泉での収録日時は二月四日の夕刻から一泊の予定になった。涼子が「自分の車で迎えに行くから、自宅で待つように」と伝えた。「翌五日の午前中には帰宅できるから安心して。高宮さんの帰国はその日の夜でしょ？」と、付け加えた。

涼子はその後、道浦と会って、涼子の口癖である「軽い運動」をするためにホテルへ向かった。道浦は、相変わらず若い女の子の尻を追いかけて、何人かのめぼしい女（こ）を溝畑のところに送り込んでいるようだった。その内の気に入った女とは送り込む前に、どうやら味見をしている節があった。道浦自身は社葬があろうとなかろうと、とんと関心がない。あるのは女と金だけだった。

一方、涼子は二年近くになる道浦との不倫の関係に少々飽きがきていた。体の相性は悪くはないのだが、亡くなった弟と違って、しつこい性格と女癖の悪いのが鼻についてきていた。友人の人妻の初撮りAVを見せろ、見せろと昨年からうるさいのにも、かなりうんざりしていた。だから今日はそのAVを見せてやって、セフレの関係を絶とうと思っていた。

一汗をかいてから、涼子がホテルのTVのディスクレコーダーにDVDを差し込んだ。すぐに「本物の絶世の美人人妻がAVに初挑戦！」というタイトルが現れた。道浦はベッドに横になり、ニタニタとにやけた笑いを浮かべ、腕枕をしたまま目線はTVに釘付けだ。

最初の方は顔にモザイクがかかり退屈そうにしていたが、ホテルの一室の場面からその人妻の素顔が見えた瞬間、道浦は「うわっ！」と声を上げて体を起こした。まじまじと画面を見つめる道浦の顔が引きつっている。

異変に気づいた涼子が、「どうしたの？　この女性を知ってるの？」と訊いた。

「知ってるもなにも、この人妻はA銀行にいた吉川友紀だよ。今は俺の会社の同僚で高宮の奥さんだ。驚いたね。しかもお前の友人だとは二度目の驚きだ。この女、以前に俺に恥をかかせやがった。ホテルまで付いて来ながら、いざという時に俺を放って逃げ出した女だ。何てヤツだ。高宮夫人がＡＶに出てるとはな。これは大スキャンダルだ。エエもん、見つけたぞ！」

と、嬉しそうにほざいた。道浦のその言葉を耳にした涼子は、初めてコトの次第がわかって驚愕した。ぶるぶると体が震えていた。道浦こそが、結果的に友紀の恋人を死に追いやった張本人だったとは！

涼子はレコーダーのスイッチを途中で切った。

「ちょっと、道浦さん。貴男なのね、友紀に酷いことをしでかしたのは。強姦男のあんたから必死に逃げた友紀はね、思い余ってフィアンセに電話したの、真夜中にね。彼は飛んできてくれて、朝まで彼女を介抱して慰めてくれた。その彼はね、一睡もせず医学部のウインドサーフィンに向かった。そして彼は海の事故で急死した。睡眠不足で心臓が弱っていたらしいの。ショックを受けた彼女は銀行を辞めて故郷に帰った。あんたはね、友紀をどん底に落とし込んだ張本人なんよ！　友紀の恋人を間接的にしても死なせた、愚鈍な強姦魔よ！　人間の屑よ！　最低！」

涼子は半泣きになりながら、道浦に向かって言い放った。

「俺が強姦魔だと？　はぁ、あの女とはやってないぞ。その男が死のうと生きようと、俺には関係ないやろ！　そんな純粋な女がＡＶに出るか？　色の道からすれば、ええ女には違いないけどな」

「可哀相な男ね。こんなに単細胞だとは知らなかった。高一で急死したあんたの弟とは、まるで月とスッポンよ」

「な、何だって？　弟を知っていたのか？」

「知っているも何も、私を女にしてくれたのは、あんたの三歳下の弟、啓悦さんよ。性技を教えてくれたのもね。私が教わったそのテクで、あんたは何回も極楽を味わったでしょ？　言ってみれば、あんたは自分の弟に逝かされたってことかもよ」

「じゃかましいわい！　馬鹿にしやがって。これでお前とは終わりや！」

「あらそうなの、清々するわ。私もそう願っていたの」

道浦はそそくさと衣服を身につけて、レコーダーからＤＶＤを抜き取った。

「これは貰っていくからな。じっくりと観させてもらうよ。

絶世の美人人妻か。こりゃたまらんね。

お前の旦那には、お前がＡＶ女優気取りで活躍してることは内緒にしてやる。安心しろ」

「あら、別に良いわよ。私と友紀を恐喝するつもりなら、いつでもどうぞ。その代わり、あんたの裏稼業についても会社だけでなく、あんたのお父さんにもバラしてやるわ。そうなると道浦家の財産分与にも影響しなくって？　まだ存命中の義理の母親からも嫌われるかもよ。もう一つ言っておくけど。高宮さんを脅したり窮地に追い込んだりしても、私の父の影響力を行使させてもらって、あんたを潰してやるわ。良いこと、忘れないでね、人たらしの最低さん！」

涼子は道浦と喧嘩別れをしてから、帰りのタクシーの中で考えていた。

〝あれだけ警告をしたら、いくら単細胞とはいえ、高宮さんや友紀に対して無茶なことはしないだろう。でも何をやらかすかわからない男だ。かといって今、道浦のことを友紀に告げてしまうと、二月四日には絶対に参加しないだろう。だから今度の撮影が終わってから友紀に道浦のことだけじゃなく、私との関係や溝畑さんのことなどを話して聞かせよう。それで友紀のAV出演は終わりにしよう。その方が彼女のために良いはずだ〟

涼子は、そう決心した。


頭に血が上った道浦は、このDVDを利用して高宮に何とかひと泡吹かせたい、脅しでなければ良いだろうが、さて、と思案した。

二〇一八年二月一日、道浦は東京にいた。日帰り出張であった。会議の休憩時間を利用して支社のすぐ隣にある大手運送会社に行き、ケースに入れた例のものを高宮宛に宅急便で送る手配をした。明後日の二月三日の土曜日必着にした。高宮が帰国するのは、五日の月曜日の夜だと部内のホワイトボードの予定表に書いてあった。道浦は、高宮が週明けにどんな顔をして出社してくるのかを、密かに楽しみにしたのだ。陰険・陰湿な試みであった。

その日、二月五日の夜、高宮は新しい携帯を持って来てくれた美穂と、上六近くのラブホテルに行った。部屋に入ってすぐに高宮は美穂を抱き寄せて口づけをした。激しい接吻に美穂は少し驚いたようだったが、舌を絡ませて応じてきた。

高宮は美穂の甘い舌を吸いながら、美穂のコートを脱がせ、衣服を次々と剥いでいった。美穂も高宮のコートやスーツ、ネクタイなどを剥ぎ取った。唇をずっと吸い合ったままの動きだった。二人はそのままベッドに倒れ込んだ。

高宮は何かに取り憑かれたように、美穂の体にむしゃぶりついた。心の奥深くになぜか、どす黒い炎がメラメラと燃えさかっていた。美穂の全身を、これでもかと愛撫した。そして荒々しく美穂の中に入っていった。

美穂は高宮に何か異変でもあったのだろうかと思ったが、何も聞かずに「そのこと」に集中した。高宮の抽送が激しさを増した。美穂も下から腰を突き上げて、リズムを合わせた。高宮は無防備のまま美穂の中で動きまわった。やがて下半身のマグマが蠢き出した。美穂の呼吸が荒々しくなって来た。高宮は意を決した。美穂に、その意を告げた。美穂が両脚を高宮に絡ませ腰をせり上げた。

「あぁ、高宮さん、ちょうだい、ちょうだい！　出して！　出して！　あなたのを全部ちょうだい！」
うわ言のように叫んだ。その言葉に刺激されたように高宮のマグマが爆発した。何度も、何度も。気の遠くなるような強烈な快感が全身を駆け巡った。下半身が痺れた。脳が弾けた。汗が迸った。

美穂は下から高宮にしがみついたまま、荒い息をしていた。高宮の腰に自分のを密着させて、高宮の精を一滴も逃すまいとしているかのように。体をヒクヒクと痙攣させながら、高宮の背中に両腕を回していた。

やがて静寂が訪れた。

二人はベッドに仰向けに寝転がって、全裸のままで官能の余韻に浸っていた。

高宮は、ぼんやりと物思いにふけっていた。昨年のクリスマスイブの日であった。友紀との営みを終えたとき、友紀が唐突に言った。

「あなた、ごめんなさい。あたしやっぱり、赤ちゃんを産めないみたいです。だから春樹さん、ほかの誰かと子供をつくってくれても良くってよ。その子をあたしが育てますから」と。

ギョッとして高宮が友紀を見やると、友紀の目から大粒の涙が溢れ出ていた。切ないほどいじらしいと思った高宮は、友紀を力いっぱい抱きしめていた。それなのに、今夜はもう別の女を抱いている。自分は何という罪作りなヤツなんやろうと自嘲していた。

罪作りといえば、自分は美穂を単に性欲のはけ口としか見ていない。都合の良い愛欲の相手としか思っていない。そうだとすれば大変だ、妊娠させてはいかん――と思った高宮が、声をかけようとしたときに、美穂の携帯が鳴った。裸のままベッドから滑り降りた美穂が、テーブルに置いていたバッグから取り出して話し始めた。

「うん、今？　うん、お風呂に入って出てきたとこ。バカ、エッチね。うん、またね」

側に高宮がいても、臆面（おくめん）もなくあっけらかんと話す奔放（ほんぽう）な美穂に、少々呆気（あっけ）に取られた高宮は、妊娠しないように早く「洗い流す」よう伝える言葉を呑み込んでしまった。

「元彼からなの。彼、テクが下手なので別れたんだけど、お前とは〝具合が良い〟からまたやらせろってうるさいのよ。誰が会うもんですか」

聞きもしないことを呟（つぶや）いた美穂は、バスルームへ向かった。高宮はこの二週間に三度も美穂と密会していた。夜ごと美穂の妖（あや）しい肢体がちらついて、悶々（もんもん）としていた。友紀とはもう何カ月もの間夫婦の営みが途絶えているのに、と自分を責めながらも。

二月十九日のこの夜の高宮は、なぜかスッキリとした気持ちで家路についた。

ネグリジェ姿の友紀が出迎えてくれた。いつもよりいっそう艶（なま）めかしく感じた高宮は、いきなり友紀をリビングルームのソファーに押し倒した。ネグリジェを乱暴にむしり取った。

友紀は一瞬驚いた表情をしたが、なすがままにされた。高宮の脳裏に〝あの光景〟が鮮烈に浮かんだ。見知らぬ男に組み敷かれて歓喜の声を上げている友紀の姿——。

〝くそっ！　何でや、友紀！〟

またもあのどす黒い炎の塊が燃え上がってきた。

誰に対しての怒りなのかわからないが、高宮は激情に支配されていた。

〝許さん！　俺の妻や、俺の女房や、俺の、俺の……〟

高宮は酔いに任せて、狂ったように友紀の体を荒々しく貪った。組み敷かれた友紀の目から涙の滴が幾筋も流れていた。その瞳の奥には「深い哀しみ」が宿っていることに、高宮はまったく気づいてはいなかった。

友紀はあの日二月四日、一日家を空けて朝帰りしたことで、これほどまでに高宮の怒りを買ってしまった——と、後悔の念に苛まれていた。しかし、まさか自分のAVを目にしていたとは、露ほども思っていなかった。しかし友紀自身は、あの夜、有馬で受けた心身の深い傷を誰にも吐露できないことに、死にたいほどに悶え苦しんでいた。そう、あの日、二月四日。涼子は早めに友紀を車で迎えに行った。友紀はいつもより入念に化粧をしたのか、その美貌は際立っていた。

友紀は今日の撮影を楽しみにしているな、と涼子は感じた。だから今は、アイツのことや販売ルートに乗った友紀のAVの実態などは、今度の撮影が終わってから正直に話して謝ろう。そして友紀の出演はこれを最後にしよう、と考えながら有馬温泉に向かった。

いかにも楽しそうにしている姿を見ていると、友紀は随分ひとが変わったな、高宮さんとは上手くいっていないのかな、と涼子は思った。

友紀は詳しい予定を涼子に聞いた。

「私が溝畑監督から聞いているのは、男優が三人、カメラマン二人、照明一人、メイクさん二人、それに監督兼カメラ担当の溝畑さんの合計九人のメンバー。それに私たち二人で十一人の大所帯になる。部屋は母屋から独立した別棟をまるまる借り上げたようよ。ただし、友紀と私は一緒の部屋だけど、他の人たちは幾つかの部屋に別れるらしい。作品のタイトルがね、『人妻二人不倫の温泉旅行』だって。シリーズものにする気らしいわ」

「エッそうなの!? 不倫って何か背徳的で卑猥な言葉ね。刺激的だわ。少しわくわくする」

「友紀、ずばり聞くけど、春樹さんと上手くいってないの？」

「うん、実はね、そうなの。去年の夏ごろに春樹さんの浮気がわかったの。あたしに子供が出来ないでしょ？ それで夫婦間のアレも少なくなって……。今年はまだ一度も抱いてくれないのよ。あたし、淋しくって。だから今日は、思う存分楽しんで淋しさを忘れたいの、駄目？」

「そうね。じゃ、日頃の憂さを晴らして大いに楽しもう」

「ところで涼子。男優さんは今日も、ちゃんとこんどうさんを着けてくれるのかしら？」

「ちゃんと言えば全然大丈夫よ。私は平気、去年からリングを入れてるから。いつもそのままなの」

「エッ、それ本当？　妊娠は大丈夫でも病気は怖くないの？」

「あのね、この世界の男優も女優も毎回必ず性病の検査を受けるの。それに引っかかったらアウトよ。だからみんな真剣に衛生管理をしているわ。私も撮影前は検査を済ませてるの」

「あたしは、避妊の方はともかく、病気の方が心配で……」

「友紀、あなたは今夜、思いっ切りセックスを楽しみたいんでしょ？　だったら、ゴムなしでしょ？　プロの男優のテクで、前回以上のアクメを味わいたいんでしょ？　だったら、ゴムなしでした方が遥かに刺激が強くて、必ずもっとすごいオーガズムがくるわよ。春樹さんとはもちろん、ゴムなしでしてるでしょ？　だったら感覚はわかるわね。それでも心配なら良い物があるわ。ちょっとそこで停めるね」

途中のパーキングエリアに入り、涼子はバッグから何やら細長い十㎝くらいの小箱を取り出した。

「友紀、これはね、携帯型ビデでＡＶ女優さんたちの必需品なの。楽しんだ後に、これを大事なところに差し込んで中を洗浄するの。注射器のような形になってるから使い易いわよ」

「えっこんな物があるんだ。知らなかった」

「これはね、元々生理後の洗浄に使う物なの。ただこの寒い時期には、容器ごとお湯で温めてから使ってね。そのままだったら、冷た過ぎて飛び上がるわよ、ハ、ハ、ハ」

そう言って涼子は二本を友紀に渡した。

「それとね。撮影中でも構わないから、イヤなことはイヤとはっきり言うこと。そうしないとOKしたって思われて、要求がエスカレートしてくる場合があるの。気をつけてね」


夕刻、ある瀟洒なホテル旅館に着いた。本館の奥にある離れの部屋に通された。八畳間で同じくらいの広さの内風呂が付いていた。涼子に促されて入浴した。久しぶりの温泉風呂に、禁断のAV撮影のことを忘れて涼子とはしゃいでいた。

そして浴衣に着替えて部屋に戻ったとき、まるで見透(みす)かしたかのように、若い女が〝皆が待っています〟と呼びに来た。旅館の仲居ではない。女について行くと、一番奥にある広間に通された。十二、三畳の広さだろうか。コの字形に膳が用意されていて、溝畑ほかのスタッフが拍手で迎えてくれた。先ほどの女はメイク担当だった。

すぐに溝畑の音頭で乾杯があり、酒宴が始まった。これからの展開が読めない友紀は、酒ではなく、ビールをちびちび飲んでいた。右に涼子が、左にメイクの女二人が座っていたが、対面の男が盛んに視線を送ってくる。友紀は思い出した。去年初めての撮影で相手をしてくれたあのAV男優だった。あのとき〝はしたない〟と思ったくらいに絶頂感を味わわせてくれた男だ。友紀は自然に笑みを返していた。すると待っていたかのように隣の女が席を離れて、対面の男が友紀の隣に座った。涼子はチラッと視線を走らせてきたが、若い男、多分男優の一人と親しそうに飲んでいる。

皆の飲食が進んできて、座が賑やかさを増していった。不思議なことに先ほどから仲居が一人も入ってこない。部屋を見渡すと、大きめの膳には豪勢な料理が盛られているし、ビールや酒、ウイスキーなども運び込まれている。そうか、仲居さんたちはシャットアウトなんだ、と友紀は妙に納得していた。

隣に来た男優と友紀は、親密さを増して酒を酌み交わした。一度肌を合わせた仲だ、すぐに性的感覚が蘇ってきた。男が友紀の腰に手を回してきた。体を寄せて来て、うなじに唇を這わせた。友紀はゾクッと体を震わせた。唇は首筋からやがて胸元に、そして友紀の唇を捉えていた。友紀はすでに目を閉じて、うっとりと男の舌を吸った。男の手が浴衣の胸をはだけて、乳房をまさぐりだした。すでにもう友紀は忘我の境地に近かった。

そのとき監督の溝畑の声がした。我に返った友紀が涼子を見やると、同じように若い男と抱き合っていた。二人はクスっと笑い合った。それから四人の男女は、隣接している露天風呂に入った。露天だが、さっきのオーラルで興奮しているのか、寒さは感じない。

すぐにパートナー同士の痴態（ちたい）が始まった。二台のカメラはすでに座敷のところから回っていたのだが、友紀だけは気づいていなかった。二人の男優の性技で、友紀も涼子も声を上げて快楽の階段を駆け上がっていた。涼子が男に貫かれているのを目の当（ま）たりにした友紀は、男が入ってくると自分でも信じられないような甲高（かんだか）い声を出していた。二人の喘ぎ声と卑猥（ひわい）な音が共鳴して、周囲は一気に淫靡な空気が充満した。友紀はすでに半狂乱の状態であった。もう、撮影されているとの感覚はなかった。

やがて露天風呂から隣の小部屋に移動した。待機していた女二人が、友紀と涼子をメイクアップして、続きが始まった。並べられた二組の布団に、また浴衣を着た二人は横たわった。男たちの愛撫が再開された。すでに十分に潤っていた体は瞬時に反応した。

目くるめく快感の波が打ち寄せるたびに、友紀と涼子は片手どうしを握り合って、上り詰めていった。体全体が宙に浮いているような感覚に酔っていた。すさまじい快感だった。こんな絶頂に達したのは、いつ以来だろうと思った。友紀は、この快感がもっと続いて欲しいとさえ思っていた。友紀は放心状態であった。

やがて、男優たちもカメラマンも照明や監督の溝畑たちも、部屋を出て行った。終わったのだ。友紀は暫く快感の余韻に浸っていたが、やがて男がゴムなしで放出したのに初めて気づいた。装着の要求をしていなかった。慌ててバッグから、涼子に貰った例のものを手にして露天風呂に急いだ。気づいた涼子も入ってきた。やはり手には同じ物を持っている。湯船に二つの注射型の「それ」がポカリと浮いている。涼子がしゃがんでから、「それ」の先っぽを股間に当てがって注入した。友紀も見よう見まねで注入した。

「二人の女が同じようにしゃがんで股間に何かをしている格好は、とても他人に見せられるもんじゃないわ」

と涼子が笑うと友紀も釣られて笑った。

それから二人は部屋に戻った。すでに時計は午前零時を指している。外はチラチラと雪が舞っているようだ。他のスタッフたちは大部屋にいるらしいが、この部屋にまでは声は届いてこない。涼子は向こうでスタッフたちと飲み直すという。友紀は疲れたのでこのまま寝ることにした。

何時ごろであったろうか、友紀は人の気配に目覚めた。と、いきなり明かりが点いた。驚いて身を起こそうとしたが、誰か男が友紀の上に覆いかぶさって体を押さえつけた。「きゃっ」と声を上げようとしたが声にならない。もう一人の男が口を塞いでいた。

友紀は恐怖で全身が強ばった。体の上に乗っていた男が浴衣を剥ぎ取った。友紀は必死に抵抗したが、アッと言う間に裸に剥かれていた。そして両脚を割られて、股間に荒い息がかかった。鳥肌が立った。小さな明かりが動きまわっている。ここで初めてカメラだと気づいた。

「撮影されている！　こんなことは聞いていない。誰？　やめて！」

とくぐもった声で叫んだ。口を塞いでいた男の手が、乳房を揉みしだきだした。二人の男にいたぶられている！

「いやだ！　やめて！　やめて！」

と大声で叫んだ。体を捩って抗ってみたが、男たちは無言のまま友紀への愛撫を深めていった。とうとう友紀は泣き出していた。泣きながら〝お願いやめてください〟と何度も何度も哀願した。だが、力ずくで押さえつけられて身動きができない。もうどうしようもない。そして男が荒々しく入ってきた。両脚を大きく広げられた。カメラのライトだろう、明かりに照らし出されている！

友紀はあまりの羞恥で身を捩った。構わず男の激しい抽送が始まった。友紀は泣き叫んでいた。「やめて、お願い！　やめて！」と。

もう一人が、自分の分身を友紀の手に握らせようとしたが、手を払って拒否していた。無意識の動きだった。そして抽送を速めた男が、ウッと声を上げて果てたようだ。友紀は悪寒で震えていた。涙が止めどなく流れていた。吐き気がしていた。友紀はすでにもう放心状態であった。二人目の男がすぐに入ってきて、なりふり構わず腰を打ち付けてきたが、友紀はなすがままの状態で体を投げ出していた。ずっと泣き続けていた。やがて二人目も果てた。友紀の股間から流れ出るものが……。

その瞬間だった!

「よし、OK! 良いもんが撮れたぞ。あきさん、すごい!」

監督の溝畑の声だった。友紀はぼんやりとだが男二人の顔を見た。一人は涼子の相手をしていた若い男だった。もう一人は最初から待機していたさらに若い男のようだった。すぐにライトが消されて男たちは出て行った。

友紀はノロノロと起き上がって部屋の明かりを点けた。涼子はなぜか部屋にはいなかった。タオルを股間に当てて、例のものを手にして内風呂に行った。入念に体を洗った。二つ目ものを使った。惨めだった。自分の体がおぞましかった。また止めどなく涙が流れた。

あんな酷い仕打ちをされても、少しではあったが、体が勝手に反応してしまう自分の性が恨めしい。今日だけで三人もの放出を受け止めた自分の体が、不潔で疎ましかった。おぞましい、汚らわしい、とさえ思った。自分はもう娼婦と同じではないか。

AVに興味を持って出演してみた。プロの男優の性技で、これまで味わったことのない絶頂に何度も導かれた。気の遠くなるような快感に我を忘れた。素晴らしい快楽の時間だった。確かに肉欲は十分過ぎるほど満たされた。だが精神（こころ）の充足感はない。俊彦さんや春樹さんとの交わりで得られた「幸福感」はまるでない。やっぱり自分は、はしたないメスにしか過ぎない、ただセックスに飢（う）えた浅薄（せんぱく）な女にしか過ぎない、と激しく自分を責めていた。自己嫌悪に陥（おちい）っていた。

これまで愛する春樹さんにしか許していなかったのに、あろう事か、すでに三人もの男たちの放出をそのまま受け止めてしまった。汚辱（おじょく）にまみれ、汚れきったあたしの体。もう取り返しがつかない。どうしよう、と友紀は絶望感に包まれていた。

友紀は着替えのショーツを穿（は）いて衣服を身に着けた。乱暴に引き裂かれたショーツは丸めてバッグに入れた。どこかで捨てようと。

ふと〝あの時の光景〟が浮かんだ。そうあのとき、憎いあの男に触れられた下着類を、すべてダストシューターに投げ入れたことを。あぁ、まただわ、俊彦さんごめんなさい。あたしは救いようのない女だわ、と、激しい自嘲（じちょう）と自虐（じぎゃく）の責め苦に陥っていた。

そして乱雑に散らかった布団を見やった。ぐしゃぐしゃになったシーツに、いくつもの大きなシミの跡が見えた。羞恥心が蘇（よみがえ）ってきた。咄嗟（とっさ）にたぐり寄せ丁寧に畳んでから、折り畳んだ布団の上に置いた。

フロントに電話をかけた。なかなか通じない。時計を見た。午前四時を回っていた。従業員もまだ寝静まっているのかと思ったとき、やっと繋がった。車の手配を至急依頼した。十分後に玄関に向かうと告げた。宿のメモに〔さおりさん。先に帰ります。あき〕と書いて涼子が寝るはずであった枕の上に置いた。

コートを着てバッグを手にフロントに向かった。外は雪が舞っていた。タクシーに乗ってから、友紀は思い巡らせていた。涼子はどこに行ったのか？　なぜ、同じ部屋にいないのか？事前に携帯型ビデを二本「も」くれたのはなぜか？　自分だけが深夜にレイプされることを知っていたのか？　もしそうなら、絶対に許せない！　ひょっとしたら撮影された映像には、モザイクがかからないのかも！

友紀は慄然とした。

あたしは皆に騙されていたの？

また泣けてきた。口惜しい。自分の軽はずみな行動が招いたことだが、一生の不覚だ。後悔してもし切れない。もう二度とイヤだ。絶対にもうこんなことは止めよう。春樹さんには、絶対に、絶対に知られてはならない。万が一知られたら、そのときは、あたしは死んで詫びるしかない。

そんな思いを巡らせていると、やがて千里中央に着いた。自宅から少し手前で降車した。粉雪が舞う中、コツコツというハイヒールの靴音をそっと消しながら歩いた。もうすぐ自宅前だと思ったとき、角の通りからふいに人影が現れた。友紀は驚いて一瞬、歩みを止めた。すぐ近くのご夫婦二人連れであった。スーツケースを持ったご主人に奥さんが傘を差し出していた。出張の送りだろうか。

二人は、朝帰りの友紀に不審な眼(まなこ)を向けながらも、軽く会釈をして通り過ぎた。友紀は何となくバツが悪くて恥ずかしかった。ため息もついていた。

自宅に着いた、門扉(もんぴ)を開けた。春樹さんは今晩帰国予定だが、フライトは大丈夫だろうか、と思いながら玄関前に立った。

ふとドア上部の明かり取り窓を見上げた。何時(いつ)もより照明が少し明るい。

〝ン？　リビングルームの電気を消し忘れたのかな？〟

バッグからキーを取り出し、キーホールに差し込んで回した。

カチッと意外なほどの大きな音が響いて、ぎくりとした。

ドアを開けた。

友紀は〝ヒッ！〟と息を呑んだ。

上がり框(かまち)に男の靴が、いや夫高宮のだ！

〝エッ！　春樹さんが帰っている！〟

友紀はなぜか震えながら、リビングルームへ静かに進んでいった。

テーブルの上で高宮が突っ伏していた。

側にはバーボン・ウイスキーの空瓶が転がっていて、レーズンチーズが散乱していた。

そしてテレビは点けっぱなしだが、ジリジリと白線が走っていて、その下のディスクレコーダーの取り出し口が突き出ている。その上に白いディスクが載ったままだ。

友紀は躊躇(ちゅうちょ)した。

家庭の主婦が午前五時過ぎの朝帰りだ。

何と釈明したら良い?

その時、高宮がむっくりと体を起こした。

寝ぼけ眼(まなこ)で周(まわ)りを見回している。

やがて友紀に気づいたようで、驚いた顔をした。友紀は、

「ごめんなさい、こんな時間まで留守にして。涼子さんの家に遊びに行って遅くなりました」

と、浮(うわ)ついた口調で言い訳を言った。

だが、高宮はまったく聞いている素振りもなく、慌てた様子でディスクを抜き取り、テレビを消して二階へと上がっていった。「朝ご飯を作りましょうか」との声も聞こえないようで、「十二時に起こしてくれ」とだけ言って寝室に消えた。

友紀は混乱していた。どうして春樹さんがいるのだろう?　いつからなの?　早く帰国する

とは聞いていなかったのに。あぁ、大変なことになったわ。

咄嗟にあんな言い訳をしたけど、涼子の家に遊びに行ったのに、こんな早朝に帰宅するなんてあり得ないわ。どうしよう……。

後で涼子に口裏合わせを頼むしかない。春樹さんには絶対にばれないように、嘘をつき通すしかないわ。

そう心に決めた友紀は、大急ぎでリビングルームの片付けと掃除に取りかかった。着替えてから春樹と自分の衣類の洗濯もした。バッグに入れたあの忌まわしいショーツは、ゴミ袋に入れて可燃ゴミの箱に差し込んだ。何も口にしていないのに空腹を感じない。ただ喉が渇くので、ブラックコーヒーを胃の中に流し込んだ。

八時前だった。携帯に涼子からメールの着信があった。一瞬迷ったが、ボタンを押した。「友紀、どうしたの？　何かあったの？　今どこ？」と。白々しい感じがしたが、「今は家にいる。少し気分が悪いので休んでいるの。あたしから午後にでも連絡する」と返信して切った。

どっと疲れが噴き出してきた。夜中の二時過ぎだろうか、いきなりあんなことをされて、それから一睡もせず、考え事ばかりが続いている。しかも思いもしなかった高宮の早期帰国だ。何かがおかしい。何かが変だ。何故、高宮は予定変更の連絡をくれなかったのか。いつもなら携帯にメールをくれるのに、今度はなぜ？　それともあたしの行動に不審を持って、いきなり帰宅してさぐりを入れたの？

そんな考えを巡らしていたとき、ふと電話機に目がいった。友紀は誘われるように、点灯していた録音再生ボタンを押してみた。

一件目の再生は昨日4日の十五時三分で、「あ、もう出たんやな」と言う声だ。それを聴いた友紀は飛び上がった。何ということだ、溝畑の声だ！　どうして電話番号を知っているの？　涼子は、個人情報に関係することはすべて内緒だといったはずなのに。昨日のこの時間には、すでに涼子の車で有馬温泉に向かっていた。それにしてもなぜ番号を？　涼子への不信がまた募(つの)った。

二件目を再生した。同じ日の十九時三十二分で、何と高宮からだった。

「私だ今関空にいる。予定より一日早いが、できたら食事を頼む。明日月曜日は午後出勤だ」

エッと思った。この時間にはすでに宴会が始まっていて、仮に連絡を受けたところで、どうしようもない距離の有馬にいた。それにしても、どうしてもっと早くにあたしの携帯に連絡をくれなかったの？　と、今さらながらに恨(うら)めしく呟(つぶや)いていた。

しかしここで友紀は、ハッとした。

そうだわ。春樹さんは、あたしが、あの声の男と浮気をしていて朝帰りをした、と思い込んで怒っているのだわ。しかも自分の留守中だからなおさらだ。怒るのも当然だろう。

でもそうじゃないと説得するためには、やっぱり涼子の協力が欠かせない。ずっと涼子の家にいたことにして……。でも、あの声の男のことは何と説明すればいい？ あぁ、もうどうしよう。わからなくなってきたわ――。

友紀は途方に暮れていた。

高宮を十二時前に起こしに行くと、すごく魘（うな）されていた。「やめろ、やめろ」と叫んでいた。どんな夢を見ていたのだろうか。

結局、高宮は何も食べず、一言も口をきかずに十二時過ぎに出勤していった。友紀は悲しい気持ちで見送ったが、浮気ではないことをわかってくれたら、高宮の機嫌も直るだろうと、そのときは楽観していた。

その日の午後一時過ぎに涼子がやってきた。心配した涼子は、ずっと近くで車に乗ったまま友紀からの連絡を待っていたという。

友紀は堰（せき）を切ったように昨夜の出来事から話して、涼子の見解を質（ただ）した。

涼子が説明した。

深夜のレイプ撮影のことはまったく知らなかった。酷い話だ。涼子なりに厳重に抗議する。その夜は友紀の相手をした男優と飲み明かして、四人で撮影した奥の部屋で一緒に寝た。ビデを二本渡したのは、たまたま四本持っていたのを分けただけで、他意はまったくない。AVのことで友紀に謝ることがある。

昨年のデビュー作は約束通りにモザイクもボカシも入った編集だったのは確認していた。ところが、友紀が余りにも素晴らしい被写体なので、途中からモザイクもボカシも無い「裏物」に編集し直されて販売ルートに乗った。そんな手法は薄々知ってはいたが、友紀の裏ビデオが実行されたことは後で知った。もうどうしようもないので、友紀には黙っていた。

今度の分はどうなるかわからないが、言うだけは言ってみる。でもはっきり言って、4Pやレイプ物は人気が高いから、セコい彼らはどうしても裏流通を利用するだろう。だからもう諦（あきら）めて。

友紀をこの世界に引きずり込んでしまって、本当に申し訳ない。そして今さらついでだけど、今日のギャラを預かってきたので、受け取って、と言ってテーブルに置いた。

友紀はそれには見向きもせずに、涼子に問うた。

「溝畑さんはなぜ、我が家の電話番号を知ってたの？」

「あぁ、そのことも謝るわ。去年友紀を紹介したまでは良かったんだけど、わたしが急に行けなくなって、溝畑さんがそれじゃ困るからってしつこく言うので教えたんだけど、何かあったの？」

「実は春樹さんが昨日、一日早く帰国して、溝畑さんの留守電を聴いたみたいなの」

友紀は留守電二件の内容と高宮の様子などを説明した。

涼子は驚いていた。しかし溝畑の留守電のことではない。高宮の腑に落ちない反応である。溝畑が高宮家に電話した時間帯は、涼子がたまたま自分の携帯の電源を入れ忘れていた時だ。それで溝畑は心配になって友紀に電話したのだろう。

涼子は有馬に着いてから着信履歴に気づいたが、溝畑は何も言わなかったのでそのまま放置していた。わからないのは、溝畑の留守電に高宮がなぜ反応したのか、だ。

涼子は悪い予感がしていた。

先月一月の二十八日に、道浦に友紀の出演作品を仕方なく見せたが、その折に激しい口論をした挙げ句、そのビデオを手にした道浦と別れてしまった。逆上した道浦が、ひょっとして何らかの方法で、その作品を高宮に見せたとしたら！　もしそうなら、これは友紀にとってはただ事ではない。ではどうするか——。

思案した涼子は、包み隠さず事実を友紀に話して聞かせることにした。

「友紀、これから話すことをよく聞いてね。事実を包み隠さずに話すから」

ぐっと緊張した面持ちで、友紀が姿勢を正した。

「私より三つ上のセフレのことなの。彼をＭと言うね。Ｍとはひょんなことで知り合ってすぐに関係を持ったわ。初対面の時、すぐにＭが私の高校の同級生で突然死した男の兄だとわかった。そう、同級生というのが私の処女を捧げた男よ、短大のころに話したでしょ？　で、兄であるＭは、私と弟との関係を知らずにいた。

一方でＭはサラリーマンの傍ら、ＡＶに出演する女性をスカウトして、制作会社に斡旋しては紹介料を手にする裏稼業をしているの。その制作会社の社長が溝畑監督。私がＡＶに出演したのはＭの紹介がきっかけなの。そして私が友紀を引き込んでできたのが、去年の十二月六日のビデオ。

Ｍは、私の友人の人妻だと聞いて異常な興味を持って、ビデオを観せろ、観せろとうるさく言って来たの。私はＭが友紀に接近するのを警戒して断っていた。監督にも、Ｍにはまだ観せないでと頼んでいた。でも先月の一月二十八日に、とうとうラブホテルでね……。Ｍは最初は平然と観ていたけど、途中でモザイクが取れて、あなたの素顔が現れた瞬間に大声で、〝こいつは知っている、吉川友紀だ！〟って叫んだの。私が監督から貰ったのは裏物だったの。それを確認しないで観せたのは私のミスよ」

友紀は蒼白になって顔を両手で覆ったが、大きく目を見開いて涼子を見つめた。

「そしてMが言ったの。〝この女はホテルから逃げ出して、俺に恥をかかせたとんでもないヤツだ〟とね。そこでハッと思い出した。そしてわかったの。Mが友紀をどん底に落とし込んだ、あの卑劣(ひれつ)な野郎だって」

友紀は体をぶるぶる震わせ、言葉も出ないくらいのショック状態だ。涼子は続けた。

「そう、Mというのは、あの道浦なの。私は最初、名刺を見た時、あ、高宮さんと同じ会社なんだとは思ったけど、まさか道浦がその男だとは結びつかなかったの」

とうとう友紀はテーブルに突っ伏して、肩を震わせて泣きだした。なおも涼子は続けた。

「道浦は〝エエもん見つけたぞ。これで高宮夫婦に仕返しをしてやる〟みたいなことを言ったので、もしそういうことをしたら、あんたの裏稼業のことを会社にバラすだけじゃなく、私の父の影響力のすべてを使って、あんたを潰してやるって言い返したの。私は本気だからって。当然喧嘩別れになった。

Mには少々辟易(へきえき)していたので、〝これですっきり清々(せいせい)した〟って言ってやったわ。友紀、大丈夫？ ごめんね。もう少し我慢して聞いてね。それからヤツは、そのDVDをもぎ取るようにして、部屋を出て行った。私が一つ気がかりなのが、ヤツが何らかの手段を使って、あの作品を高宮さんに送りつけたんじゃないかってこと。アイツがそれを手にしたのが一月二十八日だとして、高宮さん宛てに宅急便で送りつけたとしたら、高宮さんが帰国した二月四日の夜には着いているわね。友紀が五日の朝に帰宅した時、デッキの取り出し口にＤＶＤのような物があったって言ったわね。高宮さんは慌ててそれを二階に持っていった。あなたにそれを観られることを恐れた。そう考えると……」

友紀が突然、「やめて！　お願い！」と叫んで、「うお～ん」と大声で泣き出した。涼子はテーブルを回って友紀の体を抱きしめた。「ごめんね、友紀、ごめんね」と何度も繰り返しながら友紀を抱きしめていた。涼子も泣いていた。

暫く二人は泣きながら抱き合っていたが、少し落ち着きを取り戻したようで、体を離した友紀が言った。

「あたしは、絶対に春樹さんには知られたくはない。そんなことになったら、死んだ方がましよ」

「友紀、落ち着いて。まだ知られた訳ではないでしょ？　そのＤＶＤらしき物は、ひょっとしたら仕事関係のものかもよ。高宮さんは、男の声の溝畑さんとの間を疑って、気分を害しているだけかもよ。だったら何も言わず暫く様子を見ようよ。友紀、考え過ぎないで」

「涼子、あたし道浦さんという人が怖いの。何をするかわからないわ。監督もよ。だからあたし、もう止める。これ以上出たくない。最初のも今度のも、嘘ばっかりで酷過ぎるわ。騙されたあたしが浅はかだった。取り返しがつかないわ。もう何もかもがイヤになったの」

「友紀、ごめんね、私が誘ったばっかりに。友紀が止めることは、溝畑さんに私がちゃんと伝えるね。その後に私も止める。二人が同時に止めると、監督は激怒して何をやらかすか」

「今度のもまた、全部裏で販売されるの？　何とか廃棄とかできないの？」

「残念だけど、どうしようもないと思う。販売中止を申し入れても、莫大な賠償金を要求されるでしょうし、汚い連中だから廃棄したと言いながら、裏ルートで流して二重の稼ぎをするかも知れないわ。でも溝畑さんには、私なりに裏販売を自粛するようにきつく言ってみる。それと高宮さんは、電話の男と友紀の浮気を疑っている可能性があるわ。でもあれは間違い電話じゃないかしら、と言うことね。〝四日はずっと涼子の家にいた。ところが五日の朝方に、涼子の息子が突然発熱して病院に行ったので、急いでタクシーで帰宅した〟ってことにしたらどう？　私はちゃんと口裏を合わせるから。それで暫く様子を見よう」


涼子が帰ってから、友紀は何もする気力がなく、ぼんやりとしていた。

六時過ぎに高宮から、〔遅くなる。食事は不要。先に休んでください〕とのメールがきた。無機質で冷たい文面だ。高宮の気持ちが読み取れた。

やはり「何か」に怒っている。

その日の深夜零時半ごろに高宮は帰宅した。友紀は寝室のベッドで横になり、階下の音を聞いていたが、高宮が上がってくる気配はなく、いつの間にか眠りに落ちていた。

翌朝、高宮はリビングのソファーで毛布にくるまって寝ていた。暖房がつけっぱなしだ。

友紀がそっと近寄ると、急に高宮がむっくりと起き上がって、二階に向かった。まるで友紀との対話を拒否するかのような行動である。

友紀は言葉を失っていた。哀しみが募った、ただ耐えるしかないのか……。

こうして高宮夫妻の間には、まるで氷河のクレバスのような「底なしの闇」が忍び寄っているようであった。友紀は、自分の精神が次第に壊れていくのを感じていた。

週明けから友紀は、自分を奮い立たせるようにキッズ英会話ルームの授業に精を出した。相変わらず高宮との会話はほとんどないままだが、こうして子供を相手にしていると、少しは気持ちが紛れる。高宮はこのところずっと遅い帰宅が続いている。忙しいのだろうか。

二月九日、涼子は溝畑を訪ねた。

「五日の未明に、あきちゃんに酷いことをしたのね。〝良いもんが撮れた〟って言ったの？彼女、ショックを受けてもう出ないって言っている。だからあきちゃんはもう諦めて。納得させて撮れば良かったのよ、馬鹿ね」

「何言ってんだか。素人だから事前に話しても納得する訳ないやろ。あれで最高のレイプ物が撮れたよ。もう止めるってか。しょうが無いな。また代わりを紹介しな。マ、あきちゃんクラスはそうそういないだろうがね。ところで、さおりはまだやるんだろうな？」

「もう少しはやってみる。だからお願いがあるの。今度のやつ、道浦さんには絶対に言わないでね。観せても駄目よ。それとあきちゃんの分は、裏ネットには載せないで。それだけはお願い」

「何だか、いわくがありそうだな。わかったと言えば良いんだろうが、ヤツがどこかで手に入れても俺は知らねえよ。宣伝しなくても口コミで評判だからな。ネットでね、確約はできねぇよ。ところで今度で良いから、あきちゃんのギャラの領収書を貰ってきてな」

⑬針のむしろ、疑惑の海、友紀の異変、永遠の秘密

友紀は、毎日が針のむしろであった。

自分からは高宮に問いかけることも出来ない。

電話の男は間違い電話よ、ずっと涼子の家にいた、と言ったところで、万が一、涼子の推測通りにAVのことを持ち出されたら、もう終わりだ。弁解の余地はない。

〝そうだ！　あの五日の朝、春樹さんが慌てて持って行った白いDVDらしき物はどこに？寝室ではないだろうから、春樹さんが隠す所と言えば書斎しかない〟

友紀は急いで二階の書斎に入った
机の引き出しを次々に開けてみたが、それらしき物はない。ただ右の一番上の引き出しには鍵がかかっていて開かない。鍵はどこだろうと、目ぼしい所を探したが見つけられなかった。もし「あれ」が会社関連の物だったら、杞憂に終わってひと安心なのだが……。

高宮はあの衝撃的なAVを目にしてから、友紀への不信の念が日ごとに深まっていた。同時に、あの友紀の恍惚とした艶めかしい痴態が目に浮かぶたびに、体の中から得体の知れないど

す黒い悪魔が顔を出す。簡明に言えば、凶暴な性欲がむき出しになる。

　二月十九日の夜が、まさにそうだった。強烈なエロスと怒りがない交ぜになって友紀を犯した。友紀は何故、あんな行動をしたのだろうか。自分があまり友紀を構ってやらないから、腹いせにやったのだろうか。そういえばＡＶの中で、〝多分浮気をしていると思う〟とか、〝二年間もない〟とか言っていたな。そうか！　友紀は俺の浮気に感づいている。だとすれば、ＡＶのことを問い詰めたところで、逆に俺の浮気を追及されてしまう。しかも美穂は妊娠している可能性が！

　しかし、あの電話の男の声は、ビデオの男の声と同じだった。ということは、友紀はまたあの男に騙されて、四日の午後から五日にかけて撮影に行ったということか！

　しかも朝帰りだから、どこかで一泊している。自分が予定通り五日夜の帰国だったら、何食わぬ顔でいたということか。

　もしそうなら、今度のは何回目の出演なんや！　あぁ、何てこった。ＡＶのことを口に出したら、もう友紀とは終わりや。どうしたら良い？　どうすべきなのか——。

　高宮もまた、一人で悶々としていた。

　そんな時、美穂から〔二十六日に会いたい〕というメールがきた。彼女とはあの五日以来、二度ばかり情事を重ねていた。二度とも彼女は避妊を嫌った。

いつもの喫茶店に入るや、

「できたわ、妊娠よ」と美穂は言った。予期していた高宮は、

「産んでくれないか。認知した上で引き取りたい」と提案した。すると美穂は、

「それは駄目。そんなことしたら私の赤ちゃんを介して、副部長の家庭を壊してしまう。だから予定通り堕ろします」と言って譲らない。

「私の体に、大好きな男性の子種を宿したという印が刻まれたから、それで良いの」と。

高宮は美穂の考えが理解できなかったが、同意せざるを得なかった。

「堕胎手術は三月十日の土曜日に通勤沿線の病院でする。一人で決めてきた。手術開始は午後二時からだが、パートナーの同意が必要なので付き添って欲しい――」

嫌も応もなかった。土曜日を選んだのは、高宮の仕事に迷惑をかけたくないという美穂の気遣いであったろう。高宮の心は複雑に揺れていた。友紀には何度臨んでも赤ちゃんはできないのに、美穂にはすぐにできた。にもかかわらず堕胎せざるを得ないとは、何という皮肉な巡り合わせだろうか。

〝暫くできないから、今晩も〟

と、笑いながら美穂が誘ってきた。不可思議な美穂の神経に面食らいながらも、高宮はもう

すでに凶暴な性欲の悪魔に取り憑かれていた。

二〇一八年二月二十八日に発表された三月一日付の人事異動で、高宮は部長代理となった。そして齋藤本部長が副社長、佐藤が部長にそれぞれ昇進した。高宮にとっては青天の霹靂であった。一足飛びに重要ポストに就いた。身辺を濁している場合ではない。足を掬われないようにしなければならない。

高宮が社内の挨拶回りをしている時、前を通りかかった道浦が、

「よっ、お早い昇進でええな。ところで綺麗な奥さんは元気か？　よろしく言っといてな」

と、ニタニタして言った。

高宮は、おやっ？　と思った。何で友紀のことを口にしたんやろ？　〝よろしく〟とはどういう意味なんや？　〝綺麗な〟とは見たことでもあるのか？　どこかで会ったことでもあるのか？　ン？　ひょっとしたらＤＶＤを送って来た玉井陽一というのは、まさかアイツなのか！　しかし友紀との接点はあるのか？　面識はないはずだが……。

それにしても相も変わらず嫌みな野郎だなと、高宮は顔をしかめていた。

三月十日、友紀には得意先回りをすると言って、高宮は車で家を出た。友紀は〝土曜日なの

に？〟とも聞かずに、黙って送り出してくれた。

病院では、堕胎手術の同意書に「パートナー」としてサインを済ませてから、費用を支払った。美穂と高宮の組合せは誰が見ようと異色のはずだが、医師や看護師たちは皆、素知らぬ顔をしていた。高宮は駐車場の車の中で待つことにした。

美穂は夕方の五時半過ぎに病院を出てきた。さすがに顔が青ざめている。助手席のシートを倒して、ゆっくりと寝かせた。美穂は何故か微笑んでいる。近くのビジネスホテルへ連れて行った。抱きかかえるようにしてベッドに横にした。美穂はじっと目をつむっている。目尻から涙が滲んでいる。ふいに高宮はベッドにかがみ込んで美穂をそっと抱きしめた。美穂を愛おしいと思った。美穂はそのまま夜の九時ごろまで眠っていた。

目覚めると、朝から何も口にしていないのでお腹が空いたという。コンビニで温めた弁当と飲みものを買ってきて二人で食べた。美穂はもう元気を取り戻していた。美穂が笑いながら、

「一週間くらいは出血があるって。〝一カ月ほどはエッチはしないように〟って念押しされたわ。だ、か、ら、その間は奥さんと仲良くしてね、部長代理さん」

と、悪戯っぽく笑った。

その夜、美穂を自宅近くまで送ってから、高宮が帰宅したのは午前一時を回っていた。友紀はすでに寝ていた。自分のベッドにそっと横になった。こんな状態がずっと続いている。

道浦は、相変わらず日中は適当に仕事をこなしながら、夕刻からは例のアルバイトに精を出していた。高宮が早々と部長代理になったのに、自分は昨年にやっと課長だ。齋藤本部長や佐藤部長に敬遠されている以上、業務に励んだところで馬鹿らしいと精神が荒んでいた。「嫌われている」との思いは、前向きに仕事をしないための「屁の理屈」でしかなかったのだが。

三月も中旬になると、短いながらも春休みなどで街中は若者で溢れている。特にティーンエイジャーの女たちは、男たちを挑発するかのような出で立ちで闊歩している。

ある土曜日の昼過ぎ、道浦は梅田の東通り商店街周辺をうろついていた。AVモデルのハントが目的である。このところのハンティングの実績は好調で、紹介料も少しずつ増えて懐も暖かい。腹ごしらえをしようと、和食屋の前に来たときだった。入り口横の見本ケースをじっと見つめている若い女性がいた。紺のジーンズを穿いた脚がすらりと長く、スタイルも良い。白のスニーカーを履いている。

道浦は横に並んで、いかにもケースを眺めるふりをして横目で顔を盗み見た。

艶のある真っ直ぐな黒髪が肩先まで伸びて眉毛も黒く、目鼻立ちも綺麗だ。しかも小顔である。白のTシャツの上にピンクのカーディガンを羽織っている。そこからキュッと盛り上がった双丘が見て取れる。手には大手デパートの紙袋を提げている。二十歳前とみた。

道浦の食指が動いた。彼女の目線が捉えているものを確認した。

「ここのカツ玉煮定食は旨いんですよ」

この店に入ったこともないのに、カマをかけてみた。

「………」

「いや、失礼しました、すみません。貴女も同じものを見ているな、と思ったものですから。一人で食べるのはちょっと寂しいんで、つい声をかけてしまいました。決して怪しい者ではありません。こういう者です」

そう言ってS商事の名刺を差し出した。道浦は休みの日でもスーツにループタイ姿である。

女は黙ったまま、渡された名刺に見入っている。

「お嬢さん、無理にとは言いませんが……」

「ありがとうございます。でも私、お金があまりないんです。だから……」

「ハ、ハ、ハ、大丈夫ですよ。失礼を顧みず無理をお願いしたお詫びに、私に奢らせてください」

コックリと頷いた彼女を先に店内に入れた。幸運にも奥の二人席が空いていた。カツ玉煮定食を二つオーダーしてから、名乗り合った。彼女は「安井です」と言った。

正面から改めて眺めると、濡れそぼったような漆黒の双眸と長い睫、高からず低からず、すっと通った鼻筋と小さな唇。

〝これは上玉だ！〟と、道浦は内心小躍りしていた。

彼女の関心を引くために、道浦は商社の仕事内容や海外の出来事などを、面白おかしく語り聞かせた。海外の話は聞きかじりにしか過ぎないのだが、彼女は次第に打ち解けてきたようで時折、笑顔を見せた。

チャンスだと捉えた道浦は、父がメンバーである梅田の会員制サロンに誘った。広々としたゴージャスな室内に、彼女は少しひるんだ様子をみせたが、ゆったりと構えた道浦が話し始めると、どうやら落ち着いてきた様子で、道浦を裕福な家庭の男性だと思ったようだ。

道浦は色々と質問してみた。彼女の名前は安井咲良。去年の春に近鉄沿線のY市の高校を卒業して、某不動産会社Y支店に就職した。しかし男性社員たちからのあけすけな目線と、お局さまからのイジメに嫌気が差して、去年、二〇一七年の十二月で会社を辞めた。そして今年からフリーターをしている。

家庭は、病弱で無職の母と中三の妹の三人で、父は三年前に病死している。現在、生活保護を受けているが、長女の自分が働かないと妹を進学させられない。住まいは市営住宅だ、ということだった。

彼女の身の上話が真実かどうかは、道浦にとってはどうでも良かった。作られたストーリーかも知れないが、彼女の話に乗ることにした。

「ずばり聞くけど、いま一番必要としているのは、これだろう？」

と、指で○を作って、わざとタメロで気安く言ってみた。

咲良は、真っ直ぐに道浦の目をみつめて、コックリと頷いた。

「フリーターと言えば聞こえは良いが、バイトをちょこちょこっとやるだけやろ？　食えるだけの金は稼げないよな。定職に就けなければ後は体を張るしかないやろ。それは男も一緒や。今は若者の失業率も高いし、職を得たにしても非正規雇用が大半や。政治、経済、世の中全体が気候変動と同じで狂っとる。貧富の差が大き過ぎるよな」

そんな聞きかじりの文言を並べたてて、いかにも博学らしくぶち上げた。

咲良はもっとも、という顔つきで頷いた。ここぞとばかりに道浦は畳みかけた。

「君は処女じゃないやろ？　男の経験はあるんやろ？　うん、そうやろな。だったら話は早いわ。どや、AVに出てみいへんか。AV、知ってるやろ？　観たことあるやろ？　半日でぎょうさん稼げるで。日払いや。心配いらん。ちゃんとした会社で、社長は俺の大学の後輩やから安心や。女性スタッフもいてるし、皆な優しい。顔出しがいややったら、モザイクもOKや。どや？」

考え込むように聞いていた咲良が口を開いた。

「うち、今すぐにお金が欲しいんです。だから今日は、道浦さん、貴方が私を援助してください、お願いします。AVのことはそれからにします」

「あ、そうか。援助交際か。わかった。じゃ、こうしよう。これからその会社の面接を受けに行こう。OKは間違いなしやが撮影は多分、明日になるやろ。そしたら今日は、俺が援助するわ」

咲良は頷いた。悪びれた様子はない。堂々と道浦の目線を受け止めている。黒目が怪しい光沢を帯びている。十分に熟した女の顔になっている。

この女、案外強かかも知れんな。

しかしエエ女には違いないと、道浦はほくそ笑んでいた。

溝畑の面接は予想通り二重丸が出た。撮影は明日、日曜日の午後一時から、この事務所のスタジオでとなった。ギャラを含めた説明があり、納得した咲良が契約書にサインをした。ここでも咲良は臆する様子はなかった。

それから約束通り、道浦は咲良を伴ってラブホテルに行った。彼女は予想を超えた性技を駆使して道浦を翻弄した。骨抜きにされた感があった。道浦は咲良にぞっこんとなった。援助金として三枚の諭吉さんを渡した。それ以上になると明日来なくなる恐れがある。溝畑から教わった〝若い女は、生かさず、殺さず、がちょうど良い〟を実践したのだ。

翌日は道浦も同道した。撮影は順調に、いや大成功裏に終わった。溝畑は〝超掘り出し物〟やと嬉々としていた。暫くは企画物で使いたいとまで言った。そして、〝あんたがあの娘のパトロンになって上手く回してくれたら良いんやが〟と囁いた。紹介料もたんまりもらった。

こうして咲良は、一カ月あまりの間に、早くも四本ものＪＫ（女子高生）モノの企画作品に出演する契約をした。溝畑の笑いは止まらない。道浦は仕事そっちのけの状態で、咲良との援助交際とスカウトに精を出した。


四月になった。美穂も元気に出勤していた。そして高宮は十三日から二十二日までマニラに出張した。本社の業務が多忙になったので、いつもより短期間となった。この間の四月十六日が、友紀の三十五歳の誕生日であったのだが、高宮はまったく失念していた。

友紀は、初めて誕生日を孤独に過ごすことになった。高宮の意識的な仕打ちではないかと悲観的に捉えていたので、ますます寂寥感に苛まれていた。

〝春樹さんはもうあたしのことを、嫌いになったのではないか。赤ちゃんができない上に浮気をしたと疑っているか、ＡＶに出たことを知ってしまって、愛想を尽かされてしまったか。いっそ、何もかも話して、自分から身を引いた方が良いのではないか――〟

毎日そんな自責の念に駆られていた。

高宮が帰国してすぐの二十三日の朝に、美穂から、〔どうしても今晩会いたい〕というメールがきた。忙しい時間をやり繰りしてミナミの料理屋の個室で会った。いきなり美穂が言った。

「わたし、今月二十七日付で会社を辞めます。五月の連休明けから精密機器メーカーのS社に転職します。三人の合格者の一人になったの」

「そりゃ、すごいな。ま、君ならどこでも大丈夫だろうけど」

「そうじゃないの。面接後に人事課長と密会したの。体を提供した結果よ」

高宮は絶句した。口のききようがない。

「辞表は先々週に、優柔不断な中田総務部長に出したわ。キョトンとしていた。有給休暇が三日残っているので、二十四日限りで出社しません、と言ったわ」

「そうなんや。ちっとも知らなかった。じゃ来月からは、もう会えないのかな」

「来月からじゃなくて、今晩の食事で終わりよ。エッチもなし」

「…………」

「私の体の中には、私が一番愛した高宮さんのすべてが刻み込まれているの。それだけで十分よ。これからは暫く、あの人事課長がエッチの相手かな。バレないように気をつけますけど」

高宮は、「フ〜」とため息をついた。美穂の考えというか感性に理解が及ばない。

「高宮部長代理さん、さっ、立って」

そう言った美穂が高宮の前に来て抱きついた。唇を合わせてきた。今までにないくらいの情熱的な口づけが始まった。美穂の豊かな胸が押しつけられてくる。高宮も美穂をしっかりと抱き締めて美穂の舌を吸っていた。美穂の目から大粒の涙が流れ落ちている。

高宮は急激に愛おしさが膨らんできた。さらにきつく美穂を抱きしめた。やがて美穂が体を離した。涙を隠すように後ろを向いて、「奥さんを大切にしてくださいね」と言った。美穂の背中が少し震えていた。

その日以来、美穂への連絡は一切絶たれた。美穂は高宮の視野から忽然と姿を消した。


涼子は四月三十日、溝畑の会社であるT・Mビデオ企画にいた。涼子にとって最後の撮影が終わったのは昼前であった。溝畑や他のスタッフへ挨拶を済ませたが、何やら男たちに落ち着きがない。でも、これでもうこの会社に来ることもないからと、気にもせずビルを後にした。

戎橋筋のパスタ店で昼食をとった。支払いを終えてすぐに忘れ物を思い出し、溝畑の会社に戻った。スタジオの扉が開放されていて、男たち数人の後ろ姿が見える。

涼子は男たちの間から目をやった。

大きなソファーに一人の裸の女が仰向けになって、褐色の男に組み敷かれている。男の腰が激しく上下している。女の顔が見えた。年は十六、七歳の少女に見える。目鼻立ちがすっきりとして色白の肢体だ。

二台のカメラが二人の周囲を舐(な)めるように動き回っている。時折、接写もしている。少女の顔が苦悶(くもん)なのか快感なのかわからない表情になった。スタジオ内に熱気が充満(じゅうまん)している。やがて男が体を起こして速い抽送を始めた。男が声を上げた。そのまま果てたようだ。

涼子はまるで自分が犯されているような、異様な感覚になっていた。男がソファーから下りた。ついで少女が体を起こそうとしたその時だった。横合いから二人の裸の男が少女をソファーに再び押さえつけた。少女が抵抗して体を捩った。だが男の一人が少女の股間に腰を進めた。少女が、「やめてぇ！　やめてぇ！」と叫んだ。しかし、男は容赦(ようしゃ)なく抽送を速めた。とうとう少女が泣き出した。もう一人が上半身を押さえているので、少女は顔を左右に振りながら泣き叫ぶだけだ。男が果てたようだ。今度はもう一人の男と入れ替わった。同じ体勢で抽送が始まった。少女が、「こんなの聞いていません！　やめてください、お願い、やめてぇ！」と泣き叫び続けた。

涼子は耐えがたいほどの衝撃を受けていた。友紀もあんな風にされたのだろうか。

やがてすべてが終わったようだ。少女がノロノロと起き上がった。激しくしゃくり上げながら、「お金は貰えるのですか、約束と違います。ちゃんとお金をください」と、泣きながら言い続けている。メイクの女だろう、バスタオルで少女をくるんで、シャワールームに連れていった。その背中に向かって、「おい、ビデでちゃんと洗浄してやれよ」と溝畑の声がした。


「はい、あきちゃんの領収書」

涼子が溝畑の後ろからそう言いながら差し出した。

「なんやまだいたんかいな」

「忘れていたんで引き返したの。監督、ちょっと酷いことするのね」

と、友紀の時と同じ言葉を口にした。

「あの娘、十八歳未満じゃなくて。危ないわよ」

「それは大丈夫だ。あの娘自身が十八歳だと言ってるし、道浦さんがちゃんと確認して連れて来たしな。また気が向いたら来いよ。待ってるぜ」

それには答えずに、

「監督、あの娘にはかなりの割り増しを渡すべきよ。最後の二人のことは言ってなかったんでしょ？　レイプされたって思うわよ」

「へい、ご意見は伺いました」

卑しい笑いだった。涼子は汚いやり方でだまし討ちをする男たちに、激しい嫌悪感と吐き気を催していた。

高宮は四月の友紀の誕生日に何もしていないことに気づいたものの、どう声をかけたものか迷っていた。連休に入るし、何とか二人の距離を縮める手立てはないものかと思案していた。だが美穂との情事や堕胎のこともあるから、お前のAVを観たとも言い辛いし、それを口にしたら友紀とは終わりだ、と思ってしまう。友紀と別れるつもりはまったくない。

一方友紀は友紀で、あの日のことは、涼子が口裏を合わせてくれるから良いけれど、もしAVのことがバレているのだったら、おしまいだわ。でも、もしそうなら春樹さんはなぜ怒ってくれないのか。それとも電話の男との浮気を疑っているのか、と疑心暗鬼の日々であった。

こうして二人の思惑が平行線を辿ったまま五月の連休に突入した。

五月三日の朝であった。

「友紀、特に予定がなければ、ドライブしないか?」

することがない高宮が、突然、友紀に声をかけた。

「はい、別にありませんので お供をします」

と、友紀も妙にぎこちない返事をした。

高宮は六甲山山頂を目指した。車中で高宮は、友紀の誕生日を失念していたことを素直に詫びた。遅まきながらこれから、Ｒホテルのレストランでお祝いを兼ねて食事をしようと。

思いがけない高宮の提案に友紀は胸が熱くなった。何カ月ぶりだろう、こんな優しい言葉をかけられたのは。友紀も素直に喜んだ。

友紀はワインで高宮はノンアルビールで乾杯した。晴れ渡った神戸の町並みを眺めながら、友紀は暫しの幸せを味わっていた。

〝あたしの考え過ぎかも知れない。春樹さんは一晩留守にしたことを怒っているんだ〟

そう思うことにした。

友紀がＡＶに出たことへの怒りはまだ収まってはいなかったが、美穂との後ろめたさもあって、知らぬ顔をして許してやろうかと、高宮は徐々に冷静さを取り戻していた。だがこの時点では、友紀の二度目のＡＶ出演のことは知らなかったのである。

その日から暫くは平穏な日々が続き、二人の思惑が交差することはなかったが、何となく微妙なバランスを保った会話が続いていた。

そんな時であった。六月十三日の朝、リビングのソファーで高宮は新聞を読んでいた。そして社会面の下の方の二段の囲み記事に目が留まった。

【少女買春容疑等で会社員を逮捕
AV出演強要　業者と共謀　制作会社代表も逮捕】

そんな見出しに続いて、府警察本部は六月十二日の夕刻、大阪市内の会社員・道浦豊（三十七歳）を、十七歳の女子高生を買春したとして、児童買春の疑いで逮捕した。また同じ女子高生をAVに強制的に出演させたとして、会社員の男とビデオ制作会社代表の溝畑孝（三十六歳）を、児童福祉法違反ならびに児童ポルノ禁止法違反の疑いで逮捕し、ビデオ企画の事務所を家宅捜索。約八百本のDVDとマスターテープを押収という記事が載っていた。

高宮は一瞬、同姓同名かと疑ったが、年齢も一致しているし、これまでの悪い風評（ふうひょう）から判断して、逮捕された会社員というのは、まず自社の道浦 豊に間違いあるまいと思った。高宮は、「食事はいらない、急用ができた」と友紀に告げて、すぐに出勤していった。

社内はすでに騒然としていた。部長の佐藤が社長室へ急げと言う。一緒に入室した。社長室には、社長と齋藤副社長、中田総務部長のほか、広報部長の顔があった。社長が困惑の面持ちで、「大変な不祥事が発生した。これから社を挙げて対応して欲しい」と発言した。

ついで広報部長から詳細情報が説明された。

「課長の道浦が逮捕されたのは、昨夕の五時過ぎである。社を出たすぐのところで張り込んでいた生安（生活安全課）の刑事に、任意同行されて取り調べを受けた。すぐに犯行を認めたらしい。この情報は、府警詰め記者クラブの幹事社の記者からもたらされた。ということは、会社名がすでに把握されていることになる。急いでクラブに出向した。朝刊の締め切り時間が迫っていた。普段から、記者との付き合いを大切にしていたので、幹事の記者が心配して知らせてくれた。すぐに、〝社名の公表だけは伏せて貰えないか。事件が公にされると会社が受けるダメージは計り知れない。何とか協力をお願いする〟と懇願した。幹事記者は直ちにクラブの各社に連絡してくれ、社名の公表だけは免れた。ただ、週刊誌などへの協力依頼はこれからする。そして道浦には、スカウトした女性をAVに出演させたり、クラブや風俗店に紹介して、紹介料を得る裏稼業をしていた疑いもあるらしい。記者たちの中には、道浦がスカウトした女性の何人かが、売春業者に回されたのではないかと疑う者もいるというショッキングな話もあった――」

概要は以上であった。

広報部長の説明に、社長や専務が頭を下げた。佐藤も高宮も同じだった。よくぞやってくれたとの思いである。道浦は起訴された段階で、多分懲戒免職処分になるだろう。

高宮が慌ただしく出勤した後、友紀は放り出された新聞に目をやった。道浦逮捕の記事を読んで友紀は仰天した。それだけではない。溝畑の逮捕と、八百本ものＤＶＤとマスターテープが押収されたとあるではないか！　それは何を意味するのか。友紀は震え上がった。

高宮が急いで出勤したのは、道浦が会社の人間だから当然だ。しかし、友紀との過去の接点は知らないはずだ。ましてや溝畑との繋がりは知るはずもない。とすれば、友紀の気がかりは自分が出演したマスターテープの行く末だ。押収された中にあればいずれ警察の知るところとなり、取り調べを受けるかも知れない。

いや、そんなことはない。自分が出たのは二本だけだから、何百本もの中ではわからない筈だ。だとすれば、春樹さんがあのとき隠したＤＶＤのような物の正体を突き止めるのが先決ではないか。それが会社関係の物であれば自分への疑いは何とか凌げる――。

そう考えた友紀は二階の高宮の書斎へ急いだ。一つだけ閉まっている机の引き出しの鍵を探さねばならない。この前、探し回ったが見つけられなかった。室内をゆっくりと見回した。小さな鍵を隠すにはどこが……。

案外目につくところかと思っていると、机の左上にある電気スタンドの脇に小さなカラー缶があった。高宮は時折その中からキャンディーを取り出して、口に入れているのを見かけたことがあった。まさかと思いながら蓋を開けた。

あった！　丸く黒いタグが付いた小さなキーが。

震える手で取り出して、引き出しの鍵穴に差した。すっと回って引き出しが開いた。

茶色い紙に無造作に包まれた物を解（ほど）いた。

透明のケースに入った白い円盤のような物が見える。

それには何も書かれてはいない。

友紀は何故か膝（ひざ）がガクガク震えている。

やっとの思いで階下に行った。

テレビとデッキのスイッチを入れて、「それ」を差し込んだ。

やがて「それ」が動き出した。

友紀の意識は途中までであった。

紛（まぎ）れもなく「それ」は友紀が初めて出演したＡＶだった。

モザイクが外されて友紀の素顔がさらけ出され、友紀のあられもない痴態（ちたい）が繰り広げられる頃になると友紀の意識は朦朧（もうろう）となり、テーブルに突っ伏していた。高宮と同じように……。

友紀は暫くして顔を上げた。

やっぱり春樹さんは知っていた。

誰から送られてきたのだろう。

茶色い包装紙を見た。東京の玉井陽一とある。

多分偽名だろう。

ひょっとして、涼子が推測したとおり、道浦の仕業なのか。

どうしよう、あたしはもう終わりだ。

春樹さんには死んで詫びるしかない。

友紀は苦悶(くもん)していた。

その時である。友紀の携帯に着信が。

涼子であった。

「友紀、新聞を見た？　テレビでも放映されているけど、道浦と溝畑さんが……」

「知っているわ。涼子、今からすぐ家に来て。あたし、もう、もたないかも知れない」

「何を言ってるの。しっかりして！　すぐ行くからね！」

涼子が来たのは昼過ぎだった。

友紀からすべてを聞いた。

泣き崩れる友紀の肩を抱き締めて、

「大丈夫よ、友紀。去年のAV出演のことは、私たちの方から、素直に高宮さんに謝りましょう。後ろを振り返っても、覆水盆(ふくすいぼん)に返(かえ)らずよ。私も同席して高宮さんに謝るわ。許してくれるわ、きっと。ただ、この前の二度目のは絶対に伏せよう。あくまで私の家に遊びに行った。そうこの前の打ち合わせ通りに隠し通すのよ。絶対に認めては駄目。わかった？

友紀、しっかりしなさい！　それと電話の声は誰だか知らない、間違い電話じゃないかと言うのよ。それにしても送りつけたのは間違いなくアイツだ、道浦よ。このＤＶＤのケースの傷と汚れに見覚えがあるの。何て性根の腐った、軽薄短小なヤツなんだ。昔、友紀に振られた腹いせにやったって言うの？　執念深いにも、ほどがあるわ。ヤツが捕まって良かったわよ。

実はね友紀。四月の末にＴ・Ｍビデオ企画に行ったの。私の最後の撮影だったんだけど、その後に高校生くらいの女の子が撮られていたの。どうも最初は一人の相手で納得していたようなんだけど、突然他の二人の男が出てきて、嫌がるのを構わずに組み敷いたの。やめてください、こんなのは聞いていません、って泣き叫んでいた。間違いなくレイプだったわ。酷い情景だった。ひょっとしたら、あの女の子が警察に訴えたのかも。しかもその子は道浦が連れて来たって溝畑が言っていた。あっ、ごめんね。嫌なことを思い出させてしまって。マスターテープのこと？　大丈夫よ、友紀のは二本だけ。私に比べりゃ、どうってことないわ。もし警察に呼ばれたら、あいつらのこと洗いざらい喋ってやるわよ。ただ友紀のテープで心配なのが、ネットで裏流れにされること。監督には、あきのだけはネットには載せないように頼んだけど、今となってはわからないわ。

ねっ、友紀、クヨクヨしてもしょうがない。成るようにしか成らないんだから、思い詰めないで。そうだ、今度の日曜日、十七日の午後に私が来るから、高宮さんに〝二人からお話したいことがある〟と伝えておいてちょうだい。良くって、友紀」

そう言い残して涼子は帰っていった。

高宮は連日、帰宅が深夜に及んでいた。道浦の逮捕の後始末や、得意先へのお詫び行脚(あんぎゃ)などで、息つく暇もないほどの忙しさである。

友紀は、ぐったりして帰宅する高宮に、どうしても〝お話があります〟とは言えずにいた。十六日の土曜日も高宮は出勤だった。そして遅くに帰宅した高宮は、お茶漬けだけをかき込んで、すぐに寝室に向かってしまった。相当に疲れているようだ。

翌日の十七日、十時半過ぎに起きてきた高宮は、朝昼兼用の食事をとった。少し元気が出た様子である。友紀が、涼子とのことを言い出そうとしたとき、ふいに高宮が口を開いた。

「友紀、ここ数日、早く出て遅く帰る日が続いて苦労をかけたね。社員逮捕の事件の後始末にようやく片がついたよ」

道浦逮捕のことは、事件翌日の朝、高宮が出かける時に玄関先で、「同じ部の社員が逮捕されて、ちょっと忙しくなる」と言っていた。

「ところで妙なことを訊くけど、逮捕された道浦とは、どこかで会ったことがある？」

いきなり逆に質問された友紀は、一瞬、びくっと驚いてしまった。

その表情を見た高宮は、やはり友紀とヤツとは接点がある！　と確信した。

友紀は一呼吸をして、意を決したかのように話して聞かせた。

「はい。あなたと初めて知り合ったとき、あたしの許婚者の不慮の死につながった出来事をお話ししましたが、そのきっかけを仕掛けた人が、道浦さんでした。あの人は憎んでも憎み切れないくらいの人でなしです。あなたと結婚する四年前の出来事でした」

高宮は思い出した。初めて友紀からその話を聞いたとき、自分もその男はゲス野郎だと怒っていたなと。

「友紀、嫌なことを思い出させてしまって済まない。実はね二月の末だったか、ヤツが俺に向かって〟綺麗な奥さんは元気？　よろしく伝えてな〟と、ニタニタしながら言ったので、ヤツはどこで友紀のことを知ったんだろうかと不思議に思っていたんだ。これで初めて接点がわかったよ。それにしてもヤツの陥穽（かんせい）は、今でいうデート・レイプ・ドラッグの手法で許せんな」

そのとき、玄関のチャイムが鳴った。友紀は高宮を真っ直ぐに見つめて言った。

「あなたに黙っていて、ごめんなさい。脳裏（のうり）から消し去ってしまいたかったの。でもまた、その人でなしが……そのことであたしたちから、春樹さんにお話があるの」

「ん？　あたしたち？」

友紀が玄関に向かった。涼子が現れた。高宮は驚いて立ち上がった。久しぶりの再会だ。

そして涼子が語った。道浦と知り合った経緯とその後の関係。彼の紹介でＡＶに出演したこと。その監督が逮捕された溝畑であること。その溝畑から友人の人妻の紹介を依頼されて、友紀を……。

そこまで話し終わったとき、友紀が引き継いだ。涼子の家で彼女のビデオを初めて目にして、刺激を受け興味を持った。ちょうど春樹さんが浮気をしていると確信した時期と、相手にされていないという寂しさが募(つの)っていたことが重なり、誘いに乗ってしまった。軽はずみな行動で後悔している。ごめんなさい、許して欲しい、と頭を下げた。

高宮は黙って耳を傾けている。暫(しば)しの沈黙の後、更に友紀が続けた。

実は二月の五日早朝に涼子の家から帰宅した際、春樹さんが手にしていたＤＶＤのような物が気がかりで、無断で書斎に入り机の引出しにあったＤＶＤを見つけた。それが自分の出たＡＶだとわかって驚愕(きょうがく)した。約束が破られて全てがさらけ出されていたので、恥ずかしくて死んでしまいたいくらいだった。取り返しがつかない、と言って友紀は泣き崩れた。

再び涼子が引き取った。

友紀に出演の誘いをしたのは自分であり、申し訳ないと思っている。自分はこういう性格なので出演すること自体、何とも思ってはいないが、でも友紀は違う。私が口にするべき立場にはないが、友紀は赤ちゃんができないという、自責の念と孤独感に耐えきれずに出てしまった。友紀を責めないで欲しい。悪いのは私だ。

高宮の顔も少なからず緊張している。

もう一つ大事な話があると、涼子は続けた。

私の友人が出演したことを聞いて興味を持ち、それを観せろと執拗に言ってきたのが道浦だった。根負けして、溝畑から貰った友紀のDVDを道浦に観せたのが一月二十八日だった。途中で気づいたヤツが、〝この女は吉川友紀だ〟と叫んだ。〝俺をコケにした女だ〟とも言った。それで初めてヤツが友紀に酷いことをして、結局、友紀の許婚者を死に追いやった馬鹿男だと知った。道浦とはそこで喧嘩別れをしたが、ヤツはそのDVDを持ち去ってしまった。その時に〝エエもん見つけたぞ〟と、捨てゼリフを残していった。単細胞のヤツの動きが気になっていたときに、友紀が家に送られてきたDVDを見つけたと聞いた。現物を見せてもらったら、間違いなく道浦が奪っていった物だった。ということは、送り主の玉井陽一なる人物は 道浦本人である。奴らが逮捕されたのを機に、友紀と一緒にこれまでの経緯を正直に話して謝ろうと思いこちらに伺った——。

涼子の長い話が終わった。

高宮は深いため息をついた。

話のいくつかは予想していたことだが、余りの奇々怪々な接点には驚きを通り越していた。

事実は小説よりも奇なり、との感が深い。そして、絞り出すように言った。

「話の大要はわかった。ヤツがいきなり〝奥さんは元気ですか〟と謎めいた言葉を吐いた二月二十八日のことから、実は自分もヤツの仕業ではと思っていた。人間のクズ野郎だ。今、取調中だが相当余罪がありそうとの情報もある。暫くは静観だ。

しかし溝畑ってヤツも、あくどい男だ。友紀のビデオがあちこちに出回ることは、ある程度覚悟する必要がある。こちらから販売禁止の措置が取れるかどうか……」

高宮は、一度会社の顧問弁護士に相談してみようかと考えたが、ふと思った。何かが腑に落ちない。違和感がある。二人は去年のビデオ出演については認めた。これは自分も観ているから間違いなく友紀本人だ。しかし、あの留守番電話の男の声は、監督といわれる溝畑の声に間違いない。〝もう出たんやな〟という、あの独特な声は何を意味していたのか？　約束していた「何か」を確認するために電話をしたのではないか？　ではなぜ、友紀はその留守番電話について何も言わないのか？　あの時、自分の分も含めて二件の留守電を「保存」にした。その後に「再生」された形跡があった。ということは、友紀はそれを聴いて知っていることになる。なのに「留守電」のことに触れようとしないのはなぜだ？

そうか！　ひょっとして友紀は二度目の撮影に出かけたのではないのか。しかも泊まりがけで！　と、そんな疑念が膨らんでいた。

　しかし友紀は、一人でそんな大胆な行動をするような女性ではない。そうか、涼子さんと一緒だったのか。それなら友紀は付いて行くはずだ。しかしもしそうだとしたら、一度目の出演は認めて謝ったのに、二度目はなぜ隠して涼子の家にいたと言うのか。出演は二回でした、と謝れば済むことなのに。あの一泊二日にいったい何が起きたのか？　二人が隠そうとしていることは、何なのか？

　高宮は「疑念の海」の中に漂っていた。

　友紀の不安は膨らんでいた。高宮は黙ったまま下を向いて考え事をしている。

　友紀はあの有馬の撮影のことが脳裏をかすめた。

　涼子と二人のときも、レイプされたときも、無防備のままで三人もの放出を受け止めてしまった。その事が春樹さんにもしわかってしまったら、春樹さんは決して許してはくれないだろう。汚れた不潔なあたしは捨てられる、もう終わりだ――。

　友紀は観念した面持ちで、思案にくれる高宮を見つめていた。

　涼子も同じ気持ちらしい。

ふと高宮が顔を上げた。意を決したように口を開いた。

「恥ずかしながら、涼子さんの前で告白して友紀に謝りたい。自分は友紀の推測通り、確かに浮気をしていた。一年以上前から会社の女の娘とそういう関係にあったが、今年の四月二十三日に別れた。嘘ではない。彼女は転職してしまって連絡先も不明だ。友紀との夫婦関係が疎遠になってしまい、寂しい思いをさせてしまった。済まないと思っている。許して欲しい」

そう言って頭を下げた。

友紀は思いがけない高宮の告白と謝罪に、何故か心が締め付けられるように感じて、泣き出してしまった。

「あなた、頭を上げてください。あたしこそごめんなさい。軽率な行動を許してください」

涼子はほっとした表情で、二人を見やっていた。

だが「高宮の本意」は別のところにあった。高宮は友紀の告白にまだ疑念を払拭し切れていなかった。しかし、それを追及すれば夫婦の関係は、間違いなく瓦解してしまう。それは避けたい。なぜならまだ友紀を愛しているからだ。そして自分にも、どうしても隠さなければならないことがある。美穂の妊娠と堕胎のことだ。このことを友紀に白状することは、余りにも酷だ。女としての友紀の全否定になってしまう。告げてはならない、と考えた。

一方の友紀は、あの朝帰りと留守電のことを追及されずに、涼子と示し合わせた通りの話を高宮が信じてくれた様子に、ほっと安堵していた。この嘘がバレたら自分は死ぬしかない、とまで思い詰めていた。だからどうしても隠し通そうと決めていた。

こうして高宮と友紀は、それぞれが「火種」を抱えたまま、仲直りをしたかのように、ある意味で、「仮面の夫婦生活」を続けていくことになる。

友紀は見違えるように元気を取り戻して、キッズ英会話ルームに出かけていた。

七月一日、道浦が溝畑と共に起訴された。広報部長の情報によれば、道浦は今年の三月に十七歳の少女と淫行に及び、その後も援助交際の関係が続いた。その間に溝畑が代表のT・Mビデオ企画にその少女を斡旋(あっせん)して、四月までに四本のAVに出演させた。ところが四月末の撮影中に、契約になかったレイプ撮影をされたことに腹を立てた少女が警察に訴えて、一連の犯行が明るみに出た。

このときに、少女が提供した道浦のS商事の名刺が動かぬ証拠となったようである。道浦がなぜ少女にS商事の名刺を渡したかは不明である。どうも道浦は、少女の年齢詐称(さしょう)と家庭の作り話に騙(だま)されたようだ。いずれにしても道浦の犯行容疑は、このまま放置できないという社長の判断で、同日付で懲戒免職となった。

長い夏休みが終わって九月に入った。雨の多い蒸し暑い日々が続いていた。そんなある日だった。高宮は思いがけない人物から電話を受けた。府警察本部の荒木だった。今日は非番だと言うので、早めに社を出てミナミの小料理屋に行った。

荒木は生活安全部に所属して、今は警部課長補佐に出世していた。高宮も部長代理の名刺を渡した。

久しぶりの再会だった。会えばラグビーの話に熱中するのが常だが、今夜の荒木はどこか様子が変だ。それでも他愛もない話をしては、飲んで食べた。やがて荒木が言った。

「高宮、お前の会社の道浦 豊を逮捕したのは、実はこの俺だ。取り調べにも何度か立ち合ったが、何とも太ぇ野郎だ。起訴したとはいえ、捜査情報を漏らす訳にはいかんがな」

高宮は不吉な予感がした。黙って荒木の次の言葉を待った。

「高宮、友紀さんとは上手くいっているのか？」

「エッ？……どうしたんや、荒木」

高宮は唐突な問いに面食らっていた。

「良いか高宮。これから俺が独り言を呟く。一度だけだ。俺の独り言だぞ。――道浦と繋がっていたビデオ会社を家宅捜索して、多量のＡＶを押収した。この事件は十七歳の少女がレイプされたことが発端だ。AVを一本一本試写して調べるのが我々の仕事だが、余りにも多いのでレイプ物に絞って調べた。それも裏物といってモザイクやボカシのない、丸見えのやつだ」

高宮は次第に悪寒がしてきた。荒木が何を言わんとしているかが伝わってくる。

「たまたまだが、俺が試写した中で人妻物があった。タイトルは『人妻二人不倫の温泉旅行』となっていた。二人のうち一人が……」

「……友紀だって言うのか！　間違いないか、荒木！」

「俺の独り言だ。念押しするな。間違いない……残念だが。もう一人はどこかで見かけたことのある女だ。前半は二人が一緒に映っているが、後半は二人の男にレイプされている女性が映っていた。むごいようだが、それが友紀さんだった。だがな、あれは演技なんかではない。彼女は必死に抵抗していたぞ。酷い奴らだ」

高宮の頭の中は真っ白になって思考が停止していた。

「俺は咄嗟にそのビデオを検査済の箱に投げ入れた。刑事として法を犯してしまったが、入れる箱を入れ間違ったということにすれば何とかなるかな。以上だ、俺の独り言は」

やはりそうだったのか。二度目の出演がレイプだったとは！　友紀が必死に隠す訳だ。それにしても、自分は友紀にどう対処すべきなのか――高宮は混乱した。

「な、高宮。現実的な話をするぞ。あのビデオ会社は解散して、すでにないだろう。だから今から販売差し止めの手段は困難ではないか。マスターテープは押収してあるが、コピーされたものが出回るのは止めようがない。ネット流通もしかりだが、事業者に動画や画像の削除を要求する手立てはあるかも知れない。弁護士に相談する方法もある。

高宮よ。俺は本音で言うぞ。お前と友紀さんとの間に割り込むのは気が引けるが、友紀さんには、お前にも言えないくらいの理由があったんではないか。友紀さんは、単純に軽はずみな行動をするような女性ではないやろ。お前な、友紀さんを大切にしているか？　ほったらかしてはいないか？　はっきり言うが、友紀さんに赤ちゃんができないことを、無意識にしろ責めてはいないないか？

もしそうなら、お前の、夫としての、男としての驕りでしかないぞ。お前の気持ちはわからんでもないし、俺も偉そうなことは言えんが、ただはっきりと言えることは、女性は愛する男性の子種を宿して、産んで、育てることに最高の幸せを求めているんだ。それは自分の分身でもあり、愛する男性の分身でもあるからだろう。友紀さんには、それが叶わないという、はかり知れないほどの苦悩や苦痛がのしかかっているんではないのか」

高宮の脳裏には、

〝あなたの子種を一度宿してみたいの。あなたのすべてを私の体に刻みつけたい〟

と言っていた大西美穂の言葉が浮かんでいた。そして別れの時に見せた美穂の大粒の涙も。

「高宮、気分を害したのなら謝る。でもな、もう一つ言わせてくれ。あのビデオの中で、必死に抵抗して涙を流していた友紀さんの表情を観ていたら、彼女の後悔や自責の念が感じ取れたんだ。そこには性的な興奮なんて少しも感じ取れなかったぞ。高宮よ、友紀さんが受けた心の傷は、想像以上に深くて深刻だと思う。このビデオのことは、決してお前から口にするな。センチメンタルな言葉で言うとだな、彼女が抱えているであろう〝二つの苦しみ〟を、旦那であるお前が優しく受け止めて、ゆっくりとほぐしてやれ。どんなことがあろうと友紀さんを責めるな。そんなことをしたら、友紀さんは間違いなく壊れるぞ。友紀さんと出会ったときの喜びを思い出せ、高宮よ！」

高宮は不覚にも泣きそうになっていた。荒木の言葉が胸に染みてくる。

「荒木、ありがとう。お前の指摘した通りだ。友紀を支えると誓った俺なのに、心のどこかで赤ちゃんができないことを責めていたようだ。恥ずかしながら目が覚めた、感謝するよ」

「よし、お前への説教はこれで終わりだ。さっ、飲もう、高宮！」

季節は十月になった。

友紀は、キッズ英会話ルームの授業に精力的に取り組んでいた。担当するコマ数も増え軽妙な教え方もあって、子供たちの人気も抜群である。高宮との生活も元に戻った、というか普段どおりの会話が続いていて、友紀は心地よい毎日を送っていた。

二十八日の日曜日、友紀は午後から十月最後の授業に向かった。これが終われば、高宮と一緒にディナーに行く予定だ。二日後の三十日の高宮の四十三歳の誕生日祝いをするためだ。

このところ教室のある駅構内に、やたら目立つ「妊婦マーク」がやけに眩しい。赤ちゃんが欲しい、と切実に思ってしまう。キッズルームでは、小学校高学年の男女二十人ほどが相手である。小学五、六年生ともなると口のませた子供が多いが、友紀は騒がしいけれど覚えの良いこの子たちが好きだ。この日も何人かがふざけながら騒いでいた。

「〇〇くん、滋賀県ってどのへんにあるか知ってる？」

「知ってるよ、そんなん。京都の上や」

「京都の上？　海に出るやろ。京都のちょっと右にあるんやで」

「ヘエ、××くんは、頭、すごいエエな」

「違うで。俺より頭エエんは、△△ちゃんや。すごい可愛いしな」

このやり取りを聞いていた友紀が、

「はーい、ちょっと待って。君たちがいま喋っていた言葉に、おかしい表現がありましたよ。まず、地図の方向は上とか下ではなくて、北とか南と言うのが正しい言い方です。地図の決まりは、必ず北の方角を上にして表示します。北に向かって両手を広げるでしょ？　その時に右手の方角が東、左手が西、足元が南を指します。わかったでしょ？　それとね、すごい良いとか、すごい可愛いというのもちょっと変だよ。次の言葉に〝良い〟とか〝可愛い〟とか〝きれい〟とかの形容詞、知っているでしょ？　そんな言葉がくるときは、すごく良い、すごく可愛い、すごくきれい、と表現するのが正しい日本語の使い方です。動詞がくるときも同じです。たとえば、すごく速いとか、あの人は、すごく笑う、すごくしゃべる、とかね」

「へぇ、高宮先生は英語だけじゃなくて、日本語も教えるんだ。すご～い！　あっ、これってダメかな」

「それはＯＫよ。すごい、で終わるから」

「じゃ、きれいな先生とか、先生はすごくきれいです、というのが正しいってことですか？」

「その通りです。良くできました。では授業を始めます」

「先生、質問です。先生はビデオに出たことがあるんですか」

唐突な質問であった。友紀はうろたえてしまった。

「えっ、何ですって？　ビデオなんかには……」

「この前、うちのおとんとおかんが、ビデオで高宮先生を観たけど、すごい、いや、すごくきれいやった、て、言うてました。実物もきれいやけどって。ビデオに出るなんて、すごいな、先生は」

友紀はその後の授業を、どのように進めたのか記憶していない。受けた衝撃の激しさで、まるで夢遊病者のようにふらふらしながら帰宅したようだ。出迎えた高宮は、友紀の状態を見て絶句した。顔面は蝋のように蒼白で血の気がなく、虚な目をしてよろよろと高宮に倒れかかってきた。

高宮は、そのまま気を失った友紀を横抱きにして、リビングのソファーに寝かせた。

「友紀！　しっかりしろ！　何があった！」

と呼びかけながら、両脚を高くして頭を少し下げた。呼吸が荒く握った両手が冷たい。体温が下がっている。貧血だと思って、急いで毛布を取り出して体をくるんだ。誕生日祝いのディナーどころではない。「友紀！　友紀！」、と呼びかけながら、顔をさすり、両の腕をマッサージした。高宮は必死だった。このまま友紀がどこかに行ってしまうんじゃないかと、一瞬ではあったが不安にかられていた。

暫くして友紀が目を開けた。

覗き込む高宮と目が合った。

友紀の目から大粒の涙が溢れ出た。

友紀が両手を挙げて高宮に抱きついた。

高宮は、友紀の体をしっかりと抱きしめた。
友紀がおいおいと泣き声を上げた。
高宮は訳もなく一緒に泣いた。
友紀への愛しさが込み上げてきた。
だがその夜から、友紀に異変(いへん)が起きた。
またも無表情になって、じっと一点を見つめた状態が続いた。
家事もせず、入浴もせず、ただソファーに座っているだけである。
高宮はただならぬ症状を友紀に見てとった。
明日は病院に連れて行こう、と考えて友紀をバスルームに連れて行き、一緒に入った。
友紀の表情は変わらなかった。
体の隅々まで入念に洗ってやった。
友紀はされるがままだ。
友紀のすべてを目にするのは久しぶりであった。
すべすべとした真っ白い肌は相変わらずだ。
少しだけ開いた口にそっとキスをしてみた。
反応がない。

高宮は泣きたくなっていた。

翌二十九日の月曜日の朝、友紀の表情に変化がないことを確認した高宮は、会社に急用で休む旨の電話をしてから、近くの医院に連れて行った。予想通り大きな病院へ、と言うので紹介状をもらって、O大病院へと車を走らせた。

すぐに総合診療センターに案内された。医院から連絡が入っていたらしく、四十前の医師が待っていた。診察が始まったが、椅子に座った友紀本人の意識が確認できないので、高宮に昨日からの症状説明を求めた。医師が、友紀の顔とカルテに書かれた名前を見ながら高宮に質問した。

「あの、間違っていたらすみませんが、もしかしたら、奥さんの旧姓は吉川さんでは？」

「ええ、はい、そうですが」

「やっぱりそうですか、吉川友紀さんですよね。ご本人からお聞きになっているかどうかわかりませんが、十三年ほど前に急死した医学部の同期の許嫁（いいなずけ）が、友紀さんだったのです。私はその彼の棺（ひつぎ）を寝台自動車に乗せて、友紀さんのお兄さんと一緒に、博多まで同行しました。彼の叔父さんが当時この大学病院で教授をされていた、現在の豊田顧問なのです」

「そうだったのですか。当時のことは友紀から聞いていました」

「もし差し支えがなければ、顧問に来てもらっても構いませんか？」

「もちろんです、ありがとうございます」

十分ほど経ったころであろうか、白髪の長身の男が診察室に入ってきた。

先ほどの医師は勿論のこと、数人の看護師たちも直立して迎えていた。

高宮も倣って起立した。

高宮との挨拶を済ませると、顧問は椅子に座り、友紀の両手を握って目を覗き込んだ。

「友紀さん、友紀さん。さっ、こっちを見てごらん」

椅子に座って目を伏せていた友紀がゆっくりと顔を上げた。

顧問の目を見つめている。じっと、じっと。

やがて友紀のまぶたがほんの少し開いた。

少しずつ、すこしずつ大きくなった。

友紀の瞳に光が戻ったようで、大きく見開かれた。

そして表情にも柔らかさが表れた。

友紀がじっと見つめたまま、叫んだ。

「叔父様、豊田叔父様！」

「友紀さん、よくぞ気づいてくれたね。わたしだよ、友紀さん、久しぶりだね」

友紀は顧問の胸に抱えられて、泣きじゃくっていた。

顧問の目にも光るものがあった。

友紀は顧問らの診察の結果、今日から暫く入院して経過観察を受けることになった。担当は精神科であった。高宮だけに告げられたのは、友紀は何らかの精神的ショックを受けて、その不安からくるパニック障害か、適応障害の可能性があるということだった。「何か心当たりはないか」と聞かれたが、わからないと答えた。もしかしてという一抹の不安は感じていたが、口が裂けても言うわけにはいかない。しかし初めて会ったのに、豊田顧問は高宮に好感を持ってくれたようで内心嬉しかった。

高宮は友紀を病室に入れてすぐに、車でキッズ英会話ルームに向かった。友紀が急病なので、暫く休ませて欲しいと事務長に伝えてから、同僚に昨日の友紀の様子を尋ねた。同僚が児童の一人に聞いたところ、「誰かがビデオのことを話したら急に変な顔をしたって言ってました」とのことであった。高宮は、「妻は多分、急な貧血症状を起こしたと思いますのでご心配なく」と伝えて辞去した。

家に戻ってから、下着やパジャマ、洗面具などを用意して、病院に引き返した。車を走らせながら、やはりビデオのことだったのか、と思った。友紀が出ていたビデオを観た親が、子供に何か言ったのであろう。邪気のない子供が言った言葉にしても、友紀には想像以上の衝撃があったであろう。これから何人もの人々の目に触れてしまう。避けられない、逃げられない、と瞬時に思い詰めたのではないか。

ビデオという言葉に、あの忌まわしい情景がフラッシュバックして、瞬時に友紀は、追い詰められた心理状態に陥ったのではないか。高宮にはそうとしか思えなかった。

友紀は個室で眠っていた。高宮は義母の友子に電話をかけて応援を頼んだ。友子は今からすぐに向かうと言ってくれた。電話を終えた時、診察室に来るように言われた。診察室では顧問と精神科医が待っていた。医師が言った。

「奥さんのショックの原因がわからないので、このまま暫く様子を見ましょう。焦って問い詰めると、ますます殻に閉じ籠もって症状が悪化する恐れがあります」

「高宮さん。友紀さんの今の症状は、実は私の甥で友紀さんの許婚者が急死したときのショック症状に似ています。私の顔を見て一時的に正気に戻りましたが、すぐにまた記憶が途切れた状態になりました。これは、心理的なショックが激しく現実逃避に入り、心がマヒした状態です。担当医も言った通り、ショックの原因を明らかにして、それを取り去ってやることが喫緊事です。我々も最善を尽くしますので、ご主人もご協力ください」

義母の友子は、その日の夕刻に病院に到着した。高宮は友紀の症状のことや、豊田顧問に会ったことなどを手短に話した。「友紀に何があったのか?」と聞かれたが、言える訳がない。

とにかく今は安静第一で、あまり問い詰めないようにと医師からも言われていると答えた。

豊田顧問との久方ぶりの再会となった友子は、顧問の誘いで豊田家に世話になることになった。顧問は、友紀がまたこうして自分が居る病院に、十三年ぶりにやって来たという偶然に、何やら特別な因縁を感じており、「亡くなった俊彦が引き合わせてくれたのかも知れない」と言った。高宮のことは「どこか俊彦に似ていて好感が持てる」とも言った。

そして友紀のショックの原因は、「何かのキーワードに反応して、ある情景がフラッシュバックしたのではないか。もしかしたら俊彦の急死の情景がそれかも知れない」と述べた。友子は「友紀は赤ちゃんができない体を嘆き悲しみ、春樹さんに申し訳がないと、何度も泣きながら電話をかけてくる。もしかしたら、誰か近所の奥さんたちから、〝赤ちゃんはまだできないの？〟と言うような、直接的な言葉を投げかけられたのではないか」と言った。顧問は、「確かにそれも考えられるが、いずれにしろ一番身近な高宮君が友紀に寄り添って、支えることが重要だ」とアドバイスした。

友子は一週間後に博多に帰って行った。

友紀の顔にも朱が射してきて、精神的にもかなり安定感が見られるとの診断結果に取りあえず安堵（あんど）したのだ。高宮に、「友紀をくれぐれもよろしくお願いします」と涙を浮かべていた。

友子が帰った後も高宮は毎日、いったん帰宅してから病院に通い、友紀に語りかけることを欠かさなかった。会社での出来事とか、今朝、庭のダリアが一輪初めて微笑んでいたよとか、他愛もない話をした。友紀は高宮の語る話に次第に目を輝かせて聞き入っていた。時折、笑顔も見せるようになった。

高宮は思い返していた。友紀とこんなにゆったりとした会話をするのは、いつ以来だろうかと。夫婦間の何でもない日常の言葉のやり取りを自分は忘れていた。いや意識して「それ」を避けていた自分がどこかにいた。だからいつの間にか、友紀との間に距離を作ってしまっていた。友紀は、高宮にも誰にも言えない「あの秘密」を抱えている。同時に高宮も、友紀に言えない秘密を持っている。何ということか、文字通り一蓮托生ではないか。しかし友紀を支えてやれるのは、自分しかいないのだ。

なのに美穂との情事にうつつを抜かし、挙げ句の果てに妊娠堕胎を受け入れてしまった。堕落した自分にこそ、友紀を精神的に追い詰めた全ての責任があるのではないか。そうだとしたら、何としてでも友紀を正常な精神状態に戻してやらねば、と思い始めていた。

そして高宮は決断した。夫としての寛容さを示し、友紀に赦しを乞うべきなのはこの自分なのだと。荒木に指摘されたいくつもの課題。そうだ、不育症に苛まれ、生き辛さに苦しむ友紀を、孤独に追いやってしまったうえに、友紀の心を遠のかせてしまった自分の無神経で軽薄な言動こそが、責められるべきなのだ。友紀と正面から向き合うことを、忘れてしまっていた自分が罰を受けるべきだ、と。

十一月九日、寒さの厳しい夜であった。病室に入った高宮は、脱いだハーフコートを膝の上に置いて、ベッドの端に腰掛けた。横たわる友紀の顔を覗き込んで語りかけた。友紀の両手を握りしめながら言った。

「友紀、これまで君の苦悩や悲しみにずっと無頓着だったことを、俺は恥じている。もう一度謝りたい、赦して欲しい。深い淋しさを味あわせてしまった。辛かっただろう？ ごめんよ」

友紀の顔が歪んだ。頭を横に振った。ポロポロと涙が流れ落ちている。

さりげない春樹の労りの言葉に、友紀は魂を揺さぶられていた。

「それと友紀、この前、俺の浮気のことを謝ったけど、実は大事なことを隠していたんだ」

友紀の手がピクリと動いた。

「包み隠さず本当のことを話すから、どうか冷静に聞いて欲しい。俺は浮気相手の彼女から、貴男の子種を一度で良いから宿してみたい。でも妊娠したらすぐに堕ろす。奥さんから貴男を奪うつもりはない。そう言われて俺はとうとう負けてしまった。その後、妊娠した彼女は約束通りに、堕胎手術を受けて俺の前から姿を消した。このことを言えば、友紀を深く傷つけてしまう。そう思って黙っていた。でも夫婦の間にこんな秘密を抱えていては、毎日が息苦しいものになってしまう。俺はこんな状況から抜け出したくなって、友紀に告げることにしたんだ。自分なりの苦渋の決断だ。どうか赦して欲しい、友紀」

友紀は急に春樹の両手を握り直し、真っ直ぐに春樹の目を見つめて言った。

「あなた……ありがとう。赤ちゃんが授かれないことで、あなたに対して申し訳ない気持ちで一杯なのは本当です。でも、あなたの労りの気持ちは、あたしにちゃんと届いています。ありがとう。それと……」

友紀は言葉をいったん止めてから続けた。

「あなた、驚かないでくださいね。実は、大西美穂さんに一度お会いしましたの」

春樹は驚愕した。伏せていた顔を上げて友紀を凝視した。

「何だって、会った？」

「はい。四月の十六日でした。あなたはマニラに出張中でした。奇しくもあたしの誕生日でした。それでどこかでランチでも、と思っていた時に家に電話がありました。〝大西美穂と言います、急で申し訳ありませんがお会いできませんか？〟と言われて、あたしはすぐにこの女性が誰だかわかりました。梅田に出向いてお会いしました。綺麗で可愛らしい女性ですね。あたしたちはすぐに打ち解けました。不思議な気持ちでした。美穂さんは、あなたが言った通りのことを正直に語ってくれました。そして美穂さんは、

〝私は高宮さんを心の底から愛していました。だからその証として、高宮さんのすべてを私の体の奥底に刻んでおきたいと思って妊娠を望みました。でも、本当にそれが叶ったとき、初めて気づいたのです。高宮さんの心はいつも別のところにあるなって。そう、奥さんのところにあるって。だから所詮、私は奥さんを越えられないなと思って、産むのを……〟

美穂さんはそう言ってから、

〝奥さん、どうか高宮さんを大切にしてくださいね。そうじゃないと、わたしは奥さんを許しませんよ〟と笑いながら続けたの。美穂さんは、

〝月末に会社を辞めて転職します、と高宮さんには伝えたけれど、本当は連休明けから、豪州に留学します〟そう言って帰って行きました」

春樹は暫し声がなかった。予想外の展開だ。まさか、二人が会っていたとは！　しかも美穂が転職ではないとは！　それでも絞り出すように聞いた。

「何で今まで言わなかった？」

「私たちが会ったことは内密にしようと約束したの。美穂さんは、〝いずれ時期が来たら、高宮さんの方から奥さんに話をされるんじゃないか、そんな気がする。それが奥さんに対する、優しさと思いやりじゃないかと思う〟とも、言っていました」

高宮は頭を抱えた。嘘のような話ではないか。これじゃ、まるで美穂の手の中で転がされて

いただけだ！　彼女は自分をわざと軽薄な女に見せかけて、実はやはり聡明で機知に富んだ女性だった！　ちゃらんぽらんに見せることで、自分の美穂への未練を断ち切るのが狙いだった。何てこった、参った、やられてしまった。しかし何故だろう、爽やかなというか、軽やかな気持ちになっていた。

高宮は、クスリと苦笑いをした。

友紀が少しだけ怪訝な表情をした。

ほんの一瞬だが、二人の間に安堵の空気が流れていた。

やがて横になっていた友紀が半身を起こして、そのままベッドに正座した。慌てて高宮が膝上のハーフコートを友紀の肩にかけてやった。何気ない動作であったが、すでに友紀の目は潤んでいた。意を決したように友紀が口を開いた。

「あなた……実はあたしにも隠してきた秘密があります。これを話してしまうと、きっとあなたに嫌われて捨てられるんじゃないかと、お話できなかったの、だから……」

そう言いながら、肩を震わせてしゃくり上げている。

高宮が、また友紀の両手を握り締めて優しく言った。

「友紀、話したくなかったら、何も喋らなくても良いんだ。無理をするな。体にさわるぞ」

「あなた……ありがとう。でもいま話さなければ、あたしは、このまま病気に負けてしまいそうなの。だから勇気を振り絞って。でも、あなた……お願いです、あたしを嫌いにならないでくださいね。捨てないでくださいね」

友紀が「くっ、くっ」と嗚咽し始めた。

高宮は、友紀が言わんとすることはすでにわかっていた。しかしその素振りすら見せてはならない。荒木との約束もあるが、すでに知っていたということが友紀に知れてしまうと、どれほど友紀は衝撃を受けるだろう。精神が壊れてしまうのは間違いないだろう。それは絶対に避けたい。だから初めて聞く話として受け止めようと決心していた。

「あたしは、また罪を犯しました。寂しさと甘い誘惑に負けて、二度目のＡＶに出演してしまいました。あなたが予定より一日早く帰国した二月四日です。有馬温泉に行きました。涼子と一緒だったので安心していました。撮影が終わって……あっ、ごめんなさい、済みません……それから、あたしはお部屋に一人で寝ていました。でも夜中にいきなり男の人たちが入って来ました。口と手足を押さえつけられて……ウッ、ウッ、あたしは二人の男に、無理矢理……ウワ〜ン」

友紀はとうとう、顔を両手で覆って泣き出してしまった。

「友紀、思いの丈を全部吐き出せ。残らず吐き出してしまえ。俺が全部受け止めてやる。呑み込んでやるから」

「ウワ～ン、あたしは必死に抵抗したの、でも、ウワ～ン、ごめんなさい、あなた……あたしは汚れた体になってしまいました。ウワ～ン、あたし死んでしまいたいよ～ウワ～ン」

高宮が友紀を抱き寄せた。背中をそっと撫でながら言った。

「友紀、たった一人で我慢していたんだね。辛かったろう、苦しかっただろう、でも死ぬなんて言うな。俺が付いている。友紀の辛さや苦しさ、そして、友紀が受けた〝心の傷〟に気付いてやれず済まなかった。これからは一緒に友紀の病と闘おうと思っているよ。だから胸の中の澱を、何もかも吐き出してくれ、辛く苦しい思いを胸に溜めるな友紀」

友紀はいよいよ大声で泣きながら、高宮にしがみついた。

部屋のドアを開けて入ろうとした看護師が、驚いてドアを閉めた。

暫くしてから、泣きじゃくっていた友紀が少し落ち着いたようで、高宮の胸に顔を埋めたまま再び語った。

「男たちが部屋を出て行くとき〝良いもん撮れたぞ〟と言った人がいたの。監督の声だった。ひどい男性です、溝畑さんは。口惜しくって、哀しくって、情けなくって、ウッ、ウッ、恨んでやりたい。また、あの、ビ、ビデ、ビデオが、あのまま出回ってしまったらと思うと、あたしは生きた心地がしないの。ヒック、だ、だから、あなたに、死んでお詫びをしたいの」

「友紀、もう一度言うよ。死ぬなんて思うな。死ぬなんて言ってはならん。ビデオのことは俺が何とかする。弁護士を介してあらゆる手立てを取ってやる。だから安心しろ。俺に対しても謝らなくて良いよ。気持ちは十分に伝わっているから」

高宮は友紀のショック症状の原因となるキーワードが、「ビデオ」にあると気付いていた。実は、高宮はすでに手を打っていた。荒木から、友紀の出演ビデオのことを知らされてから数日後に、会社の顧問弁護士の一人に相談して、ビデオの販売差し止めの仮処分申請をすでに終えていた。溝畑のT・Mビデオ企画は解散していたが、販売契約先のいくつかの業者を相手に申請して、これが認められていた。弁護士は併せて、ネット業者に対しても動画と画像の削除を求めて削除に成功していた。

しかし、拡散をすべて防止することは不可能な話である。すでに人の手に渡ったりしたものや、闇ルートに乗ってしまったりしたものは防ぎようがない。友紀の軽はずみな行動は取り返しのつかない状態を招いていたと言っても過言ではなかった。

それでも高宮は、全力を挙げて友紀を守っていこう、と決意していた。それは、ある意味で友紀への贖罪でもあった。友紀に赤ちゃんができないことを、高宮は無意識に責めていたのではないか。その思いが友紀を精神的に追い詰め、延いては寂しさと疎外感から、友紀はAV出演の誘惑に負けたのではないか。友紀のそんな気持ちに思いが至らなかったことを、高宮は恥じていた。友紀が続けて言った。

「あたしはその後、恥を忍んで病院に行きました。病気は大丈夫ですと言われたけど、身も心も汚されたことには間違いありません。だから、これからどうしたら良いのか、ヒック」

「友紀、もうこれ以上自分を責めるな、自分を見失うな、自分の心まで捨てるな、俺が付いている。必ず俺が友紀の身も心も守ってやる。俺は友紀を心から愛している。友紀は俺のすべてなんだ、かけがえのない宝ものなんだ。汚れてしまったと言うなら、俺の愛情で綺麗に洗い流して見せる。だから、友紀の〝心の病〟に一緒になって闘わないか」

もっと早くに、友紀の後悔と自責の念を汲むべきだった。友紀は、か弱く傷つきやすい女性だ。その友紀を慈しみ、愛しみ、守り抜けるのは自分しかいないと、高宮はもう一度心に誓っていた。そして続けた。

「友紀、赤ちゃんのことは自然に任せよう。決して友紀を責めてはいないよ。もし、そう感じたのなら俺が至らなかったからだ。友紀の苦悩に寄り添うことをしなかった。ごめんよ、許してくれ」

友紀が〝あなた！〟と言いながら、高宮の胸で泣き崩れた。高宮も一緒に涙にくれていた。

どのくらい時間が過ぎたのだろう。

高宮は、泣き疲れた友紀の体を元の通りに寝かせた。

友紀の瞳を見つめた。光が宿っている。
キラキラと輝いている。
笑みも浮かべている。
頬にはうっすらと朱が射している。
いつもの友紀が戻っている！
友紀が両手を差し伸べてきた。
高宮が友紀に覆いかぶさった。
唇を合わせた。
友紀が力強く吸ってきた。
舌を絡ませた。
二人は夢中で吸い合った。
看護師が、もう一度入りかけたドアを閉めたことにも気づいていなかった。

それから二日後の十一月十一日に友紀は退院した。
友紀はすっかり回復していた。前日の朝、豊田顧問と主治医が高宮に質問した。急に容態が好転した原因は何か心当たりがあるかと。高宮と友紀の二人が泣きながら抱き合っていたことは、病院中の医師や看護師たちに知れ渡っていた。

「恥ずかしながら、私たち夫婦間の問題が、友紀の病気の原因でした。それは友紀に赤ちゃんができないことに対して、私が無意識にプレッシャーを与えていたことに起因していました。友紀の苦しみや悲しみに向き合っていなかった、私の至らなさが招いたことです。結婚以来、何度も何度も妊娠、流産を繰り返して、心が酷く傷ついていたのに、その痛みに寄り添えなかった私の未熟さを恥じて、率直に謝り妻もわかってくれました。もうこれからは、赤ちゃんができないことを周りから言われても、友紀が落ち込むことはないと思います。二人で支え合いながら、自然に任せて生きて行こう、と誓い合いましたので」

　高宮が言葉を選びながら、説明を終えた。顧問と主治医が、高宮の説明に納得したかどうかはわからないが、友紀の病の本当の原因だけは、どうしても明かすことはできなかった。それだけは夫婦二人だけの「永遠の秘密」なのだ。

　退院した夜、友紀に弁護士に依頼していたＤＶＤの販売禁止の仮処分申請が裁判所で認められたこと。また、ネット事業者への削除要請も成功したことを言って聞かせた。友紀は小躍りして喜んでいた。

　久々に目にする友紀の晴れ晴れとした様子に、高宮はひとまず安堵しつつも、心のどこかに微かな、さざ波が蠢いているのを感じ取っていた。何やら険しい、不明な道が待ち構えているような予感が……。

⑭ゆきのなみだ

二〇一八年もいよいよ年の瀬を迎えていた。高宮は、友紀が退院してからは静穏(せいおん)な毎日を過ごしていたが、友紀の様子に変化がないかをそれとなく注意深く見守っていた。

一方、キッズ英会話ルームを辞めた友紀は、毎日が専業主婦であった。十二月からは朝早く起きて、高宮の弁当を作るようになった。結婚して初めての「愛妻弁当」だ。高宮は嬉々として鞄にその弁当を詰めて出かけて行く。そんな些細(ささい)なことに、友紀は幸せを感じるようになっていた。そして、身の回りを綺麗さっぱりと整理した涼子が、時折遊びにやって来てくれる。友紀の精神状態は、見違えるほど回復していった。

二十四日のクリスマスイブの日曜日、友紀は朝から張り切っていた。十月の高宮の誕生日ディナーが自分の病気でフイになったことへの穴埋めとして、久しぶりに手料理を振る舞うことにした。高宮に喜んでもらいたい一心であった。

夕食のテーブルには、友紀渾身(こんしん)のローストチキンをはじめ、豪華な料理と白ワインにバーボン・ウイスキーが並んだ。友紀の顔が輝いている。高宮のために作ったという喜びと充実感に溢(あふ)れていた。

そんな友紀の様子を見た高宮は、もう安心だなと思うと感慨も一入であった。友紀への愛しさも、ぐっと増していた。友紀の手料理は素晴らしく美味しかった。二人はよく食べよく飲んで、よく笑った。後片付けも二人でした。

バスルームに二人で入って、洗いっこもした。

リビングの明かりを落としてソファーで抱き合った。

自然の流れであった。友紀はすでにうっとりとした表情をしていた。高宮はことのほか興奮状態にあった。何故だかわからない。友紀と初めて結ばれたときのことを思い浮かべていた。そう〝幸せのときめき〟だった！　体に力が漲っている。友紀も全身で高宮を求めた、かってないほどに。

二人は二匹の獣になった。飽くことのない交合が始まった。ひたすら求め合った。何度も何度も。高宮の脳が友紀の脳と一緒に溶け合って、火焔の塊と化していた。ソファーから転げ落ちて、カーペットの上を転げ回った。それでも一つになったままであった。

どのくらいの時刻が過ぎたのだろう。

二人はようやく「一人ずつ」の姿に戻り、仰向けに寝転んでいた。

二人とも荒い息をしている。

友紀が高宮の手を握ってきた。

高宮も握り返した。

こうして「清めの契り」が終わった。

二人の意識下にはなかっただろうが……。


友紀は毎日が充実していた。掃除、洗濯に買い物をして、時折、涼子とお茶をしながら他愛もない話に花を咲かせる。夕方になれば食事の用意をして、高宮の帰りを待って食卓につく。一緒にバスタブに入っていちゃつく。ソファーに並んで座り、ワインを嗜む。そんな日常の当たり前のことが、今は新鮮で楽しい。

九年前に結婚した時の、あの浮き浮きとしていた情景を思い浮かべていた。友紀は、そのとき以来、今が一番幸せだなと感じていた。


高宮は年末に向けて業務の追い込みに入っていた。友紀への心配が無くなったので、仕事にも集中できた。

二〇一八年十二月二十八日は御用納めの日である。すべての官庁や、ほとんどの企業がこの慣例に倣うという。日本独特の習わしであろう。高宮はこの朝出かけるときに、「今夜は大勢で飲み会があるから、相当遅くなるだろう。先に寝るように」と友紀に念押しをした。

その日の夕刻、友紀はおせち料理の材料を買うため、千里中央の店々を回っていた。買い物を終えて駐車場の車のトランクを開けて荷物を入れ、運転席のドアを開けた時だった。右側に並んで駐車していた車の助手席のドアから、フイに一人の女が出てきた。

女が友紀に声をかけた。友紀は咄嗟には思い出せない。五十前後の太めの女である。運転席には夫と思われる男が座っていた。

「奥さん、高宮さんの奥さんでしょ？」

と、女は気安く言った。

友紀は、ハッと気がついた。あの二月五日の早朝だった。雪が舞っていた。有馬から屈辱の朝帰りをしていたときだった。家の大分手前でタクシーを降りて歩いているとき、角の道から現れた、傘を差した近所の二人連れだ！　イヤな姿を見られたという思いがある。

女はニヤニヤと野卑な表情を浮かべながら、友紀に言葉を投げてきた。

「相変わらずお美しいこと。やっぱり実物の方がずっとお綺麗ですわね。あら、ごめんなさいね。実はね大きな声では言えないけど、以前にうちの主人が買ってきたDVDを観たの。人妻もののアダルトビデオよ。いやらしいでしょ、うちの主人。そこに出てた人妻が奥さんそっくりなの。もう一人の人妻と一緒の、そう4Pっていうの？　すっごく刺激的でホントいやらしかったわ。それでね、次のはもっとすごかったの。二人の男にレイプされていた人妻よ。あれも間違いなく奥さんでしょ？　演技がお上手ですわ。私もつい興奮してしまって、ホ、ホ、ホ。ほら、二月だったかしら、朝帰りの奥さんとお会いしましたよね。あれって、もしかしたら、あのＡＶの撮影が終わった後でした？

お子さんがいらっしゃらないから、お気楽なご様子で羨ましいですわ、ホント。うちみたいに三人も子供がいたら、あんなお楽しみはできませんもの。良いですわね、お子さんがいらっしゃらないって、ホント。あら、ごめんなさい。私お喋りが過ぎたようですわ。でもね、ご安心を。私こう見えても、口は堅い方なんですの。誰にも言いませんことよ。では、ごめんくださいませ」

一気に喋りまくった女は、ドアを乱暴に閉めて駐車場を出ていった。唐突な言動だった。友紀は茫然自失であった。間違いなく顔面蒼白であったろう。全身に悪寒が走っていた。よろよろと車に乗り込んだ。それからどのようにして帰宅したのか記憶がない。

やはり自分には逃げ場がない。ご近所や知り合いから後ろ指をさされて、笑い者にされるだけだ。お金が欲しかったのかしらとか、男に飢えているのかしらとか、口さがない人たちの格好の標的にされてしまう。想像するだけで、底なしの恥辱であり耐えられない。

そして子供がいないということで、これほどまでに、周囲から好奇の目を投げかけられるのか、と深い悲しみの底に沈められる理不尽さに涙した。

赤ちゃんができないことが、そんなに罪つくりなの？

不育症のあたしは、女としても妻としても失格なの？

どうしてなの？　と。

友紀は次第に絶望の淵へと追い込まれていった。憔悴し切っていた。

〝あなた……春樹さん……助けて〟

そう呟いてみたものの、今ごろは大勢と愉快に飲んでいるだろうと思うと、とても連絡することはできない。

〝あたし、どうしよう、どうしたら良いの？〟

と、自問をくり返すばかりであった。

そして……やがて友紀は「ある決断」を下すことにした。


高宮は、二次会、三次会と飲みまくって、タクシーで帰宅したのは、翌日二十九日の午前三時ごろであった。久しぶりの深酒であった。

友紀は当然、ベッドに入っていた。反対を向いて寝ているので、声もかけずに高宮もベッドに潜り込んだ。

高宮が目覚めたのは午前十一時前であった。二日酔いのせいだろうか、少し頭が重い。一階に降りたがそこには友紀の姿はなかった。買い物にでも行ったのだろうと思い、すぐに熱いシャワーを浴びようとバスルームに入った。だが、すでに浴室の床が濡れていた。友紀が朝、使ったようだ。

ン？　何でやろう？

歯磨きを終えてバスルームを出た。一階の空気が何やら重いように感じた。

何かがおかしい……。

そう思って室内を見回した。ダイニングルームのテーブルにある白い紙が目に入った。胸騒(むなさわ)ぎを覚えながら手に取った。友紀の筆跡で「書き置き」がしてあった。側には友紀の携帯が残されていた。

ン？　何でや？

その「書き置き」には、次のような文字が並んでいた。

　大好きな、大好きな春樹さんへ

あなた……ごめんなさい。あたしの心がとうとう折れてしまいました。昨日の夜でした。ご近所の奥さんが、高宮さんの奥さんが出ているAVを主人と観ました。二人の男にレイプされているのは演技でしょ？　お上手ですわね。お子さんがいないから、お気楽で良いですね。私みたいに三人も子供がいてはとても無理ですわ。奥さんには、あんなお楽しみができて羨ましいと、皮肉たっぷりに面と向かって言われました。

　ＡＶに出たことは、消しようのない事実です。取り返しができません。でも、赤ちゃんができないことを、赤の他人からこれほどまでに侮辱(ぶじょく)されることには、もう耐(た)えられそうにありません。あの奥さんの口を通して、すぐに根も葉もない噂は広がります。

もうあたしには逃げる道も場所もなくなりました。

あたしの軽率な行動が招いた自業自得(じごうじとく)です。

身から出た錆(さび)です。

あたしは、あなたに相応(ふさわ)しい女でも妻でもありませんでした。

そして赤ちゃんが望めないあたしの体。

　あたしにとっての幸せって、春樹さんと一つになって、あなたの子種、そうです「愛の証(あかし)」を宿し、産んで、育てたかったことです。

　でもあたしは、母親にもなれませんでした。

あたしは、あなたに父親になってもらいたかったです。

二人で赤ちゃんを抱っこしながら、笑い合ってみたかったです。

赤ちゃんに頬ずりをしてみたかったです。

赤ちゃんに口づけをしたかったです。

赤ちゃんを高い、高い、してみたかったです。

二人で、赤ちゃんをお風呂に入れてみたかったです。

二人で赤ちゃんのおしめを替えてみたかったです。

そんなささやかな夢さえ叶えることができませんでした。

すべてがあたしの責任です。あなた……本当にごめんなさい。

あなたに支えられて、やっと心の傷が癒やされたと思いましたが、やはりあたしはひ弱な人間だと悟りました。あなたの深い愛情に応えることすらできないのです。あたしはこれから、そんな自分に、罰を与えに遠くに行きます。決して探さないでください。

あたしは今朝、浴室で身を浄めました。冷たくなったあたしの体を、あなたにいつ見られても良いように、すべての穢れを洗い流したつもりです。

綺麗だと思ってくださるでしょうか。

あなた……春樹さん。あなたから頂いた限りない愛情と労りと優しさと思いやりに、心からの感謝を申し上げます。

あなた……友紀は、あなたに巡り会えて本当に幸せでした。心からのありがとうを、お伝えします。

あなた……お別れのときがきました。
友紀はこれから永遠の旅立ちをします。
あなた……大好きな、大好きな春樹さん、
さようなら。
　二〇一八年十二月二十九日　友紀

便せんの上に涙の滴の跡のようなものが点々とあって、ところどころ字が滲んでいる。

高宮は愕然とした。

何と言うことだ、友紀は死を望んでいる！

そこまで友紀を追い詰めた近所の女に猛烈な怒りを覚えたが、今はそんな場合ではない。

友紀は、本当は俺に助けを求めているのではないのか！！！

そうだ、友紀を死なせてはならない、絶対に！　絶対に！

しかし友紀はどこへ向かったのか。思いを巡らせた。脳細胞を集中させた。これまで一緒に行った場所は？　有馬？　いや、南紀白浜の三段壁か？　いや見苦しい死に方はしたくないと言っていた。ならば……そうか！　金剛山か！　昨夜から雪が降っている。友紀は雪の山に興味を持っていた！

高宮はクローゼットに飛び込んだ。バスローブを身につけただけなのだが、寒さを感じるゆとりはなかった。友紀のダウンジャケットもロングパンツもニット帽もシューズも、何もかもがない！　やはり友紀は金剛山に行ったのだ！

高宮は時計を見た。もうすぐ午後一時だ。慌てて身支度をして、緊急時用の保管ボックスを開けた。大きなザックに、思いつく限りの物を詰め込んだ。毛布、使い捨てカイロ、タオル、マフラー、ニット帽、懐中電灯、アウターウエアー、レスキューシートなどのほか、何本かの耐熱性ペットボトルや、キッチンでお湯を入れた携帯水筒。砂糖水を入れた小さなボトルも入れた。

さらに寝室の写真立てから一枚を抜き出して、ジャケットのポケットに入れた。四年前の二月に初めて冬の金剛山に参加したときの、二人だけで映っているものだった。黄色のニット帽、ワインレッドのダウンジャケット、ダークブルーのロングパンツにチャコールのハイカットシューズという出で立ちで、ブルーのサングラスを額にかけて笑っている。

写真を目にした途端、改めて愛しさ、恋しさがわき起こってきた。

早く助けなければ！　外は粉雪が舞っていた。

難波駅に着いたのが午後二時過ぎだった。

そこから南海電車の乗り場まで、気の遠くなるほどの階段を上った。大きなザックを背負っているから、エスカレーターを避けた。

高野線の高野山行き急行になんとか間に合った。御用納めが終わった車内は空いていた。

高宮の胸は不安で張り裂けそうになっていた。もう一度、友紀のことを思い返してみた。

どこかに自分勝手な思いがなかったか。友紀を守ると言いながら、優しさの押しつけではなかったか。自分には、友紀の苦悩のすべてを受け入れてやるだけの寛容(かんよう)さと包容力があったのか。高宮は自問し続けた。友紀のその苦悩の原点は何だったのか。軽はずみな行動なのか。それとも……。

高宮はこの前、荒木が忠告してくれた言葉のいくつかを思い出していた。


「友紀さんに赤ちゃんができないことを、お前は無意識に責めてはいないか？」

「女性は、愛する男性(ひと)の子種を宿して、生んで、育てることに、最高の幸せを求めている」

「友紀さんには、それが叶(かな)わないという苦しみが、重くのしかかっているのではないか」


高宮はポケットから、友紀の「書き置き」を取り出してもう一度読み返してみた。

そうか！　友紀は妻である以上に、母親になりたかったのだ！　それこそが切実な思いだった！　友紀に重くのしかかっていた苦悩の原点は、母親になれなかったことなのだ！

ＡＶに出演したという負い目よりも、あの近所の女が発した、

〝子供がいないからお気楽ね〟

の、あからさまな「責め苦」こそが、友紀の精神を瓦解させてしまったのだ。

友紀の「無念さ」はここにある！

どうして気づいてやれなかったのか。

友紀が退院してから、高宮は友紀に真っ直ぐに向き合っていると自負していたが、それはまやかしでしかなかった。高宮は自分自身だけではなく、友紀をも見失っていた。赤ちゃんはもう諦めよう、自然に任せよう、などと、よくも気楽に言ったものだ。

友紀にとっては「心ない一言」だった。

美穂の妊娠・堕胎のことも、やはり友紀の精神を深く傷つけてしまったに違いない。なぜもっと、友紀に心から寄り添って、母親と父親になる努力を尽くさなかったのか。高宮は己の弱さに、浅薄さに、辟易としていた。自己嫌悪の極みに陥っていた。友紀の無念さを胸に強く刻むべきだった、と後悔した。悔し涙が滲んできた。


河内長野駅に着いたのは午後三時を回っていた。大急ぎでタクシーに乗り込んで、「金剛山ロープウェーの乗り場まで！」と叫んでいた。

高宮は携帯を取り出して荒木にかけた。

祈りが通じたのだろうか、すぐに繋がった。

事の次第を要約して伝えた。荒木は緊張した声で言った。

「高宮、金剛山というのは間違いないか」

「冬山用のジャケットなどがほとんど残っていない。金剛山には数年前に一緒に登ったことがある。南紀白浜の三段壁や有馬とは考えにくい。ほぼ間違いない。荒木、力を貸してくれ！」

「わかった。俺もそっちに向かう。金剛山には、ロープウェーと何カ所かの登山口があるが、お前はロープウェーに向かうのだな」

「そっちに賭けてみる。もし登山道に入ったのなら、この時間だ、探し出すのは絶望だ」

「高宮、どんなことがあっても友紀さんを探し出せ！　お前のすべてを擲ってでも助けろ、良いな！　念のため、地元署には一報を入れておく。気を付けろよ」

麓のロープウェー駅に着いたのは、午後三時四十分であった。

すぐに切符売り場に走った。友紀の写真を見せて訪ねた。係の男は見た覚えはないと言う。もう一人の男がじっと見つめていたが、

「あぁ、この女性なら確かに乗りましたよ。サングラスをかけていたので、人相は定かではないですが、黄色のニット帽とダウンジャケットは同じですね。エッ、時間ですか？　御前十時発ではなかったかな。それと、切符は片道でした。念押しをしたので覚えています」

午後四時発の箱が降りてきた。十人ほどの降車客にも写真を見せて当たってみた。一人の中年の女性が山頂で見たと言う。「金剛さくら」の大きな木の下にある、ベンチに一人で座っていたらしい。じっと下を向いて固まっているように見えたので、心配になって声をかけた。やはり下を向いたまま小さな声で、「連れがいますので……」と返事があったという。三時前だったが、急激に気温が下がってきたので、気になりながらもそのまま下山した。周(まわ)りには誰もいなかった、ということだった。

その言葉を耳にした高宮は、友紀に間違いないと確信した。

午後四時発のロープウェーに乗車したのは高宮だけであった。駅員が、金剛山駅の最終の下りは五時発なので山頂へ往復するにはもう間に合わないが大丈夫かと念押しした。

金剛山駅に着いた。雪がますます激しさを増してきた。アイゼンを装着して、ピッケルを手に急いで山頂に向かった。

周囲は闇(やみ)が色濃く、友紀の安否を考えると胸が張り裂けそうだ。

「友紀、待ってろ、必ず助けてやる！」

高宮は、「友紀！　友紀！」と叫びながら歩を進めた。

午後五時少し前に山頂に着いた。辺(あた)りは薄暗く、降り積もった雪の白さが頼りだった。

金剛さくらの木の方に向かいながら、「友紀～！　友紀～！」と、高宮はありったけの大声で叫んだ。雪は深々（しんしん）と降り注いでいて、その微（かす）かな音が聞こえるだけであった。

〝ゆきがないている！〟

高宮は深い雪に足を取られながらも、必死に桜の大木を目指した。

やがて、その大木を囲むようにしつらえてあるベンチが見えた。

その上に、何やら丸くなった白い塊（かたまり）が！　雪饅頭（ゆきまんじゅう）のようだ。

高宮はよろめくように駆け寄った。

雪をかぶった人型だ。ダークブルーのパンツの裾（すそ）と、チャコールのシューズが見えた。

〝友紀だ！！！〟

体に積もった雪を払いのけた。目深にかぶったニット帽を、そっと上げてみた。

蒼白になった友紀がいた！

サングラスを取り、顔をなでてみた。氷のように冷たい。

目は閉じられている。

しかし脈がわずかにあった。

〝友紀は生きている！〟

高宮は辺（あた）りを見回した。

戸締まりをした売店の軒下に二本の長椅子があった。

友紀を横抱きに運んで横たえた。

背負っていたザックをぶちまけて毛布を取り出し、友紀の全身をくるんだ。

再び顔をさすって、「友紀、起きろ！　起きろ！　眠るな、眠ってはならん！　起きろ！！」

と大声で呼びかけた。

首筋から少し手指を差し込んで、体温を感じてみた。かなり冷たい。

低体温症の可能性があった。

やがて体の震えが起き始めた。三十五度以下になれば危険だ。

高宮は焦燥に駆られた。一刻も猶予がないと判断した。

友紀のダウンジャケットのジッパーを下げた。

取り出した使い捨てカイロを腋の下や、そけい部に貼った。

ロングパンツの上から、大腿部とふくらはぎにも貼った。

シューズを脱がしてタオルを巻き、その上にカイロを置き、またタオルで包んだ。

首回りにもタオルにくるんだカイロを当てがって、マフラーを巻いた。

ニット帽も重ねた。

全身を再び毛布でくるみ、その上からレスキューシートで足下からスッポリと包み込んだ。

さらに、耐熱性ペットボトルに水筒のお湯を入れ、タオルで巻いた簡易湯たんぽを作った。

そのいくつかをシートの中に入れた。

高宮は死に物狂いで動いた。

鬼の形相であったろう。友紀を助けたい一心だった。

そして引っ切りなしに声かけを続け、体をさすった。

携帯が鳴った。荒木からだった。

山頂で見つけたが、危険な状態だと告げた。

懸命に体を温めているが予断を許さない、荒木、助けてくれ、とも伝えた。


どのくらい経ったであろうか、友紀の目がうっすらと開いた。

「友紀、しっかりしろ！　俺がわかるか。眠ってはならん、起きろ。死ぬな、死んではならん！　俺が必ず助けてやるぞ！」

友紀の瞼が閉じたり、開いたりしている。

高宮はかがみ込んで砂糖水を一口含み、口の中で温めてから、友紀の口の中へ垂らした。

友紀の喉が微かに動いた。

高宮は自分が着ていたダウンジャケットを脱いだ。それを友紀の体の下に敷いた。

そして両膝を雪面につけて、友紀の顔を抱え込むように覆いかぶさった。

もう一度、砂糖水をゆっくりと友紀の口に流し込んだ。

だが反応が薄い。唇が異様に冷たい。

そして唇の端から砂糖水が流れ落ちている。高宮は焦った。

「友紀！　眠るな、目を開けろ！　死んではならん、死ぬな！　起きろ！　友紀、眠るな！！！」

高宮の目から涙がこぼれ落ちた。

「友紀、ごめんよ。友紀の本当の苦しみに気付いてやれなかった。何もかも、友紀に背負わせてしまった俺が悪かった。許してくれ。

友紀、もう一度やり直そう。赤ちゃんを二人の手で抱こう。まだ間に合うよ、友紀！

友紀、死ぬな、逝ってはならん。目を覚ましてくれ、友紀！　俺を置いて一人で逝くな！

友紀が死んだら、俺も追いかけるぞ！　そんなことはするな。友紀、起きろ！

目を開けろ、友紀！　お前と二人で心を寄せ合ったことを想い出せ、友紀！　お前を愛しているぞ！」

高宮は半狂乱になって大声で呼びかけた。

友紀の体の震えがなくなっている。危険な状態だ！

すると友紀がまた、うっすらと目を開けた。

高宮の顔がぼんやりと見えるのか、友紀の口が動いた。高宮が耳を寄せた。

「あなた……来てくれたのね。ありがとう、あなた。あたしは、もうすぐ死ぬのね。もう寒くはないわ。あなたが抱いてくれている。嬉しいわ。あなた……赤ちゃんが死んでしまったの。ごめんなさい。あたしのせいよ。あなた……怒らないで。ごめんなさい、あなた……ここはどこ？　天国にいるの？　あなた……大好きよ。もっと強く抱いて。あぁ、眠くなってきたわ。あなた……ごめんなさい、先に休みますね」

　友紀の目がまた閉じられてしまった。

　とうとう錯乱（さくらん）状態が始まったのか！

　高宮は慄然（りつぜん）とした。

　高宮は、シートに包まれた友紀の顔を両の手で挟み込んで、口づけをした。

　友紀の目が再びうっすらと開いた。

　高宮が静かに囁（ささや）いた。ゆっくりと。

「友紀、お前を絶対に死なせないよ絶対に。俺にとって友紀は、最高の女で、最高の妻だよ。友紀、お前は誰よりも大切な俺の命だ。そして、これから最高の母親になってもらうよ。俺も父親になるぞ、必ず。十分、間に合うよ、友紀。友紀、約束する。どこでも良い。見知らぬところで赤ちゃんと一緒に暮らそう。そうだな、どこが良いか、友紀も考えてくれよ、ゆっくりで構わないから、ねっ、友紀。そしてまた六甲山から、まぶゆい夕日を見ようよ、三人で、ねっ、友紀」

どこかで、「お〜い、お〜い」と呼ぶ声が聞こえた。

友紀の目尻から、幾筋もの涙がこぼれ落ちている。

高宮の目から流れ出た涙の滴が、友紀の頬にかさねて落ちていた。

友紀の唇が微かに動いた。

「あなた、赤ちゃんが……あたしたちの赤ちゃんが……あなた……ごめん…なさい……」

友紀の消えかかる意識の中に、声もなく涙している春樹の顔と、その向こうにぼんやりとした俊彦の顔が浮かんでいた。

やがて友紀の瞼が、ゆっくりとゆっくりと閉じられて、友紀の視界からすべてが消えていった。「お〜い、お〜い」という呼び声が次第に近づいて来るのを、高宮はうっすらと聞いていた。

ゆきが　しんしんと　ないている
ゆきのなみだが

ゆきよ　ゆき　何よりも愛おしく美しいゆき
私を置いて　どこへ行く　死んではならぬ

帰っておいで戻っておいで　私の腕の中へ

ゆきよ　ゆき　誰よりも可憐な百合の花
たった一人で　消えてはならぬ　目を覚ませ
も一度咲かそう　二人の愛で実らそう

ゆきよ　ゆき　二人でつかもう　宝ものを
キスしよう　高い高いしよう　頬ずりしよう
ゆきは母に　私は父に　なれるよ　きっと

ゆきよ　ゆき　私が望むのは気高く優美なお前だけ
どこへも行くな　眠ってはならぬ
起きてくれ　生きよ　生きよ
求めているのは　二人の永遠（とわ）の愛のあかし

〈了〉

このドラマはフィクションであり、
登場する人物、団体、名称等は、
実在のものとは関係ありません。

あとがき

今年の四月の某日、買い物の品々を前に家のキッチンで妻と話していたときでした。左側に立っていた妻が、いきなり私の左肩に顔をぶっつけるようにして、もたれかかってきたその一瞬でした。妻は私の体を回るようにして、フローリングの床の上に仰向けに倒れたのです。

驚愕した私は、すぐに妻の顔を両の手で挟み込み、しっかりしろ、大丈夫か、すぐに助けてやるからな、と、ひっきりなしに妻の名を呼んでいました。

目はうっすらと開いてはいるが、焦点が定かではない。額からは汗が滲み、両手が異常に冷たい。瞬時に「脳関係」の異常だと判断して一一九に救助を要請。救急搬送された結果、左前頭葉出血で手術が行われました。

ストレッチャーで手術室に向かう妻に向かって、私は月並みな「必ず助かるよ、元の元気な○○に戻って、帰っておいで、愛しているよ」と耳元で囁きました。

しかし、何やら奇妙な「既視感」がある！　思い出した。私の本拙著『ゆきのなみだ』の最終章で、死出（しで）の旅に出た妻友紀を、金剛山の山頂で発見した夫の春樹が、必死になって妻友紀を介抱して呼びかける場面でした。

本拙著は、二年前に構想を得て今年に脱稿したもので、当然のことながら今年の妻の急病を予想・予断したものでは全くありません。

私自身で記しながら、小説中の春樹の必死の「呼びかけ」を、まさか現実の私が妻に同じような「呼びかけ」をするとは、それこそ、予想だにしない青天の霹靂（へきれき）でした。

本書では、わが国で約六百万人ともいわれる「不育症」に苦しむ一人の、ヒロイン友紀と夫春樹との夫婦生活が、不条理を通り越した周囲からの「毒矢」の数々で瓦解してしまう、という悲劇の様子を描きました。

そして、この夫婦を第一の柱に、親友から昇華して「心友」になる春樹と荒木を第二の柱に、同じ親友ながら友紀の行く末に様々な光と影を落とす涼子との二人を、第三の柱に据えてみました。

本書には、再三「愛の営み」の場面が登場しますが、だからといって、決してポルノ小説ではありません。魂（こころ）から愛し、信頼する夫婦・恋人・パートナーならば、そして健全な肉体と精神があれば、誰だって自然に「愛の行為」を求めるでしょう。

ただ、「そこ」に横たわる邪悪なＤＲＤ（デート・レイプ・ドラッグ）や、女性を陥れる飲み物、ＡＶへの強制出演など、数年前までは社会問題になっていた事象を取り込み、僭越ながら本書にアクセントをつけてみました。

低体温症で死線を彷徨(さまよ)う友紀が、果たして夫春樹の必死の介抱と呼びかけに、さらに荒木たちであろう「お〜い」という声に救われるのかどうかは、読んで頂いた方々のご想像にお任せいたします。

最後になりましたが、本拙著の出版に際して並々ならぬご指導とご支援とを頂きました株式会社文芸社の原田浩二様、並びに岩田勇人様をはじめ、皆々様方のお力添えに、心からの感謝をお伝えいたします。

深謝。

令和五年（二〇二三年）六月

山口トオル

著者プロフィール

山口 トオル（やまぐち とおる）
（本名：占部邦彦）

1942年　熊本県の山口家に生まれる。
1945年　父の戦死（阿波丸事件）により、母、姉と共に父の実家を追われ、某温泉街のバラック小屋で艱難辛苦の生活を送る。
1950年　母の再婚に伴い福岡県小倉市（現北九州市）に移住し、占部姓に編入。
1967年　大学卒業後、某ゼネコン（本社大阪）に入社。
2000年　本社広報部長のまま早期退職。その後、シックハウス対策会社代表、日本語学校事務局長、某大手医療法人の常務理事を歴任。
2018年　秋山勝彦氏（奈良県在住）とのコラボによる「語り部」を開始。
2022年　レクイエム「眠れ幼き魂」を57年ぶりに指揮。
大阪府在住。現在、次回作「少年Xの成長記（仮題）」を構想中。

ゆきのなみだ

2023年12月15日　初版第１刷発行

著　者　山口 トオル
発行者　瓜谷 綱延
発行所　株式会社文芸社
〒160-0022　東京都新宿区新宿１－10－１
電話　03-5369-3060（代表）
03-5369-2299（販売）

印刷所　図書印刷株式会社

ISBN978-4-286-24744-1